T0355909

si

se

lo

hubiera

dicho

laura nowlin

si

se

lo

hubiera

dicho

hay cosas que no se pueden olvidar

traducción de Lorena Castell

MOLINO

Título original: *If Only I Had Told Her*

Primera edición: abril de 2024

Publicado por acuerdo con 5 Otter Literary Inc.

© 2024, Laura Nowlin
© 2024, Penguin Random House Grupo Editorial, S. A. U.
Travessera de Gràcia, 47-49. 08021 Barcelona
© 2024, Lorena Castell, por la traducción

Impreso en Colombia - *Printed in Colombia*

ISBN: 978-84-272-4147-3
Depósito legal: B-1.838-2024

Este libro está dedicado a la memoria de
Aliksir Dragoman Jaan

Y está escrito en honor a todos los padres
cuyos hijos siguen en sus corazones

Nota de la autora

En el invierno de 2009, mi marido me encontró llorando frente a mi IBM ThinkPad de segunda mano. Se arrodilló frente a mí en mi «despacho» (una profunda ventana en nuestro diminuto estudio cuya repisa había reclamado como escritorio) y sollocé: «¡Ahora tengo que dejar que Finny muera en mi cabeza!».

Cuando redacté la historia de Autumn en *Si él hubiera estado conmigo,* desarrollé la versión de Finn dentro de mí, donde sentía todos sus pensamientos y pasión. Incluso escribí una página y media de su versión. Cuando mi marido me encontró llorando fue porque me di cuenta de que debía borrar esas líneas. No tenía agente ni expectativas literarias; no podía escribir una novela completamente nueva desde la perspectiva de Finny cuando mi energía estaría mejor empleada revisando la que ya tenía desde el punto de vista de Autumn. Así que me enjugué las lágrimas y me concentré en asegurarme de que la historia de Autumn fuera la mejor posible. Dejé que la voz de Finny se apagara. Lo dejé morir nuevamente dentro de mí.

Muchos lectores han pedido la versión de Finny, pero siempre he dicho: «Lo siento, está muerto. No puedo traerlo de vuelta».

Y era verdad. Yo no tenía ese poder. Pero Gina Rogers sí que lo tenía.

No tenía pensado escuchar el audiolibro. La idea de oír mis palabras en boca de otra persona me aterrorizaba. Pero luego Gina me escribió pidiéndome que, si alguna vez le daba una oportunidad, le enviara mis comentarios (aunque fueran negativos), pues ella también era una artista tras un ideal. Me conmovió tanto su espíritu y su dedicación que accedí.

En el momento en que la escuché dar voz a Finny cuando saluda a Autumn en la parada de autobús, lo sentí moverse dentro de mí. Antes de que terminara el audiolibro, estaba vivo y estaba enfadado conmigo. No por matarlo (pues entendía que había tenido que hacer de *Si él hubiera estado conmigo* la mejor historia posible), pero había algunas cosas que quería decir, algunas cosas que necesitaba aclarar. Dada su milagrosa resurrección, su petición me pareció razonable y me vi obligada a dejarlo hablar por fin.

Así que perdóname si alguna vez te juré que este libro nunca existiría. En ese momento lo creía con todo mi corazón de artista.

Pero a veces la vida tiene estas cosas, y eso es bueno.

Advertencia
sobre el contenido

Esta novela incluye escenas de muertes,
depresión, suicidio y embarazo.
Si tú o alguien que conoces está experimentando
angustia o una crisis de salud mental, busca ayuda.
Llama a la línea de atención a la conducta suicida:
llama al 024.

finn

1

Es un horror dormir junto a Autumn. Habla, da patadas, te roba la manta, te usa como almohada... La de historias que podría contar si tuviera a quién contárselas. Sin embargo, lo curioso es que ella se avergüenza de su caos nocturno, que es una de sus excentricidades sobre la cual no tolerará la más mínima burla. Nuestras madres tienen sus propias historias sobre las peripecias nocturnas de Autumn, y la mirada que les echa cada vez que las relatan ha sido suficiente para evitar que comparta los recuerdos de mi infancia sobre sus violentas e inquietas noches en casa.

Este verano descubrí lo poco que ha cambiado. El otro día se quedó dormida mirándome jugar a la consola. Había conseguido hacer, por fin, cierto salto complicado en el momento exacto cuando Autumn me plantó un brazo sobre el regazo, lo que provocó que mi personaje cayera y muriera. Le aparté suavemente la mano y me alejé unos centímetros, pero no demasiado. No se lo conté cuando despertó, porque habría dicho algo sobre volver a casa cuando empezara a sentirse cansada y yo prefiero no jugar a nada antes que perderme un minuto de lo que sea que estuviese pasando entre nosotros desde que Jamie rompió con ella.

Anoche me aseguré de sentarme entre Autumn y Jack por esta misma razón. Estaba claro que se quedarían a dormir en mi casa y sentí que era mi deber asumir las consecuencias.

Tengo que admitir que esperaba que pasara algo así.

Me desperté cuando me clavó los dedos en las costillas.

La tía Claire tiene razón. Ahora Autumn ronca. No roncaba cuando éramos pequeños. Me la había creído cuando insistió, una y otra vez, en que su madre solo estaba bromeando.

Pero aquí estamos, en esta tienda de campaña que le monté, con su cabeza en el hueco de mi brazo. Autumn está de lado, hecha un ovillo y roncando, aunque no muy fuerte. Su respiración me llega en bocanadas cortas y calientes.

Después de que Jack se durmiera anoche, nos quedamos los dos despiertos hablando un rato. Autumn se estaba quedando frita, pero yo no quería renunciar a ella todavía, así que seguí hablándole hasta que dijo:

—Calla, Finny. Necesito concentrarme en barrer.

Volví la cara y, en la oscuridad, vi que tenía los ojos cerrados y respiraba suavemente.

—¿Estás durmiendo?

Ella frunció el ceño.

—No. ¿No ves que estoy con la escoba? Está todo hecho un desastre.

—¿Dónde estás? —pregunté.

—Oh, ya sabes…, en el espacio… entre…

—¿Entre qué?

—¿Eh?

—¿En el espacio entre qué, Autumn?

—La imaginación y la realidad. Ayúdame. Está hecho un desastre.

—¿Por qué está hecho un desastre? —le pregunté, pero ella no me respondió.

Me quedé dormido como estoy ahora, boca arriba, mirando la colcha que nos cubría. Recuerdo haber estirado el brazo por encima de la cabeza, vagamente consciente de que Autumn se retorcía y murmuraba a unos centímetros de mí, supongo que limpiando el espacio entre este mundo y el siguiente. No nos tocábamos, pero sentía como si mi amor por ella calentase los átomos entre los dos.

Más tarde, me desperté cuando me abofeteó en la cara. Le aparté la mano y volví la cabeza hacia ella. Estaba cerca pero no pegada a mí, cogida a las mantas con el otro puño y la mano con la que me había zurrado descansando entre nosotros. Me obligué a apartar la mirada, cerrar los ojos y volver a dormir.

Pero ahora…

Estoy en el cielo: tiene la frente pegada a mí y la cabeza acurrucada en mi brazo mientras descanso una mano en su hombro. Nos encontramos por instinto. Incluso estando medio dormido, nunca lo habría hecho a propósito. No sabía si a ella le parecería bien. Tampoco lo sé ahora, pero no puedo moverme.

Mi pene, basándose en pruebas ínfimas, ha decidido que hoy será el mejor día de nuestra vida. Entiendo su entusiasmo, pero (lamentablemente) está sobreestimando en exceso la situación.

Si me muevo, Autumn se despertará.

Si Autumn se despierta, verá la suposición de mi cuerpo.

Esto me pasa por ponerme en esta posición. Otra vez.

No es que haya estado exactamente en esta posición con Autumn, pero, como ya he dicho, la de historias que podría contar.

Oigo la cisterna del váter. No me había preguntado dónde había ido mi otro mejor amigo.

No voy a poder disimular con Jack. No creo que me deje esta vez. Siempre ha sabido que yo seguía enamorado de Autumn después de todos estos años, a pesar de haber sido bastante feliz con Sylvie. Lo dejó pasar durante toda la secundaria, pero ya no me dejará fingir.

Hace un par de semanas, después de ver aquella película de terror estúpida que hizo que Autumn gritara tres veces, tanto Jack como ella dijeron que se habían divertido. Dijeron que entendían por qué me gustaba tanto mi otro amigo y que estarían encantados de repetirlo.

Autumn lo había dicho en serio. Lo sabía.

No es que Jack no lo hubiese dicho en serio. Simplemente se callaba muchas cosas.

No sé si anoche ayudó. Quiero que Jack vea que Autumn no es una chica a la que le va el postureo y que se cree una princesa, como Alexis o Taylor la hacen parecer.

Es más como si Autumn fuera una princesa de verdad, pero de un planeta alienígena. Es la persona más segura e insegura que he conocido jamás.

Excepto Sylvie, por supuesto.

Recordar a Sylvie le quita a mi pene la idea de que está a punto de ocurrir un milagro y aumenta mi sentimiento de culpa, que ya es bastante grande.

Jack vomita y escupe. Vuelve a tirar de la cadena y luego abre el grifo del lavabo. Lo oigo servirse un vaso de agua en la cocina. Intento recordar lo que dijo Sylvie sobre su itinerario de vuelo. Debe de estar en el aire ahora. ¿Sobre el canal de la Mancha? No sabría decirlo. Me la imagino en su asiento, en el del pasillo, como me dijo que prefiere. Su discman descansa sobre la bandeja y tiene la melena dorada echada hacia atrás mientras escucha música con la cabeza inclinada.

Espero que este viaje haya sido todo lo que necesitaba y que la haya ayudado, tal como su terapeuta esperaba.

Al principio tuve dudas. ¿Sylvie en Europa, sola y sin nadie que la controle? Sí, ya había estado allí, habla francés con fluidez y tiene móvil. Pero seguía sin poder creer que su terapeuta hubiese insistido en que se fuera sola de viaje tras la graduación, sin ningún amigo o sus padres.

Ahora veo que el doctor Giles estaba en lo cierto. Sylvie sabe cuidar de sí misma cuando no intenta impresionar a los demás. Se emborracha para impresionar a la gente. Si nadie la hubiera desafiado en un principio, Sylvie nunca habría realizado sus legendarias peripecias estando bebida.

Sola, con su mochila y algunos mapas, listados de albergues y horarios de trenes, Sylvie ha recorrido el continente. Tuvo un problemilla en Ámsterdam al no darse cuenta de que unos chicos estaban tratando de entrarle, pero se puso a salvo y todo había terminado cuando me llamó.

Espero que vea lo capaz, inteligente y fuerte que es. Espero que llegue a sentirse bien consigo misma por lo que es, no por lo que los demás piensan de ella. Sylvie podría ser lo que quisiera si dejara de importarle lo que la gente equivocada piensa de ella.

Yo soy una de esas personas y espero no cargarme el progreso que ha hecho este verano.

Jack entra en el salón. Cierro los ojos. Aunque mi pene sigue en un plan algo optimista, las sábanas me cubren. Debería moverme, despertar a Autumn, fingir que no le he pasado el brazo por encima jamás, pero no soy capaz de hacerlo todavía.

Oigo cómo se abre la colcha de la tienda de campaña. Jack suspira. Musita lo mismo que me dijo la noche que confié en Sylvie para que no bebiera porque conducía ella y tuve que llamarlo borracho para que me llevara.

—Ya sabíamos que pasaría esto, ¿no? —murmura.

Deja caer la colcha y me parece oír que se va al sofá, pero ya no le presto tanta atención.

Autumn no dormirá mucho rato más. Tiene espasmos de vez en cuando y mueve la cabeza en respuesta a cosas que no puedo ver. Hace un sonido suave, el tipo de sonido que desearía provocarle con su permiso mientras está despierta. Y, con ese pensamiento, levanto el brazo y me alejo de ella. Ella frunce el ceño ante la pérdida de calor y me quedo quieto, esperando a que se mueva. Entonces gime y se acurruca aún más.

Me permito el breve lujo de mirarla a la cara.

Es inhumanamente injusto lo preciosa que es. Me pone en gran desventaja. Esa mente brillante y tontorrona suya ya era suficiente. ¿Por qué tiene que tener también una cara perfecta?

Nunca tuve ninguna oportunidad.

Ni siquiera antes de que le crecieran los pechos.

Tengo que dejar de pensar así.

Y, de paso, terminar con esto.

Jack está escribiendo en su móvil en un extremo del sofá. No habla hasta que me siento.

—Finn, tío…

—Lo sé —digo.

Cierra el teléfono.

—No. Estás hasta el cuello. No tienes ni idea de cuánto.

—Sí que tengo una idea.

Él me mira fijamente.

—Sé lo que estoy haciendo —pruebo a decirle.

—¿Qué es lo que estás haciendo? Y ¿qué pasa con ella? —Jack señala la tienda con la cabeza. Aunque hablamos en voz baja, empieza a susurrar—: Tendría que ser la persona más estúpida del mundo para no darse cuenta de que estás coladísimo por ella.

—No es estúpida. Simplemente no sabe cuánto me… —digo, pero no consigo pronunciar la palabra—, cuánto me importa. Cree que me gustaba antes.

Jack vuelve a mirarme como hace un momento, pero no sé qué quiere que le diga. Autumn no coquetea conmigo. No hace bromas sugerentes ni me da falsas esperanzas. No cuando está despierta.

Yo soy el problema. Confundo sentimientos cuando me mira con ese cariño que es natural dada nuestra historia.

—Finn —empieza Jack—, míralo de esta manera. No soy como tú. No crecí en una casa donde se hablaba de sentimientos y esas cosas. Esto me cuesta y lo estoy haciendo de todos modos. Otra vez.

Otra vez.

Es cierto.

—Eres un buen amigo —le digo—. Y gracias. Pero me necesita. Está en una situación extraña con sus amigos.

—Se ha pasado toda la noche riéndose contigo —señala Jack, como si estuviera tratando de clavarme cada palabra en la cabeza.

—Estaba borracha y, además, es… —empiezo, y me doy cuenta de lo que estoy a punto de decir, pero las palabras me salen de la boca antes de que pueda contenerlas—: como Sylvie. Se le da preocupantemente bien ocultar el dolor que siente.

Jack gime y se frota la cara. Dice algo que no entiendo del todo, pero termina con la palabra «tipo». Autumn hace ruido en la tienda y ambos escuchamos aguantando la respiración.

Silencio.

—Ya que mencionas a Sylvie —susurra—. Sí, me quejo de ella, pero también es amiga mía y…

—Lo sé. Voy a…

Autumn hace ruido.

—Está a punto de despertarse —le digo.

Jack suspira. Tiene razón acerca de lo que me pasa con Autumn, y sabe que yo sé que tiene razón.

Los dos vemos lo que pasará a continuación. Autumn y yo nos iremos al Springfield College. Haremos amigos, probablemente mutuos esta vez, pero, al final, ella conocerá a alguien que le guste, alguien que tenga eso que la hizo querer estar con Jamie. Y a mí me destrozará. Me aniquilará. Jack y yo tenemos una relación tan cercana que esto también le afecta. Pero no puedo renunciar a lo que tengo con Autumn, y cuando ella conozca a ese chico, me aseguraré de que la apoye, de que no la trate como a una conquista molesta pero valiosa. O como a una inferior. O como a un chiste.

—Finny —canturrea Jack, que me chasquea los dedos delante de la cara—. ¡Hola!

—Lo siento, estaba…

—¿Empanado como ella? Llevas tan tan… ¡toda la semana pasada! —Y pregunta—: ¿Cómo pudiste perderte el partido?

—Autumn y yo estábamos en el centro comercial.

—Nunca te pierdes a los Strikers en la tele —replica Jack.

Y es verdad; me enfadé conmigo mismo cuando recordé que el partido ya había comenzado. Saint Louis apenas tiene liga y estoy decidido a apoyarla. Pero Autumn hablaba de que el centro comercial era como un jardín abandonado en el que algunas partes mueren más rápidamente que otras. Según ella, la zona alrededor del cine es un lugar soleado con lluvia abundante. Dimos una vuelta y decidimos que los quioscos eran malas hierbas y las tiendas, piezas de topiaria descuidadas.

Mi encogimiento de hombros no ha satisfecho a Jack, que espera que me explique.

—Voy a dejar a Sylvie cuando vuelva a casa mañana.

—Me lo imaginaba —responde. Palabras sencillas, pero su tono tiene la recriminación que merezco—. Y ¿luego qué?

—¡Ay, madre! —gime Autumn mientras sale corriendo de su cueva.

—Autumn —la llamo involuntariamente mientras se dirige al pequeño baño que hay junto a la cocina, el que Jack ha dejado libre antes. Le advertí que se encontraría fatal si se tomaba ese cuarto vaso. Fue su elección, pero aun así me siento responsable. Además, lo preparó Jack, así que, a diferencia de los tres anteriores que le había preparado yo, probablemente este contenía más alcohol. Estoy a punto de hacer un comentario sobre las habilidades de mi amigo como camarero, cuando veo su expresión y recuerdo que no estoy en posición de hablar—. Voy a ver cómo está —digo.

—Me lo imaginaba —repite él—. Y ¿luego qué?

—Pues pasaremos el rato.

Intento que suene trivial, como si pensara que solo me está preguntando qué haremos hoy, pero no engaño a ninguno de los dos. Ambos sabemos que estoy evitando la verdadera pregunta: ¿cómo voy a vivir el resto de mi vida enamorado de Autumn Davis sin ninguna esperanza de que me corresponda?

2

—**V**ete —dice Autumn cuando llamo a la puerta. Suena como si se estuviera muriendo.

—¿Estás bien? —pregunto, pero sé lo que va a decir.

—Sí. Vete.

Autumn odia ser vulnerable. Lo heredó de su madre, a pesar de todas sus quejas sobre la fachada de acomodada perfección que mantiene la tía Claire.

—Vale.

Siento la necesidad de esperar allí delante, aunque sé que ella quiere privacidad. Me giro e ignoro los sonidos al otro lado de la puerta. Hace unos minutos, cuando me he excitado, lo que debería haber estado haciendo era preocuparme por su resaca.

A veces tengo la impresión de que Autumn saca lo peor de mí. Me hace sentir como el tipo de chicos que odio, los deportistas que dicen cosas en el vestuario que me dejan de piedra. Intenté, sobre todo como estudiante de último año, intervenir en esas conversaciones, pero a menudo estaba tan alucinado por lo que acababa de escuchar que perdía la oportunidad de meterme. Sin embargo, algunas veces a lo largo de los años, cuando decían algo específico y vulgar sobre Autumn, mi boca hablaba antes de que el resto de mí supiera lo que estaba pasando.

En esos momentos era capaz de decir lo que pensaba y de regañarles por sus repugnantes observaciones porque estaba de acuerdo con ellos. Quería lo que ellos querían o había visto lo que ellos recordaban. Sus palabras eran un reflejo grotesco de mis propios sentimientos.

Entonces, después de la última competición de atletismo del último curso, un estudiante de primero se me acercó y puso mi hipocresía al descubierto cuando me dijo:

—Has dejado que Rick diga cosas peores sobre otras chicas.

Me burlé del pobre chaval.

—Entonces debería haber tenido principios más elevados en el pasado. Me iré pronto. Podrás asumir el cargo de noble caballero el año que viene.

Me colgué la mochila del hombro y me fui dando zancadas. No recuerdo el nombre del muchacho, pero probablemente él se acuerde del imbécil de Finn durante un tiempo.

En el instituto, Autumn solo tenía ojos para Jamie. No quería que esos idiotas pensaran en ella, y no quiere que yo piense en ella de esa manera, ni entonces ni ahora. Lo dejó claro hace años. Entiendo por qué necesitaba dejarlo claro. Fue lo mejor que podía hacer. Pero algún día, si hablamos de ello, le diré que al menos podría haberme dicho que no sentía lo mismo. No tenía por qué dejarme de lado como lo hizo.

Probablemente eso fue lo que quiso decir mi madre ayer. La tía Claire está celebrando que se ha divorciado del padre de

Autumn, Tom, con un fin de semana de cata de vinos. Nuestras madres nos dejaron dinero en efectivo y, sorprendentemente, pocas instrucciones para cuando estuvieran fuera. Cuando mamá me abrazó ayer para despedirse, susurró:

—Por el amor de Dios, criatura. Habla con ella.

Esta incomprensión mutua es algo que pende entre Autumn y yo. Ella sabe que me gustaría que sintiera algo diferente por mí. Tiene que saber que es mucho peor de lo que piensa. Mi amor por ella es lo más parecido que tengo a la religión. Pero no pasa nada si ella no siente lo mismo. Estoy bien. Puedo soportarlo. Podemos ser amigos, como cuando éramos pequeños. Estaba enamorado de ella en aquel entonces, solo que esta vez no se me irá la pinza ni intentaré demostrarle nada. Aprendí la lección cuando intenté besarla y ella no me correspondió.

Pero mi madre se equivoca en cuanto al momento. Este no es el fin de semana para tener esa conversación. Necesito que pase hoy y romper con Sylvie mañana. Después de eso, tal vez hable con Autumn. O tal vez deba esperar hasta Navidad. No lo sé.

Una vez más me he olvidado de mi otro mejor amigo. He venido a la cocina a hacer tostadas por inercia, aunque Autumn nunca había pasado una resaca en mi casa.

Jack aparece en la puerta y se me queda mirando.

—¿Le vas a poner canela y azúcar también?

—No es así como a Autumn le gustan las tostadas, capullo.

—Ya estamos otra vez, ladrando en lugar de gestionar mis jodidas emociones como un hombre. Intento sonar más natural—: ¿Tú también quieres unas cuantas?

—Claro. —Se sienta y bosteza. Jack ha decidido dejarme tranquilo por hoy—. ¿Le gustó *Uno de los nuestros?*

Me echo a reír.

—Apenas había empezado cuando te quedaste dormido. Y anoche hablaste tanto de la peli que básicamente no le hizo falta ni verla.

—Eso no puede ser verdad de ninguna manera —dice Jack—. Esa película es como un castillo de naipes construido con la máxima delicadeza...

Continúa hablando, pero no lo escucho. La puerta del baño se ha abierto.

Autumn ha vuelto.

La oigo cruzar la cocina detrás de mí y sentarse a la mesa.

—¿Te encuentras mejor? —le pregunta Jack.

—Más o menos —dice Autumn. Tiene los ojos cerrados cuando me giro y está hecha un ovillo en la silla, con la barbilla apoyada en una rodilla.

Le paso a Jack el primer plato de tostadas y me vuelvo para hacer más.

—Pues nos remontamos al material original, *Wiseguy* —comienza él.

Habla de esta película sin parar. No tengo que prestarle atención para saber lo que dice. Puedo coincidir o responder lo correcto mientras me concentro en Autumn.

Unto mantequilla en sus tostadas como a ella le gusta y me dedica una débil sonrisa de agradecimiento que me derrite. No estoy seguro de qué es lo que me mantiene en pie.

Jack solo intenta salvarme de mí mismo con su monólogo de Scorsese, y yo estoy siendo un pésimo amigo.

La respiración de Autumn es regular y tranquila. Mastica, traga y coge aire profundamente. Masticar. Tragar. Respirar. Está funcionando. Se está relajando. Sigue con los ojos cerrados y la barbilla en la rodilla que tiene levantada.

—Creo que, como escritora, te fliparía su estilo narrativo —dice Jack.

Autumn abre los ojos y lo mira parpadeando. Estoy seguro de que ella tampoco estaba escuchando la lección de historia del cine.

—¿Por qué no volvemos a poner la película? Así la vemos todos.

Jack me mira para recordarme que nuestra conversación anterior no ha terminado.

Autumn se encoge de hombros y termina su tostada.

No presto atención a la película. Nos sentamos los tres uno al lado del otro en el sofá, la tienda abandonada. Ellos están viendo la película. Yo solo estoy aquí, cerca de ella. Parece que las tostadas le han ido bien para las náuseas que tenía cuando se ha despertado.

¿Cuándo se ha despertado? ¿De qué estábamos hablando Jack y yo?

Cuando le he advertido que Autumn estaba a punto de despertarse, estábamos hablando de…

De Sylvie o el fútbol. Eso es lo que puede haber escuchado.

Ya le conté a Autumn que voy a romper con Sylvie. No creo haber dicho nada que pueda haber revelado la verdadera razón. Una cosa es tener una relación con Sylvie estando enamorado de la chica de al lado, pero ya es pasarse demasiado si también vuelve a ser mi mejor amiga.

—Ella no es la persona con quien quiero estar —dije finalmente cuando Autumn me preguntó el porqué.

Era la verdad, aunque omitiera tantas cosas. Ella asintió como si lo entendiera y yo sentí como si ambos hubiésemos dicho más de lo que habíamos dicho en realidad, porque soy así de tonto.

Mis mejores amigos se sientan cada uno a mi lado durante dos horas y media. Anoche bromeamos y nos pinchamos. Hoy estamos callados. De todos modos, me siento bien estando con ambos al mismo tiempo. Espero que este otoño, cuando estemos todos en Springfield, también ellos lleguen a ser amigos. Pero solo amigos.

Es una tontería, pero la idea sigue siendo la misma: necesito convencernos tanto a Jack como a mí de que cuando Autumn vuelva a encontrar a alguien, esta vez estaré listo para dejarla ir.

—Oye, Finn —dice Jack—. Ven a coger tus botas a mi coche.

Se está preparando para irse y mis botas de fútbol no están en su coche, porque es una pocilga y yo nunca dejaría nada mío allí, ni siquiera unos zapatos.

—Claro.

Echo un vistazo a Autumn antes de levantarme. Está acurrucada en una manta, terminándose el vaso de agua que le he traído y comiéndose otra tostada. Vuelvo a fijarme en lo injusto que es que esté tan preciosa con resaca.

Acompaño a Jack hasta su coche y cuando se vuelve hacia mí, con esa expresión en la cara, sé lo que va a decir. Abro la boca para hablar.

Se me adelanta.

—Tu historia no tiene sentido.

Eso no es lo que esperaba.

—¿Mi historia?

—Lo de que sabe que estás enamorado de ella, pero al mismo tiempo no lo sabe.

—Eso no es lo que he dicho.

—Básicamente, sí. Puede que seáis las dos personas más estúpidas del mundo y que, de alguna manera, no os deis cuenta de que estáis coladitos el uno por el otro, pero, la verdad, me da que ella sabe que la quieres y te la está jugando para sentirse mejor.

—Eso no es...

Me echa una mirada y me callo.

—Rompe con Sylvie mañana. Llámame después. Piensa en lo que te he dicho.

—Vale. —Me encojo de hombros y miro hacia otro lado.

—¿Estamos bien?

Vuelvo a mirarlo a los ojos.

—Sí.

Él asiente y se va. Vuelvo dentro.

Me pregunto si debería haber fingido que subía las escaleras y guardaba las botas imaginarias antes de sentarme junto a ella en el sofá, pero Autumn no parece darse cuenta.

—¿Te lo has pasado bien? —le pregunto.

Ella sonríe levemente.

—Tenías razón sobre ese cuarto vaso y tal vez también sobre las habilidades como camarero de Jack.

—Definitivamente, tenía razón en ambas cosas. Aunque tienes mejor cara.

Está increíble; ese es su aspecto por defecto.

—Las tostadas han ayudado. Gracias. —Me dedica otra sonrisa que me llena de cariño.

—Solo es un truco que aprendí —respondo, pero me abstengo de apuntar que lo aprendí de cuidar a Sylvie.

—Creo que voy a ir a casa a darme una ducha —dice.

Estoy sorprendido y decepcionado. Me doy cuenta de que parpadeo.

—Vale. —Quizá sea lo mejor. Necesito aclarar mis pensamientos. Averiguar qué le voy a decir a Sylvie mañana.

Autumn estira los brazos por encima de la cabeza y gime antes de levantarse, y desearía poder reproducir una y otra vez ese momento, como tantos otros.

—¡Adiós, Finny! —se despide de mí por encima del hombro mientras se dirige a la casa de al lado.

Espero un poco y luego corro a mi habitación para verla otra vez antes de que entre, tal vez pillarla de nuevo cuando llegue a su cuarto, ya que nuestras ventanas están una frente a la otra.

No es que esté tratando de verla desnuda. Créeme, he tenido la oportunidad, y he estado a punto de hacerlo, pero siempre me obligo a cerrar las cortinas cuando ella se olvida de correr las suyas. Hoy, sin embargo, entra en su habitación y las cierra del todo. Dejo las mías abiertas y me tumbo en la cama. Debería pensar en lo que mi madre y Jack me han dicho sobre mi relación —mi amistad— con Autumn. Ambos coinciden en que debo decírselo.

Pero yo solo puedo pensar en ella. En cómo le brillaban esos ojos castaños mientras montábamos la tienda ayer. En cómo le olía el pelo, tan suave, mientras estaba acurrucada junto a mí esta mañana. En cómo ha arqueado la espalda mientras emitía ese sonido antes de levantarse del sofá. En que se está desnudando ahora mismo para darse una ducha.

No puedo dejar de pensar en Autumn, y no de una manera que me haga sentir mejor, ni ahora ni a largo plazo.

3

Si vuelvo la vista atrás, no sabría decir cuándo me enamoré de Autumn Rose. Algo que sentía por ella incluso antes de aprender a leer había ido creciendo e intensificándose a medida que crecíamos juntos. Si intento ubicarlo, diría que la primera vez que me vi enamorado de Autumn fue antes de quinto de primaria. No sé si un psicólogo estaría de acuerdo en que alguien tan joven pueda estar enamorado. Lo único que sé es lo que me pasó a mí.

Estaba enamorado de ella, pero solo teníamos once años, por lo que no ser más que amigos me pareció natural, aunque tuviese claro que sería algo temporal. Siempre hablábamos como si fuéramos a vivir toda la vida juntos, como nuestras madres; seguramente se daría cuenta de que tendríamos que casarnos. Pero nunca tuve la sensación de que ella pensara en mí de la misma manera. Autumn no entendía por qué nuestras madres decían que ya no podíamos dormir en la misma cama. Yo sí. Cuando nuestras manos se tocaban casualmente, ella no intentaba alargar el momento. Yo sí.

Esos primeros años de estar enamorado de ella fueron duros, pero ni me imaginaba lo durísimos que serían los siguientes.

Conocí a Jack el primer día de instituto. Autumn y yo no coincidíamos en ninguna clase (para empezar, así estaría menos distraído), pero lo de no comer juntos me pareció una broma. Dirección tenía que saber que siempre habíamos estado juntos, que estábamos destinados a estar juntos. Seguro que, si echaba un vistazo por la cafetería, ella estaría allí.

Pero no fue así. Autumn comió durante el primer descanso, donde conocería a sus nuevos amigos. Luego también serían los míos, aunque entonces yo no sabía nada de eso.

Cuando finalmente me senté junto a Jack a una mesa casi vacía, este reaccionó como si me hubiera estado esperando. Habíamos estado juntos en la clase de Educación física de aquella mañana y chutamos una pelota con otros chicos cuando la profesora nos dejó tiempo libre. Pero no me senté allí porque hubiese reconocido a Jack; simplemente me senté en el primer asiento vacío que encontré, derrotado. Pero él se acordaba de mí. Me preguntó si alguna vez había visto fútbol profesional. Le dije que sí, sin mucho interés en conversar, sin escucharlo realmente, preguntándome qué estaría haciendo Autumn.

Y entonces Jack selló nuestro destino.

—Paolo Maldini es la razón por la que juego como defensa.

Levanté la cabeza de repente y lo miré por primera vez, fijándome en sus pecas y el tono rojizo de su pelo.

—Yo también —respondí—. Es mi…

Y dijimos los dos a la vez:

—Favorito.

No recuerdo el resto de la conversación, pero ya éramos amigos.

Esa noche, en la cena con nuestras madres, Autumn habló

sobre las chicas con las que había comido, especialmente una llamada Alexis, y me alegré de que a ambos nos hubiera ido bien en el descanso. Durante esas dos primeras semanas pensé que tal vez todo el mundo tenía razón: nos iría bien hacer otros amigos. Yo podría tener a Jack para comer y jugar al fútbol, y a Autumn para todo lo demás. Y Autumn podría ir al centro comercial con esas compañeras. Todas esas cosas de chicas estaban empezando a ser importantes para ella, pero seguiría teniéndome a mí, como siempre, para todo lo demás.

Cuando mi madre me sentó para explicarme que ese año, después de la cena en familia que hacíamos por el cumpleaños de Autumn con el tío Tom, su padre, Autumn invitaría a sus amigas a una fiesta de pijamas en la que yo no podría participar, lo entendí. No me importó. Lo único que me confundió fue que me lo dijese mi madre y no Autumn.

Decidí que era una cuestión de tiempo. Yo estaba en todas las clases avanzadas y Autumn no, ni siquiera en la de Inglés. El año anterior había sacado un aprobado bajo en esa asignatura. Se había leído todas las lecturas obligatorias en cuarto, por lo que en sexto dedicó el rato de lectura a leer a Stephen King a escondidas. Luego escribió los comentarios de texto basándose en lo que recordaba de dos años atrás. Pensé que era impresionante que hubiera sacado un aprobado bajo en esas circunstancias.

Como no asistíamos a las mismas clases, nuestros deberes eran diferentes. No tenía mucho sentido hacerlos juntos a menos que ella necesitara que la ayudara con las matemáticas. Así que pasábamos menos tiempo juntos por las noches. Me dije a mí mismo que Autumn había querido contármelo ella misma, pero que no había tenido tiempo.

Me pasé todo el mes hablándole a Jack sobre Autumn. Que era divertida, guay, rara, que siempre se acordaba de decir «Paolo» y no «Pablo». (Tampoco es que hablara de fútbol. Era más bien que le importaba lo suficiente como para recordarlo cuando yo le hablaba de Paolo Maldini).

Por mi cumpleaños, una semana antes del de Autumn, Jack vino a cenar con nosotros dos, mamá y la tía Claire. (Tom no se presentaba en mis celebraciones, pero tampoco es que yo lo quisiera. Mi propio padre me enviaba una notificación conforme había abierto otra cuenta de ahorros a mi nombre). Estaba emocionado de que Jack y Autumn se conocieran.

Ella le sonrió y a él se le desorbitaron los ojos. Se sacudió como si acabara de salir de la piscina. Le había hablado de mi amiga Autumn, pero no le había descrito su cara ni su nueva figura. Jack la saludó y pasamos una velada que me pareció agradable y normal, como cualquier otra celebración de cumpleaños con nuestras madres y Autumn, excepto que Jack también estaba allí. Solo más tarde me di cuenta de cuánto tiempo había pasado Autumn mirando su nuevo teléfono y de lo distantemente educada que había sido con Jack.

Nuestras madres habían dicho que no podíamos tener móvil hasta que cumpliéramos trece años, pero a Autumn le habían dado el suyo a principios de mes porque su padre se había equivocado con la fecha de inicio del contrato. Tom se lo había dado de todos modos, como dijo mi madre, «sin consultarlo con Claire, como es habitual en su mundo». Esa noche, cuando recibí mi primer móvil, le dije a Autumn que podíamos enviarnos mensajes en lugar de usar los vasos y la cuerda colgados entre nuestras ventanas. Ella sonrió a modo de respuesta, pero no parecía estar pensando en escribirme como llevaba haciendo toda la semana con sus nuevas amigas.

Al final de la noche, cuando dejamos a Jack en su casa, mi amigo me miró con lástima antes de bajar del coche. No creo que fuera su intención, pero pude verlo en su rostro: no creía que Autumn fuera mi amiga, ni que lo hubiera sido nunca. La hija de la mejor amiga de mi madre, que estaba mucho por mi casa, claro. Pero pensaba que me engañaba a mí mismo si creía que una chica tan atractiva era amiga mía.

Me decidí a demostrarle que Autumn sí era mi amiga. Durante los siguientes dos meses, avasallé a Jack a base de invitaciones a mi casa, cuyas paredes estaban cubiertas de fotos en las que Autumn y yo salíamos abrazados, y donde mi madre podía contarle una historia tras otra de todas las aventuras que Autumn y yo habíamos vivido juntos.

Logré demostrarle que habíamos sido amigos, pero no logré demostrarle (ni a él ni a mí, para ser sincero) que seguíamos siéndolo. El último día de clase antes de las vacaciones de Navidad, Jack finalmente dijo algo. No recuerdo lo que le había estado contando, solo que se trataba de Autumn.

—Finn. Tío. O sea, lo entiendo. Comería cristales rotos por pasar siete minutos a solas con ella. Pero ¿te habla siquiera?

—No somos el tipo de tíos a los que invitan a fiestas donde juegan a lo de girar la botella o como se llame —dije.

—Por eso mismo ya no te habla —respondió Jack.

No me molesté en decirle que Autumn me hablaba de vez en cuando.

—Probablemente quedemos durante las vacaciones —comenté, encogiéndome de hombros.

Jack, siempre generoso conmigo, no me dijo que estaba soñando.

Y resultó que no era un sueño. Ocurrió.

Autumn salió de su trance y fue como si me viera de nuevo. Sentí tal alivio que me impactó a nivel físico. Dormí mejor en esas dos semanas que en los últimos meses.

Había vuelto al partido. Nuestra relación todavía no estaba donde yo quería, pero habíamos vuelto a la normalidad. Podría entrar en acción.

Las conversaciones en el vestuario no habían alcanzado el nivel de obscenidad al que llegarían al final de la secundaria, pero escuché a un estudiante de segundo alardear de haber seguido por el centro comercial a un grupo de alumnas de primero que estaban buenas. Por su descripción, deduje que eran Autumn y sus amigas (llamó a Alexis por su nombre), y me sorprendió que dijera que, al descubrir que las estaba siguiendo, le habían sonreído y le habían guiñado un ojo antes de entrar en una lujosa tienda de ropa interior.

Por primera vez, me pregunté si conocía a Autumn tan bien como pensaba y luego hice suposiciones erróneas sobre su vida sin mí. No fue la última vez. Más tarde, basándome en una mezcla de rumores y envidia, supuse que bebía alcohol y tenía relaciones sexuales en su primer año de instituto.

Pero por entonces pensé que había descubierto el tipo de chico que le gustaba a Autumn. Tenía que ser más masculino, como los deportistas mayores. A mí se me daban bien los deportes, pero mejoraría. No tenía en mi vida un padre de verdad al que emular, pero podía aprender más sobre los chicos. Pensé que pasarían meses, pero de ningún modo años, antes de tener la oportunidad de impresionarla.

Entonces ocurrió el milagro. Autumn volvió a mí esa Navidad. Fuimos amigos de nuevo. Pasábamos juntos todos los días, hablando y riendo como en los viejos tiempos. No iba a perder la oportunidad de demostrarle que podía ser quien ella quería. Vimos *Cuando Harry encontró a Sally* con nuestras madres durante las vacaciones. Obviamente, a mí me encantó aquella comedia romántica de dos amigos que se enamoran, y cuando Autumn le dijo a mi madre: «El final ha sido romántico», elaboré un plan.

La besaría a medianoche en Nochevieja. Le demostraría que podía ser audaz, que podía ser varonil. Después de salir corriendo al jardín y golpear las ollas para recibir el año nuevo, mi plan era tirarlas al suelo, coger a Autumn románticamente y besarla. Supuse que me saldría algo así por instinto.

Me sentía tan exultante a medianoche que estaba casi agotado de tanto chillar como habían hecho los novios de mi madre otros años. Cuando me di cuenta de que estaba a punto de perder mi oportunidad y que todos volverían a entrar, alargué una mano y la cogí del brazo.

—Espera —dije.

Hablar no formaba parte del plan, pero ya pasaban un par de minutos de medianoche.

—¿Qué?

Había querido estrecharla entre mis brazos, pero la había cogido por encima del codo, así que eso tendría que valer. Me incliné y ella abrió los ojos como platos.

Tenía los labios tan suaves como había imaginado. Una vez más, había dado por hecho que me saldría el romanticismo por instinto y que sabría besarla como lo hace la gente en las películas. Pero le di un pico, como había dado a tantas otras mejillas en el pasado, principalmente a nuestras madres.

Aun así, la estaba besando. Me sentía lleno de asombro y esperanza. Observé su rostro mientras me separaba de ella, esperando ver su reacción.

Autumn se había quedado atónita.

—¿Qué estás haciendo? —dijo al fin.

Mi fantasía se vino abajo. Esta no había sido mi oportunidad. Había sido una prueba y no la había pasado. Ella me había dejado volver a entrar y yo había tratado de besarla como si fuera su igual. Debería haber esperado. Debería haber hecho más ejercicio. Debería haber sido su amigo cuando tuviese tiempo para mí, durante las vacaciones de Navidad y verano, y luego, cuando hubiese sido más guay y más alto y sus amigas se interesaran por mí, entonces tal vez, solo tal vez, habría tenido la oportunidad de ser su novio.

Pero lo había echado todo a perder.

Le daba asco. Estaba claro por su expresión.

Quise aferrarme a ella, no separarnos. Cuando apartó el brazo, me di cuenta de que me dolía la mano de tanto apretárselo.

No había sido mi intención hacerle daño.

Mi madre nos llamó.

Autumn se apartó y salió corriendo, huyó de mí como no lo había hecho jamás. En ningún momento miró hacia atrás ni me hizo señas para que la siguiera.

Dentro, los cuatro comimos pastel. Yo tenía la boca seca. Mi madre preguntó por qué estábamos tan callados y ambos dijimos a la vez que estábamos cansados. Nos sobresaltamos y volvimos la mirada el uno hacia el otro antes de apartarla de nuevo. No protesté cuando, poco después, Autumn se fue a su casa.

No me di cuenta de lo terrible que había sido mi gran jugada hasta el almuerzo de Año Nuevo en casa de sus padres, cuando le vi los tenues moretones en el brazo. La había agredido. Me vi a través de sus ojos, desesperado y avaricioso, patético pero sin ser digno de lástima. Tuve que hacer un esfuerzo para no pegar un salto del sofá y darle el espacio que tanto debía de querer de mí.

En el instituto, Jack me preguntó por las vacaciones. Me había llamado dos veces para quedar. Le dije las dos veces que estaba con Autumn y que también teníamos planes para el día siguiente. Cuando me preguntó, vi curiosidad en sus ojos, incluso esperanza, como si creyera que yo tenía buenas noticias que contarle sobre Autumn.

Me derrumbé. No llegué a llorar, porque me estaba aguantando las lágrimas, pero casi. Fue uno de los peores momentos de mi vida.

Estábamos en el vestuario, justo antes de la segunda tanda de clases. Jack miró a su alrededor, con una expresión de pánico. Supuse que me abandonaría. Él, en cambio, se rio a carcajadas, me dio un puñetazo en el brazo y dijo mientras me empujaba:

—Tan mal, ¿eh? Vamos fuera.

Sabía de un lugar tranquilo detrás de los contenedores de basura. Al parecer, no era el único. Había un par de colillas de cigarrillos y muchos envoltorios de caramelos en el suelo. Me estuvo escuchando hasta el final de las clases. Me desahogué del todo y después me sentí ligeramente mejor.

Nos sentamos hombro con hombro, acurrucados para protegernos del frío.

—No sé qué hacer —dije—. Era mi mejor amiga.

Jack se encogió de hombros.

—Yo tampoco tengo un mejor amigo.

Después de eso, dejé a Autumn en paz. Hasta San Valentín.

Hubo una recaudación de fondos en la que, por dos dólares, le entregaban un clavel rojo o blanco con una tarjeta a la persona que escogieras. El cartel rezaba: «¡Los claveles blancos son para los amigos!», lo cual nos obligaba a adivinar por nuestra cuenta qué significaban los rojos. Le envié dos claveles a Autumn, uno blanco y otro rojo, uno con mi nombre y el otro firmado como «Tu admirador secreto». Escuché a nuestras madres decir que Autumn había recibido un total de cuatro claveles rojos firmados exactamente de la misma manera. A mí nadie me envió nada.

A finales de febrero, mi madre vino y se sentó en mi cama.

—¡Qué haaay!

Para las conversaciones delicadas, siempre intentaba pillarme cuando estaba acabando de leer en la cama, justo antes de que apagara la luz.

—¿Qué pasa?

Ella suspiró y me puso una mano sobre el pie.

—Sabes que Claire y yo siempre esperamos que tú y Autumn fuerais amigos, pero nunca os forzamos a serlo.

No tenía ni idea de adónde quería ir a parar.

—Entendemos que tú y Autumn os hayáis distanciado, pero quería saber si estás bien siendo solo amigo suyo. Pareces decaído últimamente.

Pensaba que se me notaría muchísimo cuánto añoraba a Autumn. La idea de que nadie se diese cuenta me alucinaba.

Quizá por eso solté:

—No somos amigos, mamá. —Y volví a mi libro.

Debió de sorprenderse, porque tuve tiempo de leer unas cuantas frases antes de que volviera a hablar.

—A veces los hermanos y hermanas pasan por fases en las que no son amigos, pero aun así se quie…

Dejé caer el libro y la miré horrorizado. En su rostro aparecieron, como si fueran diapositivas, toda una serie de emociones: sorpresa, diversión, alegría y luego tristeza. Una profunda tristeza.

—Y a veces —continuó—, aquellos que son muy amigos pasan por periodos en los que se distancian, y no pasa nada. Todavía se preocupan el uno por el otro. Algún día, tal vez vuelvan a ser cercanos, o tal vez se conviertan en algo más que amigos. Tal vez.

Incliné la cabeza para que supiera que estaba escuchando.

—Lo que debes hacer es concentrarte en lo que te hace sentir bien contigo mismo, como los estudios y el fútbol. Tienes a tu nuevo amigo, Jack. Puedes recordarte a ti mismo: «Autumn está donde quiere estar ahora mismo, y no pasa nada. Sigo siendo genial y estaré cerca por si me necesita». ¿Mmm? —dijo, y volvió a apretarme el pie.

—Vale —respondí—. Un poco gratuito para después de clase, pero gracias. —Me encogí de hombros y dejé que me abrazara.

Cuando se fue, apagué la luz y pensé sobre su consejo.

Tenía sentido, porque no era tan diferente de lo que había pensado yo antes, aunque me había pasado en cuanto al objetivo. Necesitaba ser más guay. El fútbol era la mejor forma de parecer más varonil. Le demostraría a Autumn que no era un perdedor sin amigos; Jack y yo conseguiríamos hacer más amigos.

En aquel entonces ya había visto a mi padre dos veces, y era muy alto. El pediatra dijo que yo también sería alto, que era solo cuestión de tiempo. Tiempo era lo que necesitaba para convertirme en una mejor versión de mí mismo. Mientras Autumn me ignoraba, yo me transformaría.

Así, aunque me dolía estar cerca de ella, hacía caso omiso de mis emociones y la miraba con el rabillo del ojo como un drogadicto desesperado por una dosis. Pero le di tiempo a Autumn, le di espacio y trabajé en mí mismo.

El día después de San Valentín, le envié un clavel rojo anónimo a Autumn y un clavel blanco a Jack firmado como «Paola».

Me pegó con él a la hora de la comida mientras se sentaba a mi lado.

—Gracias —dijo—, pero no creas que con esto me abriré de piernas.

—Simplemente me dabas pena —respondí.

Al final de la comida, después de pegarnos el uno al otro con el clavel, la mesa estaba cubierta de pétalos blancos. Los otros chicos con los que quedábamos, más por hacer piña que por conversar, se molestaron con nosotros, pero probablemente aquello fue lo más divertido que he hecho por dos dólares.

4

Fantasear con haber pasado una noche diferente con Autumn en esa tienda y luego dar vueltas a todos los errores que cometí y que nos separaron no ha mejorado mi estado de ánimo. Me duele la cabeza. Estoy aún más agotado y ha vuelto la culpa. Autumn no quiere que piense en ella de esa manera. Tengo que controlarme.

Me levanto de la cama y me dirijo al baño, incapaz de no mirar a mi paso las cortinas cerradas al otro lado de la ventana. Me desnudo y me meto en la ducha, pongo el agua lo más caliente posible y aguanto bajo el chorro todo lo que puedo. Luego pongo rápidamente el frío al máximo.

«Estás aquí, en este momento, ahora mismo», me digo mientras el agua helada arremete contra mi abrasada piel.

«La verdad es que lo que has imaginado nunca pasará y lo que recuerdas ya está hecho».

«En este momento, Autumn es tu amiga».

«No la cagues».

«Pero prepárate para cuando se vuelva a marchar».

Cuando empiezo a temblar, ajusto el grifo a temperatura

media. Dejo que el agua se lleve la imagen de Autumn debajo de mí y el recuerdo de su cabeza en mi brazo.

Me suena el móvil mientras me pongo unos calzoncillos limpios. Supongo que es Autumn y respondo automáticamente, sin mirar la pantalla.

—Hey —digo.

—¡Hola! —me saluda Sylvie.

Se me revuelve el estómago.

—Ah. Hola. Guau. ¿Dónde estás?

—Londres. Hago escala aquí y me queda mucho hasta mi vuelo a Nueva York, así que voy a aprovechar para hacer turismo este rato y estaré ocupada. Quería hablar contigo por última vez.

Se refiere a una última vez antes de volver a Estados Unidos, pero parece que hable de una última vez antes de que rompa con ella, aunque no sabe lo que sucederá.

—Ah —digo.

Cada vez me cuesta más fingir que habrá algo entre nosotros cuando Sylvie vuelva.

—Bueno —empieza ella—, ¿tienes ganas de verme mañana?

—Sí —contesto, y puede que sea la mentira más grande que haya dicho jamás—. ¿Cuándo llegas?

—Hacia las cuatro… Estarás en el aeropuerto, ¿verdad?

Eso ni siquiera se me había ocurrido. Está claro que es lo que espera. Pero no puedo abrazarla y besarla delante de sus padres y luego romperle el corazón en privado.

¿Qué puedo decir?

—Probablemente. Te digo algo.

—¿No lo sabes?

Percibo desconfianza y dolor en su voz. A veces, parece como si estuviera atando cabos. No sé si dejar que sospeche es cruel o no. ¿Esto es lo mejor para ella? No sé cómo hacer la cosa más inhumana de la manera más amable posible.

—Lo siento, es que...

—¿Qué hiciste anoche? —pregunta Sylvie, alegre de nuevo.

—Ah, pues Jack se quedó a dormir.

—¡Suena divertido!

Me cuenta cómo se ha planificado las diez horas que tiene de escala en Londres: piensa coger un minitaxi hasta un pintoresco pueblo cercano, sentarse sola a beber una pinta en algún pub y luego pasear por el Támesis antes de coger otro taxi de vuelta a Heathrow. Eso es lo que ha hecho Sylvie durante todo su viaje: aprovechar cada hora para experimentar tanto como sea posible. Es una de las cosas que me encantan de ella. Nunca hace nada a medias; nunca deja pasar una oportunidad.

A Autumn también le gustaría eso de Sylvie, porque valora la pasión. Si no estuvieran las dos tan convencidas de que se odian, serían una buena influencia la una para la otra. En cuanto Autumn saliera del aeropuerto, perdería tanto el sentido de la orientación como el pasaporte, tal vez para siempre.

Al principio, antes de darme cuenta de cómo transcurriría el verano, le conté a Sylvie que Jamie había dejado a Autumn. Estábamos sentados en su porche antes de que se fuera al aeropuerto. Tenía la costumbre de ponerla al día de vez en cuando con información sobre algún conocido mutuo. Me ayudaba a mantener el cuento de mis sentimientos platónicos por Autumn. Mi mentira. Porque si no hablaba nunca de la otra chica cuya vida coincidía constantemente con la mía, a Sylvie también le parecería sospechoso, y con razón.

Sylvie me hizo muchas preguntas sobre la ruptura. Sentado junto a ella y sus maletas, le conté que lo único que sabía era que la tía Claire había dicho que Jamie había roto con Autumn. Sylvie se sorprendió, al igual que parecieron hacerlo todos los demás. Me preguntó dos veces si estaba seguro. O sea, todos habíamos oído a Jamie alardear de que él y Autumn estarían juntos para siempre.

En ese momento, sospeché que Jamie había desvirgado a Autumn y luego la había dejado, pero no lo dije ni demostré demasiado mi preocupación por ella. No estaba dispuesto a reavivar los celos de Sylvie por nada.

Pero resultó que no era por nada. Autumn estaba tan deprimida por Jamie que nuestras madres me pidieron expresamente que intentara hablar con ella. Y, de repente, quedábamos todos los días.

Al principio me dije que aquello no duraría, así que no valía la pena mencionárselo a Sylvie. Luego, después de aproximadamente una semana, dejé caer que no había oído su llamada porque estaba viendo una película con Autumn. Quedar con ella de nuevo se me hizo de lo más natural, incluso después de todos estos años, y simplemente se me escapó su nombre.

Sylvie me interrumpió.

—¿Tú y Autumn volvéis a ser amigos?

Hacía mucho tiempo que no escuchaba ese tono en su voz.

—Nunca hemos dejado de ser amigos —dije, y ella hizo una pausa.

—Aun así —respondió.

Y eso fue todo. Sylvie no ha vuelto a preguntar por ella. Y yo me las he arreglado para no mencionar a Autumn, a pesar de todo el tiempo que hemos pasado juntos este verano.

Los primeros días, cuando empezamos a quedar de nuevo, no tenía intención de romper con Sylvie. ¿Para qué? Todavía estaba enamorado de ella y, al principio, cuando me enamoré, ya llevaba años enamorado de Autumn. Así que, emocionalmente, para mí en realidad no había cambiado nada.

Sin embargo, en las últimas semanas, me ha quedado algo claro: quiero a Sylvie, pero no creo que vaya a estar enamorado de ella todos los días del resto de mi vida. Hay muchos aspectos que me encantan de ella y entiendo sus debilidades, pero no siento devoción por ella. Es mi compañera, no parte de lo que soy.

Mi devoción por Autumn está grabada en lo más profundo de mi ser. Me fascina. La animaré en la vida desde la distancia como su más ferviente admirador. Sé que siempre la querré, de la misma manera que sé que siempre necesitaré oxígeno.

Sylvie se está tomando un descanso antes de empezar la universidad. Necesita más tiempo para aclararse, y yo me alegro. Pero nuestra situación no será más fácil cuando yo esté en Springfield con Autumn y ella siga aquí, en Saint Louis.

—¿Qué tal si te llamo cuando haga escala en Chicago y me dices si estarás en el aeropuerto cuando llegue mañana? —pregunta Sylvie.

—Vale —digo.

Me preocupa que acepte mi desinterés. ¿Sabe lo que se viene? ¿Cree que siendo agradable me convencerá para que me quede? ¿O no sabe nada y está tan contenta de verme que le da igual si es en el aeropuerto o después? ¿Quiero que sospeche o no?

—Bueno —concluye—, debería irme. Ojalá pueda dormir durante el vuelo.

—¿Qué hora es allí? —pregunto, algo recurrente en nuestras forzadas conversaciones de las últimas semanas.

Sylvie responde algo, pero se oye un anuncio de fondo y no logro entender sus palabras.

—Ah. Son…

Me sorprendo cuando miro mi despertador. ¿Adónde ha ido a parar la tarde?

—Las cinco en punto. En fin.

—Te quiero —dice ella.

—Yo también te quiero —respondo, y no es mentira. Simplemente no es toda la verdad.

Sylvie cuelga.

Me he preguntado cómo acabamos Autumn y yo así tantas veces como me lo he preguntado sobre Sylvie.

Si no hubiera formado parte del equipo universitario de fútbol, todo habría sido diferente.

A Jack y a mí nos preocupaba que no cogieran a ninguno de los dos. Cuando se publicaron las listas, busqué mi nombre en la de los júnior y me sentí destrozado al no encontrarlo. Aun así, me alegré por Jack.

Entonces escuché a uno de los mayores, un chico más alto, decir:

—¿Peneleches Smith? ¿Quién narices es ese?

—Es Phineas —dije—. Llámame Finn.

Hubo algunas risas, aunque no estaba seguro de por qué,

hasta que vi mi nombre: estaba en la lista del equipo universitario.

Jack me dijo más tarde que mi capacidad para ignorar la pulla de aquel chaval, mi nuevo compañero de equipo, me hizo parecer guay. Según él, las risas fueron de reconocimiento. Aunque yo no estaba muy seguro de ello.

Estaba aterrorizado por lo inesperado de los acontecimientos, a pesar del entusiasmo de Jack.

—Vas a ser guay y yo seré guay por asociación. Lo entiendes, ¿verdad? —me dijo mientras esperábamos a que mi madre nos recogiera después de las pruebas.

Jack no tenía uno, sino dos padres tan afectuosamente negligentes como el padre de Autumn, por lo que mi madre solía llevarlo a las actividades que hacíamos juntos.

—No sé yo —respondí.

Yo era tan alto como todos los estudiantes, de primero y último curso, en el equipo universitario, pero ellos parecían mucho mayores. Además, estaba acostumbrado a ser uno de los mejores en los equipos intermedios. Sin duda sería uno de los peores en el equipo universitario del instituto. Probablemente me pasaría toda la temporada en el banquillo.

—Finn, esto es el instituto. ¡Es todo un ecosistema y tú acabas de alcanzar la cima de la pirámide alimentaria!

Puse los ojos en blanco.

—Querrás decir la cadena alimentaria.

—Lo que sea. Vas a salir con una animadora —dijo Jack con gravedad.

Me reí en voz alta ante la idea.

El equipo universitario de fútbol entrenaba en el campo norte, cerca del aparcamiento para estudiantes. Los júnior usaban el campo sur, más cerca del acceso circular donde los padres dejaban y recogían a sus hijos. Aunque Jack y yo estábamos en equipos diferentes, nuestros horarios seguían siendo los mismos, por lo que mi madre nos llevaba a entrenar y nos recogía todos los días durante aquellas últimas semanas de verano.

Resultó que, en comparación con los chicos mayores, yo seguía siendo bastante bueno. No era el mejor del equipo, pero ya no me preocupaba pasarme los partidos en el banquillo.

Al final del primer entrenamiento, todos mis compañeros de equipo se dirigieron hacia sus coches. Un chico me preguntó si necesitaba que me llevaran, lo cual estuvo bien, pero le dije que ya tenía con quién ir y crucé el campus hasta donde Jack me estaba esperando. Estaba emocionado por contarle que el entrenamiento no había sido tan difícil como pensaba.

Iba caminando junto al pabellón de Gimnasia, un poco distraído, cuando se abrió una puerta y casi choco con una chica que llevaba una bolsa de animadoras.

—¡Oh! —chilló.

—¡Alexis! —dije, sorprendido—. Lo siento.

Ella parpadeó y me miró. En realidad, nunca habíamos hablado. Ni siquiera estaba seguro de que ella supiera quién era yo. Otras tres chicas con bolsas similares se unieron a ella.

—Tú eres… Finny, ¿verdad? —dijo Alexis.

—Finn, en realidad —asentí, pero lo tomé como prueba de que Autumn había hablado de mí con sus amigas.

—Ya. Bueno, no ha pasado nada. ¿Quieres venir con nosotras?

Y por eso iba acompañado de cuatro chicas tan guapas cuando me encontré con Jack en el acceso circular.

—Eh, este es mi amigo Jack —lo presenté, mientras nos acercábamos al muro donde estaba sentado—. Jack, estas son Alexis, Victoria, Taylor y…

Me di cuenta de que no sabía el nombre de la última chica y me sonrojé.

—Soy Sylvia…, Sylvie —dijo.

Nos unimos todos a Jack en el murito a esperar que nos recogieran. No hablamos mucho, pero, al día siguiente, mientras iba del campo norte al sur, volví a ver a las chicas junto a la puerta del gimnasio. Solo cuando me acerqué y vi que me miraban, me di cuenta de que me estaban esperando.

—¿Listo? —preguntó Alexis cuando las alcancé.

—¿S-sí? —dije, y echamos a andar todos juntos.

Después de aquello, las esperaba yo. No era mucho. Pasaban el rato con nosotros mientras esperábamos a que vinieran a recogernos. En realidad no hablábamos, porque tampoco teníamos nada de que hablar. Era como si quisiéramos pasar el rato juntos sin saber por qué. Bueno, yo sí sabía por qué quería estar con ellas: eran amigas de Autumn. Eso creía.

Una tarde que mi madre llegaba tarde y las chicas ya se habían ido, Jack me confesó que estaba enamorado de Alexis porque era muy guapa y simpática.

—Son todas guapas y simpáticas —dije—. De hecho, no sabemos nada más que eso sobre ninguna de ellas.

—Es un buen comienzo —sentenció Jack—. Y Alexis es mi tipo. En realidad, creía que tal vez te gustaba. —Comprobó mi reacción—. Por eso lo he mencionado.

—¿Eh? No. —No veía por qué pensaba eso.

Pareció aliviado de que no nos gustara la misma chica, pero seguía receloso.

—Bueno, pues ¿quién te gusta entonces? —preguntó.

—O sea, no las conozco, tío —dije—. Eso es lo que estoy tratando de decirte. No sé si me gusta alguna.

—Vale, lo que tú digas. Sé que a estas alturas ya te la has pelado pensando en una de ellas al menos una vez. ¿Con cuál fue?

—Venga ya… —comencé, y Jack me dio un puñetazo en el hombro.

—¡Ves! ¿Cuál? Victoria, ¿verdad?

—Sylvie, pervertido.

—¿En serio?

—¿Qué?

—No pensé que fuera tu tipo.

Me reí.

—¿Cuál es mi tipo? —pregunté, y Jack me lanzó una mirada inexpresiva, una mirada que decía «Autumn», ahora que lo pienso.

Tal vez pensó que me gustaría Alexis porque tiene el pelo castaño, los ojos marrones y aproximadamente la misma estatura que Autumn. La figura de Victoria se acerca más a la de Autumn. Sylvie, rubia, esbelta como una bailarina y lo bastante alta como para mirarme a los ojos sin tener que levantar la cara, tiene un físico opuesto a Autumn en todos los sentidos. Excepto en que ambas son guapísimas.

—No lo sé —le dije a Jack aquel día—. Sylvie parece… ¿ella misma? Y eso me gusta.

Sylvie no había ido a la misma escuela que nosotros y me

preguntaba qué sabría Autumn sobre ella, qué pensaría de ella. Autumn no era animadora, por lo que era posible que aún no se conocieran.

—Vale —respondió Jack, y volvió a hablar de Alexis.

Mi interés por cualquier persona que no fuera Autumn, a cualquier nivel, era suficiente para él.

Fui muy feliz ese verano. Pensé que mi plan estaba dando frutos por fin. Le caía bien a los amigos guais de Autumn. Ella y yo no hablamos mucho esas semanas porque ambos estábamos ocupados, así que no me di cuenta de que Autumn ya no los mencionaba.

De lo que debería haberme dado cuenta es de que los «amigos» de Autumn tampoco parecían hablar ya de ella.

5

Son las cinco y media y todavía estoy en calzoncillos, todavía pensando en todas mis malas decisiones. Me siento en la cama, con el móvil en la mano a pesar de que Sylvie ha colgado hace mucho. Miro hacia la ventana de Autumn. Sus cortinas siguen cerradas.

Intentando parecer desenfadado, escribo: «Hey, ¿qué haces?».

No esperaba una respuesta tan rápida, así que estoy encantado con ella… hasta que la leo.

Escribiendo

Solo una palabra.

«Autumn está donde quiere estar ahora, y no pasa nada».

Me levanto de la cama, me pongo una camiseta y cojo unos pantalones. Limpio mi habitación para matar el tiempo y luego me dirijo al sótano, donde pongo una lavadora. En la sala de estar, desmonto lo que queda de nuestra tienda, doblo las colchas y las meto en el armario. Autumn se ha dejado medio vaso de agua en la mesita de café. Me lo termino, lavo todos los vasos que usamos y luego los seco.

Ojalá tuviera un perro. Me gustaría tener uno para poder sacarlo a pasear por la noche. Autumn siempre ha querido un perro.

Vuelvo arriba y cojo mi libro. No soy un lector voraz como Autumn, pero casi siempre tengo alguno entre manos; soy lento pero constante.

A Autumn, sin embargo, la he visto terminarse una novela, quedarse mirando al vacío durante un minuto como si estuviera recibiendo instrucciones y luego abrir otro libro. Es como si su función en la vida consistiera en leer y fuera con retraso.

En la escuela, cuando un libro le entusiasmaba especialmente, lo leía mientras volvíamos andando a casa, confiando en que yo me aseguraría de que no tropezara con nada. Recuerdo estar a su lado y verla llorar mientras caminábamos, lágrimas silenciosas que le resbalaban por las mejillas sin que apartara la mirada de la página. También recuerdo caminar junto a ella mientras se reía con tantas ganas que se le saltaban las lágrimas por las comisuras de los ojos.

Yo nunca me enfado, ni me entristezco, ni me emociono con los libros como lo hace Autumn. Son más bien un descanso para mí, un rato que paso siendo detective o espía antes de volver a la vida real. Normalmente olvido una novela poco después de terminarla. Para Autumn, los libros son la vida real. Está hecha de las historias que ha leído.

Lo mejor de que Jamie haya roto con ella es que no tengo que preocuparme de que la presione para que sea profesora.

Autumn sería desgraciada como profesora. Lo sé porque mi madre es maestra y veo los sacrificios que hace porque le encanta enseñar. A Autumn no le encantaría enseñar. Puede que no lo odiase, pero sé que nunca sería su pasión. Escribir es su pasión. Llegaría a culpar a sus alumnos por haberla alejado de la escritura. Puedo ver con toda claridad lo atrapada que se sentiría.

Cuando cambió sus planes y empezó a buscar universidades donde especializarse en Escritura creativa, me sentí aliviado, pero no solo porque pensara que así sería más feliz. Había empezado a preguntarme si conocía a Autumn tan bien como pensaba, que a lo mejor sí quería ser profesora. Pero el hecho de que volviera a concebir una carrera como escritora me confirmó que la conocía bien.

No creo que Jamie haya entendido nunca a Autumn.

Jamie.

Recuerdo haber golpeado la pared de mi habitación después de la graduación, cuando pensé que Autumn estaba esperando que él se la llevara para hacer el amor en algún lugar romántico.

A Autumn le encantó leer *Cumbres Borrascosas* para Inglés en tercero. Siempre acababa los libros antes que el resto de la clase, porque no seguía el horario de lectura. Hablaba una y otra vez sobre la pasión de Heathcliff durante las discusiones en el aula, a menudo enfureciendo a nuestros compañeros al desvelar la trama cuando olvidaba que los demás aún no habíamos terminado el libro.

Me sentaba tras ella en clase y le miraba la nuca mientras absorbía cada una de sus palabras. Intenté que el libro me gustara a mí también. *Cumbres Borrascosas* trata sobre dos amigos de la infancia enamorados. Quería que la trama revelara que Autumn y yo estábamos destinados a acabar juntos, pero lo único que descubrí fue que la obsesión de Heathcliff por Cathy lo había convertido en la peor versión de sí mismo.

Entonces, después de golpear la pared, hace ya tantas semanas, me froté los nudillos magullados, revisé el yeso en busca de hendiduras y pensé: «Siento por ti una pasión como la de Heathcliff, Autumn. Ahora Jamie puede dejarte embarazada y yo me provocaré una conmoción cerebral estampándome contra un árbol cuando te pongas de parto».

Autumn saca lo peor de mí, pero no es culpa suya.

Sin embargo, Jack cree que sí.

Es uno de los dos únicos verdaderos amigos que tengo, si soy sincero conmigo mismo, por lo que se merece que considere lo que me ha dicho hoy cuando se iba: o Autumn y yo somos las dos personas más estúpidas del mundo y, de alguna manera, no nos damos cuenta de que estamos enamorados, o está jugando conmigo.

Aunque no sé por dónde empezar. Es como si me hubiera pedido que contemplara la posibilidad de que Autumn hubiera asesinado a alguien.

Tiene sus defectos. Es despreocupadamente presumida. Le falta tenacidad o motivación para cualquier cosa que no sea leer o escribir. Cuando está de mal humor, hay que andar con cuidado. En un abrir y cerrar de ojos, es capaz de herirte como si nada con algunas palabras crueles que van derechitas a tus inseguridades.

Pero casi siempre se disculpa rápidamente. Se estremece cuando las palabras le salen de la boca y te pide perdón. No digo que sea lo correcto. Esto pasa sobre todo cuando está deprimida y, viendo a su madre, la depresión será algo que le durará toda la vida. Tan solo digo que Autumn actúa, en esencia, a la defensiva y no con crueldad.

Si sabe que la adoro, ¿qué consigue torturándome con su presencia todo el verano? Su aspecto no le genera inseguridad. Si quisiera la atención de un chico, podría… ir a algún sitio público. Quizá sentarse con un libro hasta que alguien se sentara a su lado. No tardaría mucho.

Las chicas siempre han insistido en que los amigos de Autumn son nuestros rivales, y aunque Jack y yo estuvimos de acuerdo en que Jamie es un fantasma asqueroso, no hemos visto ese enfrentamiento que ellas sí vieron.

¿Podría ser que Autumn lo viera de esa manera? A ella nunca le ha caído bien Sylvie en particular. No me lo ha dicho jamás, pero está claro.

A Sylvie nunca le ha caído bien Autumn. Ella sí me lo dijo a las claras.

¿Avivaría Autumn deliberadamente las brasas de mi perpetuo amor por ella para torturar a Sylvie? ¿Podría ser tan profundo su dolor por Jamie que le gustaría herir a Sylvie a través de mí?

No me lo parece, esa no parece la Autumn de la que estoy enamorado, pero parece más probable que cualquier teoría de que pretende simplemente hacerme daño.

Autumn sabe que antes me gustaba. ¿Tal vez, tal vez y solo tal vez, Jack tiene algo de razón y está jugando conmigo para molestar a Sylvie?

Parece demasiado cruel para Autumn.

Pero le prometí a Jack que lo pensaría y eso he hecho.

He estado acostado aquí con el *thriller* abierto sobre el pecho mirando al techo.

Intento leer.

No me importa que el embajador del país ficticio haya sido envenenado.

Autumn me dijo una vez:

—Cuando estés leyendo un libro y no puedas concentrarte, pregúntate: «¿Qué parte de culpa tiene el escritor y qué parte de culpa tengo yo?». Sé sincero. Así sabrás si debes dejarlo para siempre o solo unas horas.

No puedo decir si es el libro o soy yo, así que lo dejo nuevamente en la mesilla de noche.

Las cortinas de Autumn siguen cerradas.

Me levanto de la cama y le doy al interruptor de la luz.

Aún no se ha hecho de noche completamente, pero la casa de Autumn se encuentra a la sombra de la mía. Estoy bastante seguro de que no han encendido las luces. Vería el resplandor entre las cortinas.

Debo de ser un acosador si he llegado a esa conclusión observando durante tanto tiempo su ventana.

Puedo deducir su estado de ánimo a partir de varios factores: el tiempo que dedica a su aspecto, su nivel de concentración mientras lee o lo comunicativa que es con diferentes temas. En la escuela, podía distinguir su risa en un pasillo lleno de gente. En clase, sabía predecir lo que opinaba sobre las lecturas obligatorias y los acontecimientos que estudiábamos.

Incluso cuando podría haber huido de ella o evitar pensar en ella, decidí no hacerlo. Por ejemplo, he usado a Autumn como recurso mnemotécnico para innumerables palabras de clase. Ella es gentil, sacrosanta e insondable. Mi amor por ella es impetuoso, pertinaz y perpetuo.

Sylvie me pilló una vez haciendo esto. Estábamos juntos en el sofá, estudiando con fichas para las pruebas de acceso a la universidad. La palabra fue «primorosa» (nuestro primer beso fue tras una noche escandalosa).

—Autumn… ¡Perfecta! —dije, con el cerebro demasiado concentrado en estudiar como para acordarme de guardar mis secretos.

—¿Qué? —Sylvie me miró por encima de las fichas.

—Perfecta, ¿verdad? Eso es lo que significa.

—Sí —respondió ella—. Pero has dicho…

—¡Oh! ¡Autumn y yo cumplimos años casi a la vez! Otoño y esas cosas. Ya sabes que me gusta cuando las hojas cambian de color.

Sylvie sabe que me encantan las hojas en otoño. Es mi estación favorita, con mi cumpleaños, etc., etc., pero la verdad es que no sé si me creyó.

No, eso es mentira. Sé que no me creyó.

Se me quedó mirando un buen rato. No parecía enfadada. Parecía resignada. Hojeó la pila de fichas que tenía en la mano hasta encontrar una en particular.

—¿Mendaz? —me preguntó finalmente.

—Mentiroso. ¿Siguiente palabra?

Ella lo dejó correr.

Me odio por interrumpirla, pero saco el móvil y escribo:

¿Puedo ir?

Envío el mensaje antes de pensarlo dos veces.

Bajo a la cocina y me como las sobras de pizza. Reciclo la caja y me sirvo una Coca-Cola. Queda un dedo de ron. Lo miro y luego lo vuelvo a dejar sobre la encimera. No me ayudará. Quizá Autumn lo quiera antes de que nuestras madres vuelvan a casa mañana.

Echo un vistazo al móvil, aunque de todos modos habría oído el mensaje de respuesta.

Me siento frente al ordenador y miro algunos vídeos del partido de los Strikers que me perdí. Al menos daré visitas a su web.

Miro el móvil de nuevo. Este verano, siempre me ha respondido a los mensajes rápidamente.

¿Qué pasa si esta mañana se ha despertado en la tienda antes de lo que yo pensaba? ¿Qué pasa si se ha despertado cuando le he quitado el brazo de encima y luego me he quedado allí preguntándome por qué la he tocado, por qué seguía tumbado junto a ella y sin hablar? Si es el caso, puede que Autumn me haya escuchado fuera de la tienda, diciéndole a Jack muchas cosas que me incriminan.

«¡Por el amor de Dios, criatura, habla con ella!».

«Pídele perdón. Dile que sabes que no siente lo mismo. Dile que estás trabajando en ello. Dile que solo quieres estar ahí para ella».

Ese no es el discurso en que debería estar pensando esta noche.

Tengo que decidir qué decirle a Sylvie, porque no puedo contarle la verdad.

Antes de que Sylvie volviera conmigo, después de haber roto en segundo, me preguntó una y otra vez si estaba completamente seguro, segurísimo de verdad, de que ya no sentía nada romántico por Autumn.

Le mentí una y otra vez, porque quería a Sylvie, la echaba de menos y deseaba desesperadamente volver con ella.

Incluso utilicé la idea que tanto me había ofendido cuando la compartió mi madre: le dije a Sylvie que Autumn había sido mi primer amor, pero que ahora éramos como hermanos. Finalmente, ella me creyó. O más bien fingimos que me creía.

No puedo decirle a Sylvie: «Ya no puedo estar contigo porque estoy enamorado de Autumn. Ella no siente lo mismo, pero no es justo para ti ahora que quiere volver a ser mi amiga».

Porque me diría que, si todavía la quería, a ella y no a Autumn, debía dejar de ser amigo de esta.

No puedo decirle que elijo la amistad de Autumn en lugar de una relación de casi cuatro años con ella. Se ha esforzado mucho para valorarse a sí misma de nuevo después de lo que pasó antes de que nos conociéramos.

Me sorprende lo anticuado que suena mi plan: renunciar a una chica que me adora, a la que quiero lo suficiente, para ser adepto de otra que nunca se enamorará de mí. Jack siempre ha dicho que soy irracional cuando se trata de Autumn, y tal vez debería habérmelo tomado más en serio, porque hoy tenía razón.

Estoy hasta el cuello.

6

Es solo la casa de la tía Claire y Autumn. La visito siempre. No quedará raro que me pase a preguntarle si ya ha comido, porque todavía nos queda dinero en efectivo de nuestras madres y un poco de ron (¡solo un poco!) o lo que sea. Quedará claro que no tenemos que seguir viéndonos si no quiere.

Entonces, dependiendo de cómo reaccione, sabré si ha escuchado algo esta mañana, si tengo que dar explicaciones.

Pase lo que pase, le diré cómo me siento… algún día. Pero puede esperar. He esperado todo este tiempo. De lo que debo preocuparme ahora es de qué le diré a Sylvie. Me levanto del sofá y salgo de casa para huir de la culpa que siento al pensar en ella.

La tía Claire siempre cierra la puerta trasera con llave. Mi madre suele olvidarse de cerrar la nuestra y pierde las llaves a menudo, por lo que esconde una de repuesto. La tía Claire no esconde ninguna llave, pero Autumn suele perderlas y olvidarse de cerrar la puerta trasera, así que apuesto a que hoy también se ha olvidado.

Le pasó en primero de instituto, el día que coló a Jamie en casa. Los vi entrar desde mi ventana y luego cerré las cortinas.

Pero, para mi horror, mi madre me pidió que fuera corriendo a la casa de al lado y le preguntara a Autumn si tenían huevos. Mientras cruzaba el césped, recé para que se hubiera dejado la puerta trasera abierta. Así fue, pero eso no evitó que los importunara.

Hoy llamo suavemente, pero no hay respuesta. Pruebo a girar el pomo de la puerta, que se abre. «Es la casa de la tía Claire». A Autumn no le sorprendió ni desconcertó verme aquel día que fui a por huevos. La única parte incómoda fue cuando Jamie salió del pasillo sin quitarme los ojos de encima mientras Autumn miraba en la nevera. Me di cuenta de que no quería que supiera que Jamie estaba allí. Ambos sabíamos que sus padres no querrían que llevara a su novio a casa cuando ellos no estaban.

Incluso fingí no saber que había alguien en casa para evitarle la vergüenza.

Jamie, en cambio, hizo notar su presencia y reclamó su derecho. Quise decir algo, pero entonces Autumn me dio los huevos para mi madre. ¿Debería haberlo delatado? ¿Se habría dado cuenta ella en aquel entonces de que el ego de Jamie era más importante para él que los deseos de su novia?

A Autumn no le molestó que entrara sin permiso. No le molestó aquel día ni el millón de veces de antes o después. Eso es lo que importa. Con nuestras madres siempre lo hemos hecho así en ambas casas. A pesar de ello, me late el corazón con fuerza. ¿Dónde está Autumn?

Esperaba que estuviera viendo una película en el salón o comiendo en la cocina, pero las habitaciones están vacías y las luces, apagadas. Me vuelvo hacia las escaleras, que crujen y gimen bajo mis pies cuando subo. Seguro que puede oírme. ¿Habrá salido?

Llamo a la puerta de su dormitorio y la empujo, casi esperando que la habitación esté vacía. Pero en lo profundo de la oscuridad, en el rincón más alejado de su cama, distingo su figura.

—¿Autumn?

—Hey —saluda ella. Su voz es tranquila, pero temblorosa.

Se me tensan los hombros. ¿Qué ha pasado?

—He venido a ver cómo estabas.

—He acabado la novela —dice.

Está llorando. Está más emocionada que con otros libros que ha leído, y si se refiere a su propia novela, deberían ser lágrimas de felicidad. Pero estas no parecen lágrimas de felicidad.

Aun así, no importa por qué llora, solo que está llorando. Actuando por puro instinto, cruzo la habitación y la abrazo como he soñado que hacía tantas veces, con todo tipo de emociones y deseos distintos.

Pero ahora solo quiero una cosa: que pare el dolor que hace que se aferre con fuerza a mi camiseta. Ha pasado tanto tiempo desde que me dejó verla así de vulnerable. Éramos muy jóvenes la última vez.

Los sollozos de Autumn me resuenan en el pecho, donde tiene apoyado su dulce rostro, y lo mucho que me complace consolarla es una prueba de lo horrible que soy. Tal como lo he sido durante todo el verano, desde que Jamie me hizo el hombre más feliz del mundo al romperle el corazón a Autumn.

A mi Autumn.

«No, Phineas, tuya no».

Está en albornoz, pero trato de no pensar en ello

Empieza a serenarse. Su respiración se hace más lenta. Quiero acariciarle el pelo, la espalda, besarle la coronilla. No puedo. No lo haré. Autumn.

Siento que se le hunden los hombros y a esto le sigue el más débil de los gemidos. Ha parado de llorar. Podría moverme, pero no lo hago. La sostengo suavemente, con delicadeza para que sepa que tiene el control y que puede alejarse con el más mínimo movimiento.

—¿Quieres contarme qué pasa? —pregunto. «Estaré cerca por si me necesita».

—Es como si estuvieran muertos —dice.

Por supuesto. Jamie y Sasha. Las dos personas que la apoyaron durante sus altibajos los últimos cuatro años. Ha tenido tiempo y espacio para ignorarlo, pero ahora está, finalmente, sufriendo de veras el fin de su amistad. Aun así, le doy la oportunidad de explicarse.

—¿Quiénes están muertos?

—Izzy y Aden.

Solo me da tiempo a pensar «¿Quiénes?» antes de que ella añada:

—Mis protagonistas.

Su novela. La que ha terminado. No entiendo por qué eso la ha hecho llorar así, pero me siento tan aliviado que me río y me digo en voz alta:

—Pensaba que pasaba algo malo de verdad.

Ella levanta la cabeza de mi pecho y dejo caer un brazo mientras me mira. Le brillan los ojos, que están empañados en lágrimas, bajo la tenue luz. Tiene la cara rosadita e hinchada. Parece tan dulce y tan absolutamente destrozada...

—¡Es que pasa! —Le tiemblan la voz y los labios—. ¿No ves que estoy mal?

Me río. No puedo evitarlo. Me río porque no está llorando por nada real y porque estoy encantado de que haya terminado su novela. Su devoción por la escritura es preciosa, como toda ella.

Luego me da un puñetazo. No es muy fuerte, pero duele un poco y me hace reír de nuevo.

—Deja de reírte de mí —insiste.

—Lo siento —digo, tratando de tragarme la alegría—. Es que estás muy disgustada. —Y me abstengo de añadir: «Y eres tan maravillosa que me hace parecer horrible»—. Y de veras que creía que había pasado algo muy muy malo, como que Jamie te había llamado.

—¿A quién le importa si Jamie me llama? —responde.

Siento que se me ensancha la sonrisa de nuevo, pero no puedo evitarlo.

—¿A quién le importa Jamie? —dice y comienza a llorar de nuevo.

Utilizo esta excusa para abrazarla. ¿A quién le importa Jamie en verdad?

—No lo entiendes —la oigo gemir sobre mi corazón.

Respiro profundamente su perfume.

—Lo sé —asiento.

Pero sí entiendo esto: Autumn vive en este mundo y en las historias que imagina o que escriben otros como ella. Sea lo que sea lo que nos une como personas, ya sea Dios, los genes o el destino, Autumn está hecha para contar historias. Va a ser una escritora increíble. Siempre ha sido increíble. Trate de lo que trate esta novela, me dejará boquiabierto. Lo sé.

—Pero me muero de ganas de leerla —digo.

Estoy sonriendo de nuevo y sé que me lo nota en la voz. Me conoce casi tan bien como yo la conozco a ella.

—No puedes leerla.

Estamos apoyados el uno en el otro formando un triángulo. Autumn aún solloza.

—¿Por qué no?

En una ocasión me había dicho algo de que podría tomarme ciertos elementos demasiado literalmente, que establecería paralelismos con su vida real. Tal vez haya cosas ahí sobre Jamie o su padre, o más bien su ausencia. Quizá haya algo sobre Sylvie. Aunque esto parece poco probable.

El caso es que sé que quiere que lea la novela. Sabe que lo que ha escrito es bueno, de la misma manera que sabe que es guapa. Sabe que es bueno, pero le aterroriza pensar que no lo sea tanto como ella espera. Al menos eso es lo que supongo yo, porque es lo que dijo sobre el borrador final del poema que escribió en cuatro partes sobre las guerras entre hadas y dragones y que terminó cuando teníamos casi doce años.

—No todos los dragones quieren acabar con las hadas, solo algunos, y el resto se están uniendo por fin a la causa feérica —me explicó Autumn, como si se tratara de la situación actual.

No me entusiasmaban las hadas, pero pensé que tampoco me desagradaría su historia. Sin embargo, cuando leí el larguísimo poema, resultó ser mucho mejor de lo que esperaba. Me sorprendió. No parecía algo que hubiera escrito un niño, y así se lo dije después. Le conté que me había preocupado por ese príncipe dragón mucho más de lo que esperaba o incluso pretendía. Era verdad. Autumn estaba pletórica y fue maravilloso verlo.

Ya ha oscurecido. Su respiración es tranquila. Podría apartarse si quisiera. ¿Por qué no se ha apartado?

—Bueno —dice—, puedes leerla después de cenar. —Levanta la cabeza de mi pecho y dejo caer ambos brazos.

—Vale —respondo.

No tengo que decirle que he cenado hace un rato. Las comidas no tienen tiempo ni sentido para nosotros este verano. Salto de la cama y le tiendo la mano.

—Eh, necesito vestirme —señala ella.

Dejo caer la mano.

—Oh. —Intento reírme—. Ya no me acordaba. ¿Te parece si nos vemos en el coche?

Supongo que no soy tan mal tío si mi preocupación por el estado emocional de Autumn hace que me olvide por completo de su desnudez.

7

Fuera, con la luna y las farolas, hay más luz que dentro de su casa. Me subo a mi coche, enciendo el motor y pongo las luces delanteras para que su porche trasero quede iluminado como un escenario. No tarda mucho en salir a escena. Autumn lleva vaqueros y una camiseta; informal e inalcanzable. Ha cogido el portátil. ¿Lo trae ahora para no perder los nervios más tarde? Se cubre los ojos mientras se dirige al coche.

—Bueno, ¿adónde vamos? ¿Tacos? ¿Hamburguesa? ¿Pollo? —le pregunto mientras se sienta a mi lado, en el asiento del copiloto. El rubor ha desaparecido de su rostro.

—Oh —dice, como si se hubiera olvidado de que la cena implica comida.

—Cogeremos cena para llevar a modo de celebración —sentencio—. Pararemos en la gasolinera que vende esas chuches que te gustan, las que parecen gomina en tubo y las que vienen en paquetitos de papel que parecen detergente para ropa.

Ella no se ríe.

—Vale.

—O sea, es genial que hayas terminado tu novela, aunque te

sientas como si… —trato de elegir las palabras con cuidado—: como si hubieras perdido a tus protagonistas.

—Ya —asiente. Se da la vuelta y mira hacia delante, por el parabrisas—. No sabía que dolería tanto.

—Aún tendrás que corregirla, ¿verdad? —Salgo con el coche hacia la carretera—. Y cuando se publique, vivirán para siempre dentro de otras personas, ¿sabes?

Ella bufa, molesta.

—¿Qué? —pregunto.

—No puedes simplemente decir: «Cuando se publique», Finny.

Le echo un vistazo a la cara antes de girarme en mi asiento para recorrer el largo camino de entrada. Está mirando por la ventana, a la oscuridad.

Suspira.

—Probablemente no se publique jamás. Es la realidad.

—No, no, no. —Espero a que pase un coche antes de girar hacia Elizabeth Street y continúo—: Esa no es la realidad. La realidad es que eres buena. La realidad es que me vas a dejar leer la novela. —Estoy empezando a sentirme exaltado. Debe de ser una consecuencia de haberla abrazado.

Ella suspira de nuevo. Me arriesgo a echar otra mirada. Autumn está acurrucada en el asiento, apoyada contra la ventana. Quiero decirle que no es seguro viajar con los pies en el aire, pero no quiero ser mandón y, de todos modos, soy un buen conductor.

—Entonces ¿dónde vamos? —pregunto.

Tras una pausa, escucho su voz queda a mi lado.

—Tacos —dice.

—Como desees —respondo, y me da la risa que ya sabía me provocaría la referencia a la película.

Cuando Autumn levanta la cabeza, bajo las ventanillas para dejar entrar el aire de la noche, como a ella le gusta. Saca la mano por la ventana y surfea la corriente. El viento le agita el pelo y yo me atiborro de su perfume, llenando los pulmones de aire al máximo.

Este verano, ha habido noches con ella en las que solo he dirigido el coche hacia casa porque temía estar demasiado cansado para conducir con seguridad si no regresábamos. Me encanta que esté a mi lado. Me encanta cómo reacciona ante los disparates que van soltando las estaciones de radio locales. Me encanta apoyar las manos sobre las suyas en el volante y demostrarle que podría conducir si confiara en sí misma.

—Y luego ¿qué? —me preguntó Jack—. Luego ¿qué?

Con el tiempo, tendré que decirle que no podremos estar siempre como este verano o como lo estaremos probablemente este otoño, si soy realista. No quiero ser como todos los imbéciles que no son capaces de ver más allá de su cuerpo, pero tampoco puedo ser solo su amigo. No si estoy tan cerca de ella. No si mis sentimientos van mucho más allá que los de una amistad. Tendré que decírselo antes de Navidad o me volveré loco.

Pero esta noche me necesita. Tengo esta excusa durante un rato: su fragilidad actual, tener que adaptarnos a ir a la universidad, y luego, y luego, y luego…

No puedo pensar en eso ahora.

—¿Te importa si pongo música? —pregunto.

—Qué va —murmura, y busco un CD en la guantera con una mano.

Hay una canción de una banda que he descubierto y que quiero que escuche porque, bueno, para ser sincero, hay algunas en el álbum que me hacen pensar en ella. La primera canción me recuerda este verano con Autumn, el nerviosismo cuando salíamos de noche con mi coche, aunque no estemos juntos de esa manera. Puedo poner el CD y fingir que no es un mensaje para ella, porque estoy rompiendo el silencio y Autumn sigue absorta.

No debería estar disfrutando tanto este momento. No he hecho nada para ganármelo. Autumn confía en que sea el amigo que necesita, pero aquí estoy yo, susurrando la letra de la canción y haciendo ver que se la canto.

A veces el amor es duro, pero esta noche me hace sentir ligero y libre. Estoy agradecido de pasar este rato con ella. Es casi suficiente.

—La verdad es que me ha gustado —dice Autumn cuando termina la canción.

Me sonrojo, aunque sé que no ha pillado el mensaje. Comienza la siguiente pista.

—Te has pasado la salida —señala.

—Oh, vaya —respondo, porque me la he saltado a propósito.

—No olvides que me has prometido chuches.

Está empezando a sonar un poco más como ella misma.

—Ni se me ocurriría. Primero, tacos y luego el subidón de fructosa de toda la gelatina y el sidral que se te antoje. Y entonceees… —me vuelvo para mirarla—, nos vamos a casa para que pue-da-le-er-la-no-ve-la.

Ella gime. Con el rabillo del ojo, la veo hundir la cara entre las manos. Hace otro ruidito, levanta la cabeza y mira hacia otro lado. Estamos dando la vuelta hacia la autopista después de haberme saltado la salida y le echo un vistazo cuando nos paramos en el semáforo antes de la rampa de acceso.

Autumn mira estoicamente por la ventana como quien se enfrenta noblemente a una ejecución. Me aguanto la risa y decido dejar de meterme con ella. Bueno, con su escritura.

Esto es lo que Jamie nunca entendió. Autumn necesita que sus amigos se metan con ella para no tomarse a sí misma demasiado en serio. De lo contrario, se pierde en su mente. Pero eso no significa que no la tome en serio. Está sufriendo por dejarme leer su obra (no dejaré que vuelva a decirme que puedo leerla), pero tampoco necesita que la machaque con ello.

—¿Sabes? Algún día, cuando se te hayan caído todos los dientes, te arrepentirás de haber sido un duende del azúcar —le digo mientras bajamos a toda velocidad por la rampa, de regreso a la oscura carretera.

Ella se ríe, como esperaba.

—No soy un duende del azúcar —refunfuña, pero sabe que es verdad—. Y no se me van a caer los dientes —añade.

Me encojo de hombros.

Ella resopla a mi lado y me permito sonreír, pero no me río.

—Oh, ¿ahora vas a estudiar Odontología? —pregunta.

—Quizá tenga que hacerlo si sigues consumiendo azúcar a este ritmo —digo, y me llevo otro resoplido juguetón.

Nos reciben las brillantes luces de la taquería.

—Vale, pero… —dice Autumn de repente, como si no lleváramos callados todo un minuto.

Entro por el acceso para vehículos.

—Estudiarás Medicina —sentencia—, y has estado comiendo grasienta comida rápida como yo casi cada noche durante todo el verano. Admite que ambos somos lo peor y desperdiciamos la juventud de nuestro cuerpo con comida basura.

Con el pie firmemente apoyado en el freno, me giro hacia ella.

—Lo admito —digo—. Pero salgo a correr tres o cuatro veces por semana. Tú eres delgada por naturaleza, pero... —Me inclino para poder mirarla a los ojos en la oscuridad—. Eres una vaga, Autumn.

—Eso es cierto —admite, entre remilgada y alegre, y tengo que reírme.

«Maldita sea, qué mona es».

Nos miramos el uno al otro.

El coche que tenemos detrás toca la bocina. Estamos retrasando la cola.

—¡Ups! —exclama, y se echa a reír antes de relajarse en su asiento y estirarse.

Finjo que avanzar el coche dos metros requiere toda mi concentración. Nos ha pillado el toro, porque ni siquiera hemos mirado el menú todavía.

—¿Quieres lo de siempre? —pregunto, sin dejar de mirar al frente.

—Sí.

La oigo recostarse en el asiento. Eso es lo que me hace querer alargar cada trayecto todo lo posible cuando estamos en el coche: la cercanía, la intimidad, pero sabiendo que no perderé la cabeza. Es como si conducir me mantuviera lo bastante ocupado el lóbulo frontal como para no dejarme llevar.

Suelto el freno y el coche avanza poco a poco.

—Lo pagaré algún día —dice Autumn.

La miro sin querer y luego vuelvo la vista hacia delante mientras piso el freno suavemente.

—¿El qué? —pregunto.

—Mi dieta o la falta de ella. Ahora mismo puedo comer lo que quiera. No engordaré ni un gramo. Cuando me quede embarazada o sea mayor o lo que sea, apuesto a que tendré que pensar en las calorías o incluso hacer ejercicio a propósito, como tú.

Siempre me ha fascinado que las chicas se sientan tan cómodas con la idea de fabricar un ser humano entero dentro de su cuerpo. Supongo que si fuera algo de lo que mi cuerpo fuera capaz, sería más fácil de imaginar, por no hablar de comentarlo a la ligera. Lo que quiero decir es que su forma de pensar me habría sorprendido de todos modos, pero su seguridad en que algún día se quedará embarazada me ha dejado sin palabras.

Algún día, alguien la dejará embarazada.

—Tal vez, pero aún quedará para eso, ¿verdad?

Por fin nos acercamos a la ventanilla para pedir.

Ella ríe.

—Sí, no va a bajar el Espíritu Santo a dejarme embarazada.

La empleada espera nuestro pedido, lo que me salva de hacerle una broma sobre ayudarla a criar a un pequeño Niño Jesús júnior.

Porque la ayudaría, por estúpido que parezca.

Con nuestros tacos a cuestas, casi hemos cumplido nuestro cometido. Volvemos a la autopista y nos dirigimos hacia la extraña y pequeña gasolinera que vende las misteriosas chuches de Autumn.

Ha terminado su novela.

Tenemos dieciocho años, casi diecinueve; nuestros cumpleaños se acercan.

Es tan extraordinaria como preciosa.

—¿Quieres que vuelva a bajar las ventanillas? —pregunto.

«Estoy tan orgulloso de ti...», pienso.

—Antes necesito acabarme al menos un taco —dice, masticando—. Me muero de hambre.

—¿Qué has comido en casa?

—Eh…

—¿Autumn?

—¡Estaba escribiendo! —se lamenta.

—¡Son las ocho de la tarde! —La miro—. ¿Solo has comido las dos tostadas y ese taco?

—Pero tengo seis tacos más aquí —dice. Se acaba el primero y desenvuelve otro.

Un minuto después, pregunto:

—¿Habrías comido si no me hubiera pasado al no responderme al mensaje?

—¿Qué mensaje?

Se mueve en su asiento y el interior del coche se ilumina con la luz de su móvil cuando lo abre.

—¡Oh! —exclama. Me alegra que se haya sorprendido al no darse cuenta—. Lo siento.

—No es para tanto. Suerte que me he pasado antes de que te desmayaras y te golpearas la cabeza con algo.

—Oh, ja, ja —se ríe con sarcasmo, pero hablo en serio.

Por esto, precisamente por esto, debo esperar hasta las vacaciones de Navidad para decirle que lo que siento por ella es más que atracción física, que necesito algo de espacio. Durante el primer semestre, tendré que asegurarme de que Autumn se acuerda de llegar al comedor antes de que cierre.

Cuando está deprimida, estresada o escribiendo, se abstrae tanto que se olvida de su cuerpo. Yo no puedo imaginarme no darme cuenta de que tengo hambre. No puedo imaginarme viviendo tan fuera del mundo físico como lo hace ella.

Autumn probablemente diría que no puede imaginarse tener un cuerpo como el mío, un cuerpo capaz de correr a buen ritmo, apuntar y dar en el blanco deseado.

—¿Quieres conducir de vuelta a casa? —le pregunto mientras entro en el aparcamiento de la gasolinera.

La luz del interior brilla cálidamente y paro en uno de los espacios iluminados por las ventanas.

—Estoy demasiado cansada. Me estrellaré. Ni siquiera tú podrías salvarnos —dice.

—Iré a por tus chuches. Quédate aquí y come.

Probablemente debería decirle a Autumn que el «señor tan majo» de dentro, el que siempre la saluda con una sonrisa, también la mira de reojo cuando se da la vuelta. No creo que sea peligroso, pero es asqueroso. Tiene al menos cincuenta años. Yo tengo dieciocho años y controlo mis hormonas mejor que él.

—Ahora vuelvo.

Autumn asiente y mastica otro bocado. Parece complacida. Sé que este verano no ha podido significar tanto para ella como para mí, pero quiero que lo recuerde con cariño. No quiero que este pervertido diga nada que mancille el recuerdo.

Los tubos de gelatina de Autumn y los pequeños paquetes de sidral están en el estante inferior del pasillo de dulces, junto con las demás curiosidades azucaradas. Por ejemplo, este debe de ser el último lugar del mundo donde se venden cigarrillos de caramelo. Me pregunto si hemos sido los únicos que hemos comprado estos dulces aquí en todo el verano y si, cuando nos hayamos ido, este estante permanecerá intacto durante meses.

Cojo unos refrescos a pesar de haberme metido antes con ella, porque sé que alegrarán a Autumn. Estudiaré Odontología y le reconstruiré los dientes si es necesario.

El dependiente mayor está aquí. Lo veo mirarme mientras espero en la fila. Lo veo buscar a Autumn detrás de mí.

Mientras dejo mis cosas en el mostrador, me dice:

—¿Esta noche vienes solo?

Lo miro a la cara porque no estoy seguro de su tono. Él levanta una ceja y esboza el tipo de sonrisa que pone cuando cree que nadie lo ve mirando a Autumn.

—No, está conmigo. —Hago énfasis en las palabras para que impliquen lo que desearía que fuera verdad: que soy de Autumn.

Mientras pasa los artículos por caja, mira por la ventana hacia mi coche.

—Y ¿cómo es eso? —pregunta, como si yo tuviera algo que compartir con él.

—Quédate con el cambio.

Cojo nuestras cosas y me voy. Mañana compraré todas las existencias de chucherías extrañas de Autumn para que nunca más tengamos que volver aquí.

—Hey. ¡Yupi! —exclama ella mientras me deslizo a su lado.

Le dejo el botín en el regazo y pongo el coche en marcha. Echo un vistazo al dependiente mientras salgo, pero el hombre está ocupado con otro cliente. No la volverá a ver nunca más.

El CD sigue sonando. Si no le hubiera gustado, habría buscado otra cosa en la radio. Estamos los dos en silencio mientras suena otra canción que me recuerda a ella. Quiero pasar el resto de la noche así con ella, el resto de la vida. El camino se extiende frente a nosotros, como si fuera interminable.

Cuando termina la canción, pregunto:

—¿Estás segura de que no quieres practicar con el coche esta noche?

—No —dice ella—. ¿No vas a comer?

—Quizá más tarde.

Me pregunto si se da cuenta de que he tomado el largo camino por el norte del condado, de que conduzco respetando el límite de velocidad. Espero que esté absorbiendo la letra de las canciones, como si mi amor fuese un hechizo protector, aunque no sepa nada al respecto.

Puede que Navidad sea demasiado pronto. No es capaz de acordarse del móvil ni de las llaves. ¿Cómo va a controlar lo que bebe estando de fiesta? Voy a tener que estar cerca para asegurarme de que el chico del que se enamore la trata bien. Esta vez, si veo algo, se lo diré.

Autumn está donde quiere estar, sentada junto a mí, su amigo, y estaré ahí si me necesita.

—¿Has pensado en qué te especializarás en la facultad de Medicina? —Tiene la sien apoyada contra la ventana otra vez. El suelo de mi coche está lleno de envoltorios de tacos.

Bajo la música.

—No lo sabré hasta que lleve un par de años —digo—. Tampoco es que sepa mucho aún sobre el cuerpo humano. —Hago una pausa, porque quiero compartir algo más con ella—. He estado pensando mucho en el cerebro últimamente.

—¿Y eso? —Suena soñolienta, pero sé que me está escuchando.

—Bueno. —Me interrumpo para asegurarme de lo que voy a decir—. Estoy conduciendo, así que, a cierto nivel, estoy pensando en la visibilidad, la velocidad y el espacio entre coches mientras rectifico la dirección con el volante, pero en realidad no estoy pensando en ninguna de esas cosas. En realidad estoy pensando —«en lo cerca que estás»— en nuestra conversación. Mientras tanto, mi cerebro también le está indicando a mis pulmones que respiren y a mi corazón que lata, pero tampoco estoy pensando en nada de eso, en absoluto. Mi cerebro se asegura de que mi cuerpo haga todo esto, mientras yo pienso en —«Cuánto te adoro»— si me estoy explicando bien.

Me he quedado sin aire. Supongo que mi cerebro no va tan a toda máquina después de todo.

Respiro profundamente y continúo:

—Un solo órgano es responsable de todas esas cosas, y es muy pequeño. La mayoría de las personas ni saben lo pequeño que es realmente el cerebro, probablemente porque hablamos de lo grande que es el cerebro humano en comparación con el de otros animales. Pero puedes cogerlo con una mano. Y es responsable de todo lo que consideramos que somos. Tu novela surgió de tu cerebro, Autumn, palabra por palabra; ojalá pudiera entender cómo tu cerebro es capaz de hacer algo así.

Autumn está en silencio. No puedo callarme aquí. Implica demasiado.

Entonces dice:

—O ¿cómo un cerebro puede pensar con lógica pero, aun así, enviar señales y emociones ilógicas? Como obligarte a hacer cosas estúpidas.

—Sí, exacto. —Saco el coche de la carretera—. Hace todas esas cosas bien y se equivoca con esas otras. Registra un montón de información, pero también se le escapa mucha. —Me encojo de hombros—. Estoy deseando aprender cómo hace todo eso.

La miro.

Ella me sonríe, lo que provoca que se me acelere el corazón.

Subo el volumen de la música. El álbum ha comenzado de nuevo por la primera canción y tal vez, a cierto nivel, su cerebro entiende que la pongo por ella.

8

Nos dirigimos a mi casa sin hablarlo. Autumn está absorta otra vez. Quiero asegurarle que me encantará su novela, pero sé que eso no ayudará. Hago un gesto hacia el ron en la encimera.

—¿Quieres que te ponga un poco en la Coca-Cola?

Ella arruga la nariz.

—No volveré a beber ron con Coca-Cola jamás. —Y añade—: No te rías de mí. Puede que hable en serio.

—Solo he pensado que igual necesitarías un poco de valor líquido.

Hago un gesto con la cabeza hacia el portátil que lleva a cuestas, acunado como un bebé. Lo estrecha con más fuerza.

—¿Tengo que estar aquí mientras la lees? —pregunta Autumn.

—¿Quieres irte a casa? —Noto que frunzo el ceño. No estoy seguro de qué prefiero: que se quede o leer la novela.

—No —dice rápidamente.

—No se me ocurre qué otra opción tienes, entonces.

Autumn suspira, frustrada por los límites de la realidad, y

luego se dirige a la sala de estar. La sigo y ella se deja caer en el sofá antes de abrir el ordenador. Unos cuantos clics y se recuesta para luego mirarme. Me siento junto a ella.

Me coloca el portátil en el regazo y dice:

—Esa es la portada. Ve bajando hasta que acabes. Es bastante corto. Casi ni puede llamarse novela.

—No tienes por qué dejar que la lea —digo mientras toco el teclado, porque siento que debo hacerlo. Por muchas ganas que tenga de leerla, estoy empezando a preocuparme de que no esté lista para compartirlo.

—No. Es la hora.

Le echo un vistazo a su precioso y asustado rostro y luego empiezo a leer.

—Simplemente no le des demasiadas vueltas —dice en voz baja, pero ya me estoy dejando hechizar por sus palabras.

Ha utilizado muchas cosas de nuestra infancia. Es obvio. Eso debe de ser lo que le preocupa. Sin embargo, no es como si nos hubiese cogido de niños y lo hubiese escrito todo; a veces, el personaje de Izzy se parece a Autumn, pero luego veo destellos míos en ella y partes de Autumn en Aden. Hacen las cosas que hicimos nosotros, como usar los dedos para dibujar en la espalda del otro por la noche, y cosas que no hicimos pero queríamos hacer, como construir una casa en un árbol.

Miro a Autumn, acurrucada con un libro en el rincón más alejado del sofá. Quiero decirle que es un honor para mí poder vislumbrar nuestra vida en su libro, pero sé que querría que siguiera leyendo.

Izzy tiene un padre fantástico y presente, y una madre ausente. Los padres de Aden lo quieren, pero tienen problemas y son distantes emocionalmente, de ahí que pase tanto tiempo en la casa de al lado. Entre la presencia continua del padre de Izzy y el apoyo ocasional de Aden, ambos reciben el suficiente cariño para salir adelante. Esto es cierto y, a la vez, no lo es.

A Autumn no se le da bien dibujar, pero a Izzy sí, y crea cómics para Aden con sus historias. En realidad, yo hacía los dibujos para las historias de Autumn, que creamos nosotros mismos. Esto es cierto y, otra vez, no lo es.

Es como viajar en el tiempo, pero a un mundo paralelo. Como un caleidoscopio, la historia según mi perspectiva. Somos nosotros. No somos nosotros. Somos nosotros. No somos nosotros.

Y luego viene la parte en que no somos nosotros, que no podemos ser nosotros, porque Aden besa a Izzy y ella le devuelve el beso. Siento un pinchazo en la boca, pero no frunzo el ceño. Soy vagamente consciente de que Autumn ha pasado de leer a ver una película, y mi cerebro, siempre listo para encargarse de varias cosas cuando se trata de ella, toma nota de las miradas ocasionales que me lanza.

Mi atención principal, sin embargo, está en la novela que ha escrito. Por supuesto que le preocupaba que malinterpretara esta parte. Cuando comienza la relación romántica entre Izzy y Aden, empiezo a ver a Jamie en él: los regalos de broma que le hace porque sí, la forma en que reclama públicamente su derecho sobre Izzy. Aunque todavía me veo a mí. Están los detalles obvios, como que Aden juega al fútbol y es rubio. Pero hay más que eso, mucho más.

Es la forma en que Aden ve más allá de las inseguridades de Izzy y aprecia sus fortalezas.

Es la forma en que Aden le sonríe a Izzy cuando le dice: «Me gusta que des por sentado que te enseñaré a conducir».

Me levanto a por un vaso de agua.

Bebo un trago de ron de la botella.

Vuelvo al salón y me siento.

Es como si Autumn hubiera cogido fragmentos de aquí y allá de su vida y de la de aquellas personas que conoce, los hubiera metido en una licuadora y luego lo hubiera sazonado todo en abundancia con ficción.

Hay un partido de fútbol importante en el que Aden bloquea un gol del contrario en el último segundo, lo que evita la prórroga, e Izzy sale corriendo al campo y salta sobre él a pesar de que está cubierto de barro. Sylvie saltó sobre mí cuando bloqueé un pase así hace un par de años. Autumn no estaba allí, pero supongo que se enteró. Sylvie se llevó una bronca de la capitana de las animadoras por ensuciarse el uniforme y perder la compostura o algo así.

Pero, en la novela, Izzy no lleva uniforme, porque Autumn nunca fue animadora. Izzy es y no es Autumn. También veo destellos de sus amigas Brooke y Sasha en ella.

Izzy y Aden pasan el rato en las vigas sobre el escenario del auditorio de su instituto, que es exactamente el tipo de cosas que a Autumn le gustaría poder hacer.

Aden no es solo yo. También es Autumn, y también es Jamie, y tal vez otros amigos que no conozco bien.

Pero, por la forma en que Aden quiere a Izzy, soy yo.

Por la forma en que le pregunta con una mirada si está bien y entiende sus respuestas silenciosas, soy yo.

Y, por la forma en que Aden le dice a Izzy que es demasiado buena como para no intentar ser escritora y que ignore a los profesores que le dicen que se plantee estudiar Educación, soy yo. Ese siempre he sido yo.

Autumn se levanta y se estira, pero sigo leyendo. Así de buena es la historia. No creo que los primeros borradores sean tan buenos normalmente, ¿verdad? Es una gran escritora y solo conseguirá mejorar.

Me levanto y me doy cuenta de que Autumn se ha ido, así que me dirijo a la cocina, cojo el ron y me siento en el sofá.

Voy a acabar esto esta noche.

9

Oy sorbitos de ron mientras leo, más rápido ahora que mi cerebro no sigue los movimientos de Autumn de fondo. A medida que la historia se acerca al final, es más fácil apresurarse.

El desenlace me sorprende. Había supuesto un final despiadado para su historia. Autumn ha demostrado que no le cuesta dejar a sus amigos, así que esperaba lo mismo de Izzy y Aden.

Cierro el portátil y lo dejo sobre la mesita de café. Su novela es incluso mejor de lo que esperaba, pero no puedo concentrarme en la historia.

Los escritores escriben lo que saben. Eso yo ya lo sabía.

Pero si Autumn ha descrito los matices de mi amor con tanta perfección, entonces eso significa que lo sabe. Significa que siempre lo ha sabido, que siempre ha entendido lo que siento por ella.

Todos estos años, me había convencido de que la había engañado haciéndole creer que mis sentimientos eran, en el peor de los casos, un amor de juventud o, en el mejor de los casos, hormonas adolescentes. Pero ella sabía la verdad. Observó mi amor por ella y me ha correspondido de manera ficticia.

Jack dijo: «Me da que ella sabe que la quieres y está jugando contigo para sentirse mejor».

Ella lo sabía. Lo ha sabido todo el verano.

Lo ha sabido todos estos años. Desde que empezamos secundaria.

Podría haberme dicho que mis sentimientos eran obvios y que la hacían sentir incómoda o que necesitaba espacio. Eso habría sido suficiente. Lo habría entendido. No habría tenido que explicarse.

En cambio, desapareció.

Fui un tonto por besarla la víspera de Año Nuevo, pero no merecía años de frialdad para que simplemente me sonriera de nuevo, y más si sabía que estaba enamorado de ella y que la había echado de menos todo el semestre. Si Autumn sabía que la quería, entonces debió de saber cuánto me trastocaría que volviera mágicamente a mí esa Navidad solo para abandonarme de nuevo.

Me he acabado el ron; el libro también. ¿Por qué sigo sentado aquí?

Este nuevo conocimiento me pesa en el pecho como una losa. Con gran esfuerzo, me obligo a levantarme del sofá.

Bebo un vaso de agua antes de ir a buscar a Autumn. Quiero tener la cabeza lúcida cuando me enfrente a ella.

Primero reviso la habitación de mi madre, pero, como era obvio, se ha ido a mi cama. Porque siempre lo ha sabido y me está usando para sentirse mejor.

Cuando giro el pomo de la puerta, se me bloquea el cerebro. No sé qué le voy a decir.

La luz del pasillo le ilumina el rostro y ella hace una mueca.

—Autumn. —Estoy muy enfadado con ella, pero su belleza me golpea como un puñetazo.

Gime y parpadea por la claridad. Entorno la puerta para que la luz no le dé directamente en la cara.

—Autumn —repito.

—¿Qué?

Se sienta, se quita el pelo de la cara y me mira, adormilada y preciosa.

—¿Por qué tuviste que dejarme así? —le digo, porque es lo que me sale.

—Estaba cansada. Y tú estabas leyendo.

—No. —No voy a contenerme, así que digo—: Cuando cumplimos trece años. ¿Por qué tuviste que desaparecer de esa manera?

Autumn se queda quieta. Sé que está completamente despierta y me entiende.

No tiene una respuesta.

Ahora lo sé.

—Yo no desaparecí —dice por fin. Ambos sabemos que está mintiendo—. Simplemente nos distanciamos.

No pienso dejar que me haga esto más.

—No solo nos distanciamos, Autumn.

—No fue mi intención —dice—. Lo lamento. —Le brillan los ojos por las lágrimas.

Parece sincera.

Pero eso no es suficiente. Ni de lejos.

—Ya sé por qué lo hiciste. —No tiene que explicarme esa parte. Sé que nunca me quiso de la misma manera. No necesito oírselo decir—. Solo quiero saber por qué tuviste que ser tan cruel. —Es hora de afrontar lo que Jack lleva diciéndome todos estos años.

Autumn se pone rígida. Esta vez no voy a ignorarlo.

—Vale, fui una estúpida y una egoísta ese otoño. Y lo siento. Pero todo habría vuelto a la normalidad si no me hubieras besado de repente, sin preguntarme siquiera. ¿Tienes idea de cuánto me asustaste esa noche?

¿Asustarla? Ante mis ojos veo su rostro mientras se aparta de mí. Estaba asqueada. No, estaba…

—¿Te asusté?

Las lágrimas de Autumn han comenzado a desbordarse.

—No estaba lista. —Se pasa la palma de la mano por la mejilla como una niña pequeña—. Y no sabía qué pensar.

¿No estaba lista?

La asusté.

Esto es demasiado para asimilar. Me siento a los pies de la cama. Estoy frente a mi ventana, frente a la de Autumn, y no puedo soportarlo, así que me miro las manos.

¿No estaba lista? Y la asusté.

Le apreté el brazo. Intenté ser romántico, pero no percibí sus señales. Me merecía la forma en que me trató el año siguiente. Tengo suerte de que no me ignore ahora, de que me tenga el cariño suficiente como para incluir partes de mí en su novela. Autumn saca lo peor de mí. Siempre lo he sabido, pero, aun así, la culpé.

No es que aquella noche me pasara de la raya con ella. Es que no debería haber hecho nada en absoluto.

Si hubiera esperado, si le hubiera dado espacio. Si hubiera confiado en la Autumn que conocía en lugar de en las trolas que contaban los idiotas del vestuario…

Siento que el colchón se mueve cuando ella se desliza por la cama.

—Lo siento. Me odio por haberte hecho daño.

Intenta verme bien la cara en la oscuridad, pero no puedo soportar mirarla todavía. La he despertado para hacer frente a su crueldad y resulta que he descubierto que era yo quien le debía la mayor disculpa.

—Yo también lo siento —digo. Ambos llegamos con muchos años de retraso.

—¿Por qué?

Todavía debe de estar medio dormida.

—Por besarte.

—No digas eso. —Jamás le había oído una voz tan triste—. No digas que lo sientes por eso.

¿Le debo una disculpa por algo más?

Resulta que en realidad no sé quién es Autumn y tampoco sé quién soy yo. Se me escapa una risa oscura. No importa cuánto lo intente, siempre termino haciéndole daño.

—Es que nunca sé qué hacer para hacerte feliz.

Ella responde tan rápido que me sorprende.

—Me haces más feliz de lo que me ha hecho nadie jamás.

La convicción en su voz es inconfundible.

—¿Yo?

Como me dijo Jack: su historia no tiene sentido.

—Todos los días —dice.

Nos sentamos.

Autumn no estaba lista para que la besara.

Y tampoco quiere que me disculpe por besarla.

La hago feliz.

Doy vueltas a estos tres nuevos hechos, que chocan entre sí hasta que de repente se alinean y cobran sentido.

Solo que no puede ser verdad.

¿Sé cómo hacer feliz a Autumn?

Aquel día la besé sin preguntar.

—¿Y si te besara ahora mismo?

Ella coge aire rápidamente y me fulmina cuando dice:

—Eso me haría feliz.

Apenas sé qué hacer a continuación.

«No estáis cara a cara», me indica mi cerebro.

Me giro en la cama sentándome sobre una pierna, esperando que me detenga, que aclare lo que acaba de decir, porque no puede haberlo dicho en serio.

Autumn levanta el rostro hacia el mío y su expresión me deja sin aliento.

Extiendo una mano, listo para retirarme en cualquier momento. Suavemente, se la apoyo en el pelo, justo por encima del cuello. Ella se relaja ante el contacto y algo se rompe dentro de mí.

La atraigo hacia mí con avidez. Al inclinarme, choco mi nariz con la suya. Estoy a punto de pedirle perdón cuando ella gira la cara y acerca los labios.

Todas las disculpas, todas y cada una, quedan olvidadas cuando nuestras bocas se unen.

Solo existen mis labios. Ninguna otra parte de mí.

Autumn.

Estoy besando a Autumn.

Siento la necesidad de tumbarla sobre la cama y sentirla debajo de mí, y empiezo a pensar otra vez.

«No la cagues, Finn».

Le apoyo una mano en la cadera para poder acariciarle con el pulgar esa pequeña zona que se estrecha bajo las costillas, su espléndida figura. Autumn deja escapar el suspiro con el que he fantaseado mil veces.

La estoy besando y ella me corresponde.

Esto es real.

Está pasando.

Autumn.

Me pone una mano en el hombro y pienso que va a apartarme, pero en lugar de eso me acerca más, a pesar de que estamos todo lo cerca que podemos estar sentados así.

Quiere esto.

Me quiere a mí.

Autumn me pone la otra mano en la rodilla y ahogo un gemido.

—Au —dice ella.

Mueve la cabeza y me doy cuenta de que le había cogido con fuerza el pelo.

Me aparto.

—Lo siento —me disculpo, y empiezo a apartar las manos.

—No, no pares —me pide Autumn, con la mano todavía en mi hombro. Tira de nuevo de mí y dice—: Recuéstate conmigo.

Se tumba en mi cama y me tiende los brazos.

—Ay, madre mía —exclamo.

Quiere que…

Ha dicho «con», no «encima», pero sus brazos…

Me inclino sobre ella, apoyándome en el codo derecho. Uno de sus pechos está presionado contra mi cuerpo. Cuando levanto la vista hacia su cara, ella me mira a los ojos. Me rodea con los brazos y acerca los labios.

La estoy besando.

Ella me está besando a mí.

Es raro, pero siento que no tengo cuerpo. No soy más que un alma extática en el universo. El tiempo y el espacio no tienen sentido, son temporales, intrascendentes para mí.

Y luego vuelvo de repente en mí. Mi cuerpo, su cuerpo, la realidad del momento: todo me golpea a la vez.

Autumn me está besando apasionadamente.

Me está besando a mí.

Le pongo una mano en el rostro.

He querido tocarle la cara tantas veces...; me he sentido tentado con cada sonrisa, con cada ceño fruncido. Sus facciones me han obsesionado tanto como cualquier otra parte de su cuerpo.

Su cuerpo.

Autumn se aferra a mí con fuerza, pegándose a mi cuerpo. Gime con suavidad mientras boqueamos para respirar. Si a nuestro cerebro no se le diera tan bien gestionar las necesidades, probablemente ya nos habríamos asfixiado.

Espero estar besándola bien. Parece que sí. Tal vez esté actuando al fin por instinto y mi lóbulo frontal se relaje antes de darle demasiadas vueltas a esto y encontrar alguna manera de estropearlo.

Autumn me besa con la misma intensidad que yo, rápido y con fuerza. Intento reducir el ritmo, porque me preocupa que tal vez mi ímpetu se vuelva agotador. Pero ella se adapta a mi ritmo como si fuéramos una pareja de baile y la música hubiera cambiado. No me suelta. Sus gemidos de placer son vertiginosos.

¿Cómo hemos llegado a esto? Ahora mismo, descifrar los últimos minutos es demasiado para mí. Necesito permanecer en este momento mientras dure.

Ella.

Ella.

Quiero tocarle el pecho.

«No, Finn».

Intento volver a centrarme en sus labios (¡los labios de Autumn!), que besan los míos una y otra y otra vez.

Intento contentarme con el pecho que tiene pegado a mi torso, pero el otro también está ahí.

¿Sé cómo hacerla feliz? Porque no puedo apartarme de su boca para hablar. Le deslizo la mano izquierda por la mejilla y la bajo por el cuello hasta el hombro.

«Despacio, Finn. Despacio».

Intento indicarle lo que estoy haciendo para que lo sepa. Sin sorpresas, sin errores. Tengo el pulgar en la parte inferior de su otro pecho, los dedos en sus costillas.

«Despacio».

Muevo la mano, y entonces…

Le toco el pecho.

Después de tantos años intentando no mirárselos y, aun así, con su silueta grabada en la mente, tengo a Autumn debajo de mí, bajo la mano, los labios y las caderas.

Repite el suspiro de esta mañana en la tienda de campaña, el que desearía haberle provocado yo, y me pierdo otra vez. Solo soy sensaciones. No hay otra realidad, solo Autumn.

—Finny.

Siento mi nombre en los labios al mismo tiempo que lo escucho.

Vuelvo, una vez más, al tiempo y al espacio.

Recuerdo que mi cuerpo está besando a Autumn.

Me llega la señal para que pare.

Levanto la cabeza y la miro.

—¿Sí?

—Quiero...

La luz aún es tenue, pero le veo el rostro un poco mejor. Está sonrojada y le brillan los ojos. Parece inquieta de nuevo.

Lo diré yo si ella no puede.

—¿Quieres que pare?

—¡No! —exclama, para mi sorpresa—. Quiero lo contrario.

Autumn se muerde el labio después de soltar estas palabras y se retuerce nerviosamente debajo de mí, lo que me provoca una serie de emociones en el cuerpo que hacen que me cueste procesar lo que está diciendo.

Porque no puede estar diciendo lo que creo que quiere decir, eso seguro.

Lo opuesto a parar es...

—¿Quieres que siga adelante?

—Sí —asiente Autumn.

Mi cuerpo pide a gritos el mismo desenlace.

Quiero volver a actuar por instinto, pero esta vez no puede ser.

—N-no tengo...

Autumn ha debido de suponer que tengo condones, lo cual no es así. ¿Realmente quiere hacerlo conmigo después de besarnos solo una vez, después de esperar tanto con Jamie? «Sin errores. Sin malentendidos».

—No me importa —dice. Capto firmeza en su voz, una profunda certeza.

—Autumn, no.

Debería sentarme y dejar que ambos nos calmemos, pero no me muevo. Ella me acaricia con la nariz. Me acaricia.

—Por favor, Finny —dice y me besa en el cuello de una manera que me derrite—. Por favor, Finny.

En ninguna de mis fantasías ha habido nunca explicación alguna de por qué Autumn y yo hacemos el amor. Siempre me lanzaba al tema después de haberla seducido mágicamente en innumerables y variadas circunstancias.

Y he fantaseado con muchas circunstancias.

Nunca, ni en el aula, ni en el asiento trasero del coche, ni en el jardín de atrás ni en la azotea, me lo había suplicado.

—Por favor —repite mientras me recorre el cuello y la mandíbula con los labios—. Por favor, por favor.

El muro que se alza en mi mente se está desmoronando.

Sus labios están de nuevo sobre los míos, y me pierde el deseo.

Seguramente me dirá que pare.

Le deslizo una mano por la camiseta y ella se la quita. No me pide que pare cuando alcanzo el cierre del sujetador.

Se lo quita y la sensación de su piel, junto con lo que distingo de su figura en la penumbra, me deja entre asombrado y atolondrado. Me tira del botón de los tejanos.

Habla en serio.

Autumn hace un ruido de frustración cuando se le resbalan los dedos y el botón permanece abrochado.

Me desea.

Toda mi razón y lógica se han perdido ante ese hecho innegable: Autumn me desea.

Ahora soy yo el impaciente.

Le aparto la mano y lo hago yo mismo. Me alejo de ella lo suficiente para quitarme los tejanos y los calzoncillos, y lanzo ambas cosas lejos de la cama. Se oye un ruido sordo cuando se cae al suelo mi móvil, que estaba en los pantalones, y miro a Autumn, que tiene las caderas levantadas para quitarse los vaqueros.

Me impaciento de nuevo y, tratando de ayudarla a bajárselos por las rodillas, casi me la subo al regazo. Autumn suelta una risilla y le beso los pies cuando emergen del tejano.

Y entonces me quito la camiseta y la miro.

—Oh, Autumn.

«Mi amiga. Mi sueño. Mi amor».

La confianza en sus ojos es intensa. No merezco esa mirada; esto no puede estar pasando.

Comienza a quitarse las bragas, la última prenda que nos separa.

Soy incapaz de decirle que no podemos, aunque sé que todo esto está pasando tan rápido que probablemente no deberíamos hacerlo. La ayudo. Tiro su ropa interior al suelo.

Sea un error o no, lo cometeremos de todos modos.

Autumn abre los brazos para que regrese a su abrazo. Tengo que decírselo mientras todavía sea capaz de pensar.

—¿Puedo decirte antes que te quiero?

No dejaré escapar la oportunidad de decírselo, aunque ella ya lo sepa. Ya me estoy arriesgando demasiado.

—Sí.

Me dejo caer sobre ella, controlándome a tiempo para bajar suavemente, y me coloco entre sus piernas, de nuevo por el más puro instinto animal.

—Te quiero —le digo, por todas las veces que no pude hacerlo y todas las que tal vez no vuelva a poder—. Oh, Dios, te quiero —añado luego, porque está ahí. Y yo aquí. Autumn no me dice que me aparte ni que pare. Me está acariciando de nuevo con la nariz y noto el calor de su aliento en la clavícula—. Oh, Dios, Autumn.

«Despacio, Finn».

«Sin errores».

Su respiración cambia y me sujeta con más fuerza, por lo que sé que está en un estado entre el sufrimiento y el éxtasis.

«Despacio. Céntrate, Finn».

«Despacio».

Autumn está tratando de relajarse debajo de mí. Lo noto.

Quiere que siga haciéndole el amor, aunque le duela. No sé cómo puedo estar tan seguro después de todos los errores del pasado, pero la situación es prueba suficiente.

Autumn me ha seducido.

Lo absurdo de esa constatación podría haberme hecho reír, pero me susurra al oído:

—Sigue, Finny. Estoy bien.

Apoya la mejilla contra la mía. Suspira de felicidad.

Espero seguir con la misma suavidad después de eso, porque me está consumiendo el vaivén de sus pechos contra mi torso, así como la forma en que me aprieta la cintura con los muslos, como si tuviera miedo de que me escapara.

Quiero decir su nombre al final, pero no paso de la primera vocal.

10

Autumn gime y siento que se nos escapa una de las muchas razones por las que no deberíamos haber hecho esto. Me aparto, pero no me arrepiento, porque al menos siempre me quedará este recuerdo de nosotros.

Estoy saliendo de mi trance y necesito saber que todavía está bien.

—Autumn —es lo único que alcanzo a decir.

—Yo también te quiero —responde ella—. Me había olvidado de decírtelo.

Se echa a llorar, pero no como antes, no como con el final de sus personajes. Aun así, son lágrimas, así que me guardo sus palabras para más tarde y le dedico toda mi atención. Me inclino y le beso la cara una y otra vez.

—Ya está. No llores —le pido, porque todas las demás cosas que quiero decir parecen no encontrar la salida. «Estás a salvo». La beso en los ojos. «Eres muy querida». La beso en la frente. «Seré lo que necesites que sea después de esto». La beso en la mejilla. «Lo que quieras que sea». La beso en la otra mejilla—. No llores. Ya está.

—¿Me abrazas? —pregunta Autumn y, sinceramente, es la mejor idea que he oído jamás.

Me coloco y ella se enjuga los ojos enseguida antes de apoyarme la cabeza en el hombro. La estrecho entre mis brazos y es maravilloso.

—¿Así? —La abrazo suavemente, pero con firmeza.

—Sí —dice, y no pienso moverme nunca más.

Respiro el aroma de su pelo y me siento mareado.

Nunca había conocido una euforia como esta.

Los pájaros corean en homenaje a este precioso nuevo día, a su cuerpo, a mi alegría. A la luz de la mañana, veo las sombras que proyectan sus pestañas en sus mejillas, la curva de su cadera bajo mis sábanas.

Estoy tan feliz que podría morirme.

—No puedo creer lo que acaba de pasar —me escucho decir.

Se me empiezan a cerrar los ojos sin querer y me alegro cuando Autumn habla, porque me ayuda a mantenerme despierto.

—¿Ibas en serio cuando has dicho que me querías? —pregunta.

—Por supuesto.

Estoy tan cansado y tan feliz que no pienso en lo tonta que es la pregunta. Me muevo ligeramente debajo de ella para disfrutar de su piel pegada a la mía antes de quedarnos dormidos. Se me han cerrado los ojos por completo cuando ella continúa:

—¿No lo estabas diciendo solo porque es lo que soléis decir los tíos?

Todavía tengo los ojos cerrados y pienso «¿Qué tío?», cuando me doy cuenta de que se refiere a mí. Yo soy el tío. El tío que se suponía que debía decir...

Abro los ojos.

¿Está fingiendo que no lo sabe?

Completamente despierto ahora, repito su pregunta en mi cabeza.

Está fingiendo que no lo sabe.

¿Por qué hace eso?

Salgo de debajo de Autumn y me siento apoyándome sobre un codo. Necesito mirarla a la cara.

—Venga ya, Autumn —le digo—. Sé que sabes que he estado enamorado de ti desde siempre. No tienes que fingir.

Independientemente de lo que quiera de mí después de esto, mi única regla es que no nos callemos nada entre nosotros.

—¿Qué? —exclama.

Resulta muy convincente, pero sé lo buena actriz que puede llegar a ser.

—No pasa nada —suspiro. No puedo evitar sentirme un poco exasperado, incluso en este momento—. Siempre supe que lo sabías.

Pero Autumn se está enfadando. Se sienta y se cubre con las sábanas, como si quisiera protegerse. Me frunce el ceño. Los pájaros siguen cantando.

«¿Por qué le molesta que yo supiera que ella sabía que estaba enamorado de ella?». No estoy enfadado con ella por saberlo.

Al menos no ahora. Me había olvidado de mi reacción de antes, al leer su novela.

—¿Qué quieres decir con «desde siempre»? —pregunta Autumn.

—Ya sabes —respondo—. Desde siempre. Desde que teníamos, ¿qué?, ¿once años?

—¿Desde quinto? ¿El año en que le pegaste a Donnie Banks? Ahí está. Sabe de lo que estoy hablando.

—Sí, recuerda lo que dijo de ti.

—Me llamó bicho raro.

—Dijo: «Tu novia es un bicho raro». Él sabía que tú no querías ser mi novia, pero yo sí quería que lo fueras.

Porque todo el mundo lo sabía. Todo el mundo. Autumn incluida.

¿No?

—¿Ya te gustaba de ese modo por entonces? —Su confusión es real. Pero si no lo sabía en primaria, ¿qué nos pasó?

Me siento del todo. Necesito pensar con claridad.

—Pero ¿no dejaste de quedar conmigo en el instituto por eso? ¿Porque te cansaste de que yo quisiera que fuéramos algo más que amigos?

Eso fue lo que pasó. Yo estaba allí.

—No —sentencia Autumn—. No tenía ni idea de que quisieras algo así.

Es la verdad. De algún modo, no sé cómo, no lo sabía.

—Pero cuando te besé, sí lo supiste.

Porque Autumn sabe que la quiero. He leído su novela. Está ahí.

—No —responde—. No sabía por qué me habías besado y me asusté. Pensé que tal vez estabas experimentando conmigo.

¿Experimentando con ella? ¿Será que sí estoy alucinando? Paseo la mirada brevemente por mi dormitorio. Todo lo demás parece normal.

Si Autumn no sabía que estaba enamorado de ella en la escuela ni en el instituto... No. No. Tenía que saberlo.

—Pero eso no tiene ningún sentido —le digo—. Si no lo sabías, ¿por qué me dejaste?

Ella baja la mirada. ¿Es esto? ¿La he pillado en una mentira? Se me revuelve el estómago. La querré incluso si resulta ser cruel. Esa es mi cruz.

—Fue agradable dejar de ser la rara —confiesa Autumn—. Me gustaba ser popular. Y sí que nos distanciamos un poco ese año.

Se sonroja de vergüenza y siento que tengo la boca abierta.

—No digo que no fuese culpa mía, solo que no fue mi intención que eso sucediera.

Oh, Autumn.

Nunca se me había pasado por la cabeza que le importara lo que la gente pensara de ella. Parece incongruente con su carácter. Siempre la defendí en la escuela, pero no porque en algún momento hubiera dado a entender que le molestaba lo que los demás críos pensaban o decían de ella. Tal vez, en un par de ocasiones, había sucedido algo que la había hecho llorar, pero la creía cuando decía que estaba disgustada por la injusticia o la moral de la situación en sí.

Cuando finalmente Autumn gustó a nuestros compañeros, pareció tomárselo como algo natural, como que las cosas iban como debían de una vez por todas. Durante los primeros días de instituto, no mencionó que le hiciese ilusión volverse popular de la noche a la mañana. Parecía distraída, no eufórica.

Autumn es una buena actriz, pero no tan buena. Por ejemplo, en este momento intenta ocultar, sin éxito, que está avergonzada. Se le da bien mentir. Y no se le da bien mentir. Es verdad y no es verdad.

—¿En serio no lo sabías? —pregunto para confirmar.

—En serio. De verdad que no —responde Autumn.

La creo y es más de lo que puedo soportar. Mi sistema nervioso decide que, para seguir funcionando y manteniendo un pensamiento consciente, no puede sostenerme. Me acuesto boca arriba y miro a la nada.

Autumn no sabía que estaba enamorado de ella.

Estoy mirando la blancura del techo sobre mí, pero solo veo mil recuerdos reescritos con esta nueva información. Es como si el ADN de toda mi relación con Autumn hubiera mutado. Cada vez que me estremecía por dentro ante lo patético que debía de parecerle, ella no lo sabía ni se daba cuenta.

—Y yo aterrorizado todos estos años por si notabas que todavía…, ya sabes —digo.

—¿Todavía qué?

Porque, incluso después de todo esto, Autumn sigue necesitando que se lo explique.

—Que todavía te quería.

—¿En serio?

Ni siquiera puedo responder.

Toda mi agonía había sido producto de mi imaginación. La noche en que tuve que llamar a Jack para que nos llevara a Sylvie y a mí a casa, encontré a Autumn comiendo algunas sobras en su porche. Estaba desanimada por la situación de sus padres y mantuvo una paciencia muda ante mi embriaguez mientras yo pensaba que me abría a ella hablándole como un borracho enamorado. A la mañana siguiente me quedé en la cama, hecho polvo y retorciéndome de la vergüenza.

Pero todo había sido cosa de mi imaginación. Nada de aquello había sido real. Autumn no lo sabía. Autumn no había escuchado las palabras de amor que había gritado tan fuerte dentro de mi mente.

Ese semestre, cuando fuimos compañeros en Educación física, me arrepentí de muchas de las cosas que dije después de clase, y los momentos en que cedí a la tentación de tocarla me parecieron especialmente atroces. Estaba seguro de que Autumn volvería a rechazarme en cualquier momento, porque se me estaba dando fatal ocultar mi amor por ella.

Pero ella no lo sabía.

No fue una prueba de que había sobrepasado sus límites el hecho de que me dijera que a Jamie no le gustaría que quedáramos. Jamie probablemente se comportase como un gilipollas al respecto, y si Autumn de veras hubiera estado enamorada de mí en aquella época...

¿Qué había pensado todos estos años esta chica a la que quería y creía conocer tan a fondo?

—¿Qué pasa con Sylvie? —pregunta Autumn, y no puedo evitar reírme.

Todo parece una alocada comedia de enredos de Shakespeare. ¿Es ironía? Quizá Autumn pueda decírmelo.

—La única razón por la que comencé a quedar con las animadoras después de los entrenamientos fue porque pensaba que aún erais amigas. Se me ocurrió que tal vez así tendría alguna oportunidad contigo, que tal vez sería lo suficientemente guay para ti. Luego, ni siquiera me saludaste el primer día de clase en la parada del autobús. Y descubrí que no solo ya no erais amigas, sino que las odiabas. Y entonces empezaste a salir con Jamie, y Alexis me preguntaba por qué le daba falsas esperanzas a Sylvie, pero yo ni siquiera sabía de qué estaba hablando...

Aquella había sido una conversación horrible. Fue después de un partido de fútbol, el primero en el que realmente pasé tiempo en el campo, y Alexis me había llevado a un lado cuando salí del vestuario. Estaba agotado y empapado. Ella estaba saliendo con Jack por entonces, y me asustó un poco que me agarrara del brazo tan posesivamente. Parecía furiosa.

—¿Por qué le haces esto? —me siseó.

—¿A quién?

Mi cerebro pensó en Autumn, aunque no tenía sentido.

—Oh. Por. Favor. —Alexis susurró—: A Sylvie, energúmeno.

Mis sentimientos por Alexis tras los últimos cuatro años son parecidos a lo que muchos describen que sienten por sus hermanos. La quiero porque la conozco desde hace tiempo, pero me vuelve loco y la mayoría de las veces no me cae ni bien.

Alexis estaba exagerando aquel día, pero siempre hay una pizca de verdad en sus disparatadas hipérboles.

Sylvie me gustaba un poco por entonces.

Me hablaba en la parada del autobús. Nadie más lo hacía. El hecho de que fuera tan guapa como Autumn, aunque de una forma diferente, supuso una agradable distracción. Podía mirar a Sylvie tan tranquilo.

Cuando Alexis expuso la situación, entendí a qué se refería. Y me sentí responsable. Además, había visto a un chico besando a Autumn en los escalones donde pasaba el rato con sus amigos. Mi plan había fracasado.

Así que invité a Sylvie al cine, y nos divertimos. Nos divertimos de veras. Ella era la única otra chica que conocía que escuchaba la emisora NPR mientras se preparaba para ir a clase por las mañanas. Me gustó que leyera biografías y tuviera un estante con sus favoritas. Era preciosa. Era simpática. Y quería estar conmigo.

Sylvie ha sido buena conmigo. He disfrutado casi cada minuto con ella. Me ha hecho mejor persona en muchos pequeños aspectos. Espero poder explicárselo bien a Sylvie algún día, pero por ahora le digo a Autumn:

—No creas que no me gustaba Sylvie, porque sí que me gustaba. —Me gusta—. En realidad no es como crees. —Es mucho más—. Y, a diferencia de ti, ella necesitaba que la cuidara. —Porque es como tú: complicada—. La quería, pero de manera diferente a como siempre te he querido a ti.

Todavía quiero a Sylvie, y me guardo muchas cosas para mí a pesar de no querer que nos callemos nada.

Pero Autumn y yo tenemos mucho de que hablar aparte de Sylvie.

—Oh, Finny —exclama. Suena tan emocionada que se me acelera el corazón.

Me lleno los pulmones de aire para calmar los nervios. Le echo un vistazo con el rabillo del ojo. Es un viejo truco: mirar a Autumn sin mirarla realmente.

Autumn, todavía sentada en mi cama, me observa. El pelo le brilla alrededor del rostro como un aura. La sábana ha vuelto a caer. No confío en poder mirarla a la cara. Perderé el temple.

—Has dicho… —empiezo. Necesito saberlo. Estaba llorando cuando lo ha dicho y, sorprendentemente, no sabía lo que yo sentía por ella—. Has dicho que también me querías. —Quizá, en su vulnerabilidad, ha hablado más de lo que pretendía.

—Sí —dice Autumn—. Te quiero. —Le tiembla la voz, pero habla con seguridad.

—¿Desde cuándo?

¿Desde anoche? ¿El mes pasado?

—No sé —susurra—. Tal vez desde siempre también, pero no lo admití hasta hace dos años.

¿Quizá también para siempre?

No aguanto más. La miro directamente. Autumn esboza una extraordinaria sonrisilla que se convierte en un suspiro cuando se desploma sobre mi pecho.

Me quiere.

Autumn me quiere de verdad.

La estoy abrazando con tanta fuerza que le ordeno a mi cuerpo que se relaje para no hacerle daño.

Autumn.

Mi Autumn.

Si es que quiere serlo.

—Así que…

No sé cómo preguntar esto. Autumn me quiere, pero necesito asegurarme de que no hay más malentendidos.

—¿Qué?

—Ahora estamos juntos, ¿verdad?

La noto reír contra mi pecho antes de responder.

—Phineas Smith, ¿me estás pidiendo que sea tu novia?

«¿No es eso lo que hago siempre?». Me pongo a pensar como un loco. El corazón me late deprisa. Esto me parecía una formalidad, pero tal vez haya vuelto a mi costumbre de malinterpretar a Autumn.

—Bueno, sí. ¿Es raro?

—Solo porque parece que seamos mucho más.

Me relajo de nuevo.

—Ya —digo mientras le pido a mi cerebro que mantenga la calma, que pedirle a Autumn que nos fuguemos a Las Vegas es absurdo—. Pero tendrá que servir por ahora.

Por ahora.

Cierro los ojos.

—Todavía tienes que romper con Sylvie —susurra.

Abro los ojos de nuevo.

—Lo sé. Hemos quedado mañana.

—Querrás decir hoy —me corrige.

Se me encoge el estómago. Por supuesto, es por la mañana. Qué tonto soy.

—Ah, cierto. —Abrazo a Autumn para atraerla hacia mí—. Deberíamos dormir un poco, supongo.

—Sí, supongo —asiente ella.

Nos acurrucamos bien y Autumn se pone enseguida a roncar suavemente.

Pero yo no me duermo. Tengo demasiadas cosas en las que pensar.

11

Una de las cosas que podría resultar irónica (realmente debo acordarme de pedirle a Autumn que me explique la ironía) es que ahora sí tengo algo que contarle a Sylvie.

Aceptará que elija a Autumn antes que a ella si hay algo más que amistad. Eso es lo que hace que esto sea tan difícil.

Intento cuidar mis palabras. Intento decir solo y exactamente lo que quiero decir. La gente piensa que soy difícil de leer, pero nunca lo he entendido. No soy reservado. La mayoría de las veces, simplemente no comparto información a menos que me lo pidan.

La primera vez que Sylvie me preguntó sobre Autumn, en realidad no hablamos de ella.

Era el último día de primero.

Jamie se nos había cruzado por delante cuando salimos del campus. Llevaba a Autumn sobre un hombro mientras ella gritaba de alegría y fingía estar asustada, y su grupo de zarrapastrosos alternativos los seguía cantando una canción repulsiva a todo pulmón.

—¿Qué te pasa con ese? —preguntó Sylvie.

El pequeño desfile de Jamie nos había dejado atrás y habíamos echado a andar de nuevo. Sylvie y yo nos dirigíamos al restaurante de comida rápida que hay cerca del campus, y tuve la amarga sensación de que ese también era su plan de celebración.

—Que ese tío siempre está fanfarroneando —dije.

Vi a Jamie hacer girar a Autumn y dejarla en el suelo.

—No —me corrigió Sylvie—. ¿Qué te pasa cada vez que la ves con él?

—¿De qué estás hablando?

—Autumn Davis y Jamie Allen. —Sylvie me tiró del brazo y la miré—. Venga ya, Finn. Los estabas fulminando con la mirada.

—No me gusta. —Me encogí de hombros—. Ya te lo dije: Autumn es una amiga de la infancia. Es una mierda que le guste ese fantasma.

Me encogí de hombros de nuevo. Autumn y sus amigos estaban esperando más adelante, en el paso de peatones, a que cambiara el semáforo.

—O sea —empezó Sylvie—, ¿no son todos un poco: «Oh, mira lo extravagante que soy»? Ella lleva tiara todos los días y parece que le gusta la forma en que Jamie la zarandea en público.

—Autumn siempre ha sido extraña —dije—. Solo es ella misma. Jamie hace cosas para llamar la atención y ya sabes lo que opino al respecto.

Aquello fue un golpe bajo, dirigido tanto a Sylvie como a Jamie, y nos quedamos en silencio un momento.

Unas semanas antes, incitada por algunos chicos mayores y el tío con el que Victoria salía, Sylvie se había besado con Alexis en una noria y habíamos tenido nuestra primera gran pelea.

Le dije que no me habría importado que se liara con Alexis si eso era lo que quería hacer. Habría sido la leche si a alguna de las dos realmente le fuese aquello. Que Sylvie lo hubiera hecho para impresionar a unos tipos que no habíamos visto jamás me dio asco. Y se lo había dicho.

—No puedo estar contigo si solo buscas atención.

El resto del camino hasta la hamburguesería, Sylvie y yo estuvimos callados. Autumn y sus amigos ya estaban allí cuando llegamos. Sylvie fue al baño. Pedí por los dos y me senté de espaldas al otro grupo.

Cuando Sylvie regresó, parecía como si hubiera estado llorando.

—Syl...

Ella levantó una mano para callarme.

—Tengo que contarte algo después —dijo.

Comimos y me alegré cuando Autumn y sus amigos se fueron para que no pudieran ver lo incómoda que era la situación entre Sylvie y yo. Después caminamos hasta el parque y nos sentamos en una colina, donde Sylvie me habló del señor Wilbur.

Me contó que en primero de instituto había tenido un profesor que quería ayudarla a desarrollar sus muchos talentos. Se había ofrecido personalmente a ser su tutor, diciéndole que la prepararía para que pudiera terminar la secundaria antes de tiempo y así comenzar clases universitarias a los dieciséis años. Los padres de Sylvie habían pensado que aquello era una muestra de lo inteligente que era.

Wilbur se explayó largo y tendido. Le aseguró a Sylvie una y otra vez lo decepcionado que estaba con su progreso y le preguntó por qué se negaba a esforzarse tanto como él se esforzaba por ella. La aisló de sus amigos y le hizo abandonar sus otras actividades para concentrarse en sus estudios. Y luego llegaron los comentarios sobre que tenía que taparse, que él era un hombre después de todo y que ella era muy guapa. No fue hasta mediados del segundo semestre del curso siguiente cuando acabó diciéndole que lo había decepcionado académicamente y lo había tentado sexualmente demasiadas veces. Le dijo que se lo debía.

Por suerte, alguien había entrado en ese momento.

—Nos pillaron —me contó Sylvie, luego frunció el ceño y se corrigió—: Alguien entró y lo pilló a él.

—Sí, lo pillaron a él —coincidí—. Tú no hiciste nada malo. Te rescataron. —Quise decirle mucho más, sobre lo fuerte que era, que su inteligencia no era una mentira de aquel tipo, sino un hecho que él explotó.

Sylvie se encogió de hombros.

—Un poco tarde de todos modos.

Estábamos sentados en la colina con vistas al lago. Hacía demasiado calor para que fuese agradable, pero ninguno de los dos dijo nada al respecto. Me horroricé al verme paralizado, incapaz de ofrecerle consuelo o apoyo. Simplemente permanecí sentado junto a ella y la escuché.

—Y bueno —continuó Sylvie, que, por primera vez en casi una hora, me miró—. Voy a terapia una vez al mes y te estoy contando todo esto porque tenías razón.

Fruncí el ceño, confundido, y parpadeé.

—Sobre lo de la noria. Le conté al doctor Giles la pelea que tuvimos y hablé con él sobre por qué lo hice. Es solo…

—Sylvie, no importa.

—No —dijo ella—. Sí que importa. Necesito que lo entiendas. Wilbur fue horrible conmigo, pero su aprobación era como estar colocada. Me tenía tan desesperada por su validación que sentía como una descarga cuando llegaba. No sé. El doctor Giles dice que a veces echo de menos esa sensación. Tengo —añadió, poniendo los ojos en blanco— un «mal comportamiento», pero tal vez tenga razón.

—Creo que lo entiendo —respondí.

Era todo lo que podía ofrecerle. Le hice daño para proteger mi vieja herida con Autumn, sin preguntarme en ningún momento si ella tendría la suya propia. Me sentí consternado conmigo mismo y asombrado por su fuerza y dignidad.

—Lo que estoy tratando de averiguar con el doctor Giles —continuó Sylvie, otra vez sin mirarme— es cuándo soy yo misma y cuándo soy la que el señor Wilbur me hizo creer que era. Lo de la noria… estoy trabajando en ello, ¿vale?

—Sylvie… —comencé.

Ella levantó una mano como antes y me callé.

—Wilbur intentó robarme mis años de secundaria. Sin amigos, sin fiestas, solo él y algunas clases en el centro de enseñanza superior de la localidad mientras engañaba a mis padres haciéndoles creer que me estaba preparando para Harvard. Cambié de centro y ahora estoy haciendo todo lo que se hace en el instituto: animadoras, consejo estudiantil, comités de baile… Quiero divertirme, vivir locuras y cometer errores normales de adolescente.

—Lamento que hayas pasado por eso. Perdona por haber dicho…

—Déjame terminar, Finn. La ambición siempre ha estado

en mí, no fue cosa del señor Wilbur, aunque él se aprovechase de ella. Por eso, cuando digo que quiero hacer todo lo que se hace en el instituto, lo digo en serio. Ese es el plan, y esa soy yo realmente.

Ella me miró y yo asentí. Eso ya lo veía.

Sylvie continuó:

—Y parte de eso es, ya sabes, tener un novio en el instituto. Pero el doctor Giles dice que no puedo estar con alguien que me hace sentir insegura.

—Lo siento —respondí—. No era mi intención…

—Lo que necesito escuchar, Finn —me cortó Sylvie— es que quieres estar conmigo. Que no soy la opción que más te conviene porque no puedes estar con la persona que realmente quieres.

Ella me miró, tranquila y comedida, lista para escuchar mi respuesta, fuera cual fuese.

—Eres tan fuerte... —señalé, porque era verdad. Estaba tratando de averiguar qué podía decir con sinceridad. Me convenía estar con ella. Autumn no estaba enamorada de mí. Pero sí que quería estar con Sylvie. Le dije—: Quiero estar contigo. Y todo lo que me has contado hace que te respete más. Te quiero, Sylvie. —Nunca había usado esas palabras delante de ella y sentí un momento de pánico, pero ella sonrió suavemente.

—¿Y? —preguntó.

—No sé qué más quieres que diga —mentí.

—Que no quieres estar con nadie más. Que solo quieres estar conmigo —respondió Sylvie.

La rodeé con un brazo. Yo no era muy dado a las demostraciones públicas de afecto, en especial aquel primer año. Ella se recostó.

—Sylvie, eres una de las chicas más preciosas que he visto en toda mi vida. Y la más inteligente. Estás supermotivada. Antes de conocerte, nunca me había dado cuenta de lo atractiva que me resulta la ambición. —La besé en la frente antes de continuar—: Quiero hacer contigo todo lo que se hace en el instituto, Sylvie: todos los bailes, eventos y tradiciones que quieras. Iremos a fiestas y cometeremos errores estúpidos que se convertirán en historias divertidas. —Seguí así un rato, haciendo promesas sobre todas las cosas que haríamos juntos durante los próximos tres años mientras la abrazaba. Terminé repitiendo—: Te quiero, Sylvie. —Y la besé hasta que nos quedamos sin aliento.

En ese momento pensé que ella no se había dado cuenta de lo que me había callado, pero estaba equivocado.

Autumn se mueve mientras duerme. Por mi propio bien, le aparto la cabeza de mi hombro y se la apoyo sobre una almohada. Miro el reloj. Son las siete de la mañana. Hoy debo decirle a Sylvie que prefiero a Autumn, como ella siempre ha temido.

Me acuesto de lado y me permito contemplar el rostro de Autumn hasta que finalmente llega el sueño.

Me aporrea varias veces mientras duerme hasta despertarme, y tal vez los ruidos que hago con cada golpe la despiertan a ella también. Cada vez que me vuelvo a dormir, la toco; su cara, sus manos. Intento susurrar, aunque no estoy seguro de haber llegado a pronunciar las palabras:

—Te quiero.

12

Me despierto.

      Mi móvil.

      Está sonando dentro del bolsillo de los tejanos, en el suelo, donde los tiré cuando Autumn y yo...

Ella se mueve a mi lado. Me apresuro a levantarme de la cama e intento que pare de sonar antes de que la despierte. Veo en la pantalla el nombre que esperaba. Rechazo la llamada. Cuando levanto la cabeza, Autumn me está mirando.

—Hey. —No me sabe tan mal verla despierta.

—¿Era ella? —pregunta Autumn.

Dejo el móvil en la mesilla de noche. Es la una y media de la tarde.

—¿Importa? —respondo. Quiero que seamos solo nosotros dos, tanto como podamos y durante el mayor tiempo posible.

—Sí.

—Lo era.

Autumn mira hacia abajo. Frunce los labios, tan rosados. Dejo caer los tejanos y vuelvo a la cama.

—Ven aquí. —Atraerla hacia mí es un alivio.

Autumn se acurruca contra mí y, cuando gira la cara, coge aire profundamente. Es como si estuviera respirando mi aroma de la misma manera que yo he hecho con ella. Me sorprende otra vez mi nueva realidad. Ella me quiere. Autumn está enamorada de mí, definitivamente. Es mucho más de lo que jamás podría haber imaginado.

Me he pasado años fantaseando con el cuerpo de Autumn, pero nunca me había permitido pensar en cómo sería ser su novio, al menos no conscientemente.

Aunque siempre he sido un soñador vivaz. Podía controlar mis pensamientos cuando estaba despierto, pero, por la noche, mi cerebro se recreaba con su obsesión secreta. Que Autumn y yo éramos pareja fue un sueño frecuente y recurrente durante años. Nunca había, como cuando fantaseaba conscientemente, explicación de cómo llegábamos a ello. Tan solo estábamos juntos.

No importa de qué tratara el sueño con Autumn, ya fuera en el espacio profundo o en una versión de McClure High School con pasillos al revés, siempre sentía un gran alivio cuando imaginaba que estábamos juntos. Era como si aquella fantasía fuera mi realidad, y cuando despertaba, me encontrara viviendo una pesadilla en la que Autumn y yo salíamos con otras personas y ni siquiera éramos amigos. Le había negado mis sentimientos a Jack, a Sylvie, a mí mismo, pero mi cerebro había seguido insistiendo obstinadamente en que Autumn y yo debíamos estar juntos. Pensé que era una mezcla de mi lujuria y mis celos lo que me hacía creer que había habido algún malentendido y que las parejas que nos separaban eran un gran error.

Pero...

Aquí estamos.

—¿Te sientes culpable? —La voz de Autumn es ligera como una pluma, como si estuviera tratando de pronunciar las palabras suavemente.

La culpa es solo mía. Necesito que lo entienda.

Necesito que entienda que tenía que hacer esto. Tenía que estar con ella si se daba la oportunidad. Mi amor por ella es parte de lo que soy.

—Sí —admito—. Pero también siento que he sido fiel a algo más grande.

Es solo el comienzo de lo que quiero decirle, pero me interrumpe una notificación que debería haber esperado.

Me dispongo a ignorarla, pero Autumn dice:

—Deberías mirar quién es.

—No quiero —contesto automáticamente.

—Podrían ser nuestras madres, y si no respondemos, pensarán que estamos muertos y regresarán pronto.

Sigo creyendo que es Sylvie confirmándome los detalles de su vuelo antes de subir al avión en Chicago, pero Autumn tiene razón. No quiero que nuestras madres nos interrumpan.

Me alejo de ella, me siento y cojo el móvil.

ORD > STL núm. 5847 16.17 ¿Cena después?

Me alegro de estar de espaldas a Autumn, porque no puedo evitar la pequeña sonrisa que aparece en mi rostro. Es un mensaje de Sylvie: sucinta cual militar, dando por sentado que reconoceré el código del aeropuerto de Chicago. Parte de la razón por la que Sylvie se subestima a sí misma es que no se da cuenta de que la mayoría de la gente no posee su eficiencia o franqueza. Asume que todos los demás saben, ni más ni menos, lo que quieren en la vida y tienen intención de alcanzarlo estratégicamente cuanto antes. Autumn es la única otra persona que conozco así.

> Me alegra que estés a salvo en Estados Unidos.
> No he dormido aún. Necesito descansar.
> ¿Nos vemos a solas? ¿A las 19?

Pongo el móvil en silencio.

Me vuelvo a tumbar y Autumn y yo nos acomodamos uno frente al otro.

—Era ella otra vez —digo, aunque ella ya lo sabe—. Le dije que no iría a buscarla al aeropuerto. La veré cuando haya cenado con sus padres.

—Ah. ¿Cuándo?

—Tenemos unas cuantas horas. —Cuatro horas y cincuenta y un minutos—. Vuelve a dormir.

—No tengo sueño.

—Yo tampoco. —Me da igual lo que hagamos mientras pueda mirarla.

Quizá Autumn sienta lo mismo, porque me mira fijamente y hago lo que he anhelado hacer mil veces: alargo una mano y le aparto el pelo de la frente.

Ella cierra los ojos mientras la acaricio. Parece tan feliz. ¿Cómo es posible que la haga sonreír de esta manera tan solo con la punta de los dedos? No hay nada más que haya podido provocarle esa sonrisa: ni música ni otras sensaciones.

Tiene que haber alguna trampa.

Después de rechazar a Jamie durante cuatro años, ¿por qué me ha dicho que sí a mí?

Casi me río al darme cuenta de que no fue así. Ella propuso hacerlo. Yo cedí a su petición, a pesar de las razones por las que era una mala idea.

Autumn se estremece con mis caricias, como si la sensación de mis dedos fuera más de lo que pudiera soportar.

—¿Te arrepientes? —pregunto, porque seguro que algo sale mal.

Abre los ojos.

—No —dice. Antes de que me llegue el alivio, continúa—: Pero ojalá hubiera sido tu primera vez también.

Autumn aparta la mirada y me quedo helado.

Sin traicionar a Sylvie, necesito explicarle lo importante que fue lo de anoche para mí.

Dejo caer la mano y me concentro en mis palabras.

—La primera vez estábamos tan borrachos que ninguno de los dos se acuerda. Y luego resultó que ella no podía hacerlo a menos que estuviera borracha. Y yo no quería hacerlo si estaba borracha. No lo hacíamos a menudo ni salía muy bien cuando lo hacíamos. Así que… O sea… En muchos sentidos, esta ha sido mi primera vez.

Espero no tener que decir más, pero Autumn pregunta:

—¿Qué quieres decir con que no podía hacerlo a menos que estuviera borracha?

—Le hicieron daño una vez —respondo. Es cierto, pero no que fue solo una vez.

—Ah —dice Autumn.

Es un poco rollo no recordar realmente la primera vez que tuve relaciones sexuales, pero no es por eso por lo que anoche sentí como si lo fuera. Con Sylvie, la mayoría de las noches acababa diciéndole que no era capaz de seguir porque estaba demasiado borracha. Hubo noches en que estaba lo bastante sobria como para darme su consentimiento, pero entonces teníamos que parar a medias. Era raro que saliera bien, y yo vivía con el miedo de hacerle daño.

Autumn pone una mano sobre la mía y, de repente, recuerdo todo lo que todavía necesito decirle. Entrelazo mis dedos con los suyos.

—Quería algo mejor para ti —empiezo—. Por eso te hice prometer que no lo harías cuando bebieras. Pero, en realidad, la idea de que alguna vez te acostaras con otro me volvía loco. —Necesito advertirle del efecto que tiene sobre mí—. ¿Recuerdas cuando me contaste que ibas a hacerlo después de la graduación, y luego, al día siguiente, estabas sentada en el porche esperando a Jamie?

—¿Sí?

—Subí aquí y me di de puñetazos contra la pared —admito—. Nunca había hecho eso antes. Me dolió.

—Pensaste que...

—Sí. —Además, necesito advertirle de lo egoísta que me vuelve—. Luego, cuando me enteré de que habíais roto, fue duro verte tan triste por él cuando yo estaba tan feliz que quería cogerte en brazos y darte vueltas. —Como había visto hacer a Jamie tantas veces.

En lugar de responder a mi hipocresía, Autumn dice:

—Pero estabas triste aquella vez que Sylvie rompió contigo.

Y yo estaba tan enfadada con ella por haberte hecho daño que pensé en empujarla para que la atropellara el autobús escolar. Casi me río de lo exagerada que es.

—Estaba triste —asiento—, pero fue culpa mía. Le dije a todo el mundo que no me gustaba que hicieran comentarios sobre ti y Sylvie se puso celosa. Me preguntó si sentía algo por ti. —Me preguntó directamente aquella vez—. Pero le dije que lo dejara estar y seguí intentando cambiar de tema. Se dio cuenta.

Intenté hacer lo que había funcionado en el pasado, decir la verdad de una manera que ocultara lo que no quería contar. Una y otra vez, quise que Sylvie fingiera haber escuchado de mí lo que quería oír, pero esa vez no me siguió el juego. Me dejó, tal como merecía. Fue fría y brusca.

—Finn, aunque no estuvieras siendo obtuso a propósito, esto seguiría siendo un problema —me dijo—. Estoy cansada de esta pantomima. —Eso me dolió, porque no pensaba que mi relación con Sylvie fuera una farsa.

Una parte de mí quisiera poder contarle a Autumn cuánto eché de menos a Sylvie esas semanas. Echaba de menos hablar con ella sobre política. Echaba de menos salir a correr con ella cuando nadie más quería acompañarme porque hacía demasiado frío. Echaba de menos llamarla para darle las buenas noches. Echaba de menos las tardes que pasábamos en la biblioteca, trabajando el uno junto al otro en silencio.

Finalmente, le mentí a Sylvie. Le mentí una y otra vez. Claro, le conté que Autumn me gustaba. Pero le dije que perderla a ella me había hecho darme cuenta de que en realidad no había estado enamorado de Autumn en absoluto. Le dije a Sylvie que ella era la única con la que quería estar y, después de aquello, pareció creerme otra vez.

—¿Por qué volviste con ella? —pregunta Autumn, para mi sorpresa.

—Tú también has querido a Jamie todo este tiempo, ¿no es así?

—Sí —dice, y me sorprende que todavía se sienta algo celosa.

—Entonces ¿por qué no lo entiendes? Yo quería... Intenté quererla solo a ella.

La expresión de Autumn me dice que eso sí lo entiende, así que continúo:

—Cuando el mes pasado te conté que iba a romper con Sylvie, no fue porque pensara que podía ser algo más que un amigo para ti. Fue porque quererte en secreto era una cosa, pero no era justo para ella que yo estuviera enamorado de mi mejor amiga.

De repente, Autumn se sienta. Se cubre con las mantas como si fueran vendas sobre una herida. No entiendo qué ha pasado. Le he confesado haber golpeado paredes inocentes y haberme regocijado en su angustia, y ella me ha sonreído dulcemente. ¿Por qué se disgusta ahora? Yo también me siento.

—¿Autumn?

El pelo le cae sobre la cara.

—¿Qué pasa si la ves y te das cuenta de que todo esto ha sido un error?

—Eso no pasará.

—Podría.

—No pasará.

—Si la quieres... —empieza Autumn, pero no puedo dejarla continuar.

—Pero si tengo la oportunidad de estar contigo... —Me parece surrealista, pero, no sé cómo, sigue sin entender lo locamente enamorado que estoy de ella—. Dios mío, Autumn, he comparado a todas las demás chicas de mi vida contigo. Eres divertida, inteligente y rara. Nunca sé qué lo que me vas a soltar o lo que vas a hacer. Y eso me encanta. Tú me encantas. Te quiero.

Después de todos estos años sintiendo que estaba reprimiendo las palabras de amor más elocuentes, mi gran discurso me parece débil, pero trato de reflejar toda mi emoción en mi voz.

El pelo se le aparta de la cara cuando levanta la cabeza y me mira con esos enormes ojos entornados.

No sé cómo sigo respirando.

—Y eres preciosa —me escucho decir.

Ella vuelve a agachar la cabeza y yo me río a carcajadas.

—Eso sí sé que lo sabías —sentencio. Me río porque la he visto ignorar ese mismo cumplido muchas veces.

—Es diferente cuando lo dices tú. —Habla tan bajo que apenas puedo oírla.

Me río.

—¿Por qué?

—No sé —susurra.

Dulce Autumn.

—Eres preciosa. —Le toco la cara y le levanto la barbilla. Necesito que me vea decir esto—. Lo de anoche fue lo mejor que me ha pasado en la vida —le digo—. Y nunca pensaría que ha sido un error a menos que tú lo digas.

—Yo jamás diría eso —susurra.

Sonrío y apoyo la frente en la suya. Cierro los ojos mientras respondo:

—Entonces todo irá bien. Estamos juntos ahora, ¿no? Necesito que me lo diga. No más malentendidos.

—Por supuesto —responde Autumn, y no puedo evitar reírme de nuevo.

Se aleja.

—Jamás de los jamases creí que esto pudiera pasar —le explico—. Y vas y dices «por supuesto», como si fuera lo más natural del mundo.

—¿No te lo parece? —me pregunta ella.

Sí y no. Estar con Autumn parece natural, pero también sobrenatural. Pienso en la forma en que su novela capturó y mostró tan perfectamente el amor que siento, aunque ella ni siquiera era consciente de todo lo que había en mi corazón. Pienso en mis sueños recurrentes de haber regresado a la línea temporal correcta, donde ella y yo siempre hemos estado juntos.

—¿Cómo hemos llegado a esto? —me pregunto en voz alta. ¿Cómo es posible que dos personas parezcan estar destinadas a estar juntas y, a la vez, no?

Vuelvo a tener la sensación de que tiene que haber alguna trampa, de que el destino no me permitirá estar con ella; pero cuando miro a Autumn y la veo observándome tan tranquila y en silencio, a la espera de lo que vaya a decir o hacer a continuación, me doy cuenta de que no importa.

Mi expresión debe de cambiar, porque sonríe y se sube a mi regazo. Nos abrazamos y nos acomodamos. Después de un momento, dice:

—¿Sabes? Yo tampoco pensé que esto sucedería. Cuando Jack me dijo… —Y luego se calla.

Aparto la cara lo suficiente para mirarla.

—Uy. Anoche no te lo expliqué.

—¿El qué?

Espero no parecer tan asustado como de repente me siento. ¿Qué le dijo Jack?

—Fue hace un par de semanas, después de la película de terror que fuimos a ver con Jack, ¿recuerdas? Entraste a comprar pretzels o algo así, y él me vino con «a Finn le costó una eternidad olvidarte la última vez. ¿Estás jugando con él?». —No imita nada mal a mi amigo, pero todavía está hablando—. Yo me quedé en plan: «¿Quééé?» porque no tenía ni idea de que alguna vez te habías sentido así. Pero Jack me contó que ya lo habías superado, que solo estaba preocupado por ti. Así que durante estas últimas dos semanas he pensado que había perdido mi oportunidad contigo.

No respondo. Tengo la cabeza demasiado llena de pensamientos y sentimientos contradictorios.

—¿Finny?

—Lo siento —me disculpo—. Estaba tratando de decidir si debería matar a Jack por contarte que me gustabas o si debería matarlo por decirte que no. Difícil decisión.

—Nooo —dice Autumn. Me besa en la mejilla—. No te enfades. Estaba cuidando de ti. Fue dulce. Te quiere.

—Sí —asiento. Jack me estaba protegiendo, pero es imposible que creyera que había superado a Autumn. Aunque ahora siento curiosidad—. ¿Qué habrías hecho si te hubiera dicho la verdad, que estaba —pregunto, y hago una pausa para tratar de recordar las palabras de mi amigo— coladito por ti?

Autumn me apoya la cabeza en un hombro. No puedo creer que esto sea la vida real y estemos abrazados así.

—Mmm —murmura ella—. Creo que me hubiera costado creerle.

—¿En serio?

—Claro. No soy exactamente tu tipo.

—Eh… —Decido saltarme el comentario sobre cuál es mi tipo—. Digamos que Jack te convence. Estoy seguro de que podría haberlo conseguido al final. Y ¿luego qué?

—Supongo que habría… —Autumn se calla y comienza de nuevo—: ¿Supongo que habría coqueteado contigo?

—¿Cómo?

—No tengo ni idea —admite—. Pero cuando te pasé mi nov… Oh. —Antes de que pueda reaccionar, ella se baja de mi regazo y me mira agitada—. Con todo lo que pasó anoche, casi me olvido de que has leído mi libro.

Me mira como si me hubiera convertido en un animal salvaje del que no se fía.

—Autumn, es buenísima —le digo. Todavía me mira con recelo—. En serio.

—Es un primer borrador —apunta—. No puede ser buenísima. Pero si te gustó, es un buen comienzo.

—Me encantó —respondo.

Ella niega con la cabeza, rechazando mis elogios.

—¿Por qué estabas tan nerviosa por compartirla conmigo?

—Porque sí. —Autumn toquetea la sábana que tiene en el regazo—. Es todo lo que soy, diseccionado y expuesto. Ya no estoy nerviosa por cómo interpretaste la relación de Izzy y Aden, pero anoche pensé que podría ser el final de nuestra amistad. Porque me superaste cuando te abandoné.

—Pero no es cierto —digo—. No pude olvidarte.

Autumn me mira.

—Me alegra que no lo hicieras —responde, y una sonrisa deshace brevemente su preocupación—. Así que te gustó el libro. Está claro que no eres imparcial.

—¿Recuerdas lo furioso que estaba anoche? Pensé que habías representado mi devoción con perfecto detalle y luego me la habías plantado en el regazo sin tener en cuenta mis sentimientos. Y, aun así, me encantó la historia. Eres una buena escritora, Autumn. Siempre lo has sido.

Ella se encoge de hombros y mira hacia otro lado, pero su sonrisa ha vuelto.

—Gracias —susurra.

No lo soporto más. Me inclino y la beso profundamente. Pasamos unos minutos así, y luego jadeo cuando siento que me clava los dedos.

—No podemos volver a arriesgarnos a que te quedes embarazada —le digo, aunque ahora la estoy besando en el cuello y no hago nada para detener su mano.

Autumn se aparta y me pone la otra mano sobre el hombro.

—No te preocupes —susurra—. Sé lo que tengo que hacer. —Me obliga a tumbarme y, durante un tiempo indeterminado, quedo completamente a su merced.

13

—¿Cuánto tiempo nos queda? —pregunta Autumn.

No quiero pensar en eso, pero miro el reloj de todos modos. Nos hemos pasado toda la tarde besándonos y dormitando.

—Una hora. Debería darme una ducha —digo.

Antes, cuando Autumn ha ido al baño, he mirado mi móvil en silencio y he visto el mensaje de Sylvie confirmándome que puedo recogerla en su casa a las siete.

Autumn, de espaldas a mí, se me pega al pecho y dejo de acariciarle el brazo para abrazarla. Levanto la cabeza y la beso en la mejilla. Llevamos un rato así.

Después de que me haya torturado tan encantadoramente con las manos y luego me haya dejado extasiado con la boca, he tratado de devolverle el favor. Me hace falta más práctica, pero ella no ha perdido el entusiasmo en ningún momento.

Autumn no ha dejado de mirarme en toda la tarde como si estuviera intentando creer que soy real. Un extraño reflejo de mis propios sentimientos.

Me ha repetido una y otra vez que me quiere. Lo ha jadeado mientras nos besábamos. Lo ha gruñido antes de morderme suavemente en el hombro, lo que me ha hecho ahogar un grito de sorpresa y placer. Lo ha dicho con arrogancia después llegar al clímax, mientras yo todavía temblaba entre sus manos.

La situación está empezando a instalarse en mi cerebro como un hecho. Autumn también me quiere a mí.

—Mañana —susurra.

—¿Qué pasa mañana? —Mañana será maravilloso, y pasado mañana y el otro, porque soy de Autumn. Esta noche es lo único que importa y es solo mía.

—¿Y si esperaras hasta mañana?

La estrecho con más fuerza y le hundo la cara en la nuca.

—No, es lo correcto. —La beso en el hombro. En algún lugar en el fondo de mi cerebro, todavía me alucina que quiera que la toque.

Autumn se da la vuelta y nos acomodamos uno frente al otro.

—Cuéntame una historia —me pide.

—¿Qué tipo de historia?

Se ha puesto tan seria que intento que no se me escape la risa.

—Sobre nosotros —dice—. Algo que sea cierto. Algo que pasara cuando no sabíamos que estábamos enamorados.

—Mmm. —Creo que entiendo lo que me pide y me pregunto si tendrá sus propias historias—. ¿Recuerdas esa tiara que mi madre te regaló un año por Navidad? Dijo que yo la había elegido. En realidad la compré yo. La vi en una tienda y supe que te encantaría. Se la di a mi madre y le pedí que dijera que era de parte de los dos.

Autumn se ha quedado boquiabierta.

—Oh, Finny —exclama—. Podrías habérmelo dicho…

—No —digo—. No habría podido. Hacía años que no nos hacíamos regalos de Navidad. Habría sido raro.

—Oh, Finny —repite, pero esta vez está de acuerdo conmigo.

—Te toca contarme una historia —le digo.

—Pues —comienza—, ¿recuerdas el día de San Valentín justo después de eso? Estabas enfermo y te llevé aquella nota de…

—Se calla en esa parte, pero no necesito que continúe.

—Lo recuerdo.

El calvario que sufrí aquel día permaneció vívido durante el resto de aquel invierno. Me pasé semanas obsesionado con la patética conversación que tuvimos.

—Estabas tan bueno —gime Autumn, apartando la mirada de mí, y yo parpadeo por la sorpresa. Ella hace una mueca y cierra los ojos ante el recuerdo—. Ibas sin camiseta, estabas todo sudado y sonrojado, y… —De repente suelta un gruñido de frustración. Cuando vuelve a observarme, dice—: Pero te fijaste en cómo te miraba, ¿verdad? Seguro que te diste cuenta. Era tan obvio… —Ella sonríe como si esperara que asienta.

—Pensé que me habías traído una tarjeta de San Valentín. Estaba confundido y feliz, pero luego me sentí confundido de otra manera cuando vi que era de Sylvie. —Balbuceo de nuevo—. Creí que te habías dado cuenta de mi error y me sentí como un asqueroso frente a ti, y tú estabas tan preciosa como siempre…

—Pensaste que… ¿Cómo iba a darme cuenta? Finny, no —dice.

Nos miramos con asombro.

—Ojalá pudiera retroceder en el tiempo —suspira.

—¿Por qué no vuelves atrás diciéndome que estoy bueno?

Autumn se ríe. Me cuenta que le encantaba ir con nuestras madres a mis partidos de fútbol, pero que al mismo tiempo lo odiaba. Que los músculos de mis piernas bajo los pantalones cortos la distraían, y me sorprende que hubiera deseado en secreto ciertas partes de mí de la misma manera que yo la había deseado a ella.

Como si pensara lo mismo que yo tengo en la cabeza, me cuenta que siempre se fijaba disimuladamente en cualquier movimiento que hiciera cuando estaba cerca (en la parada del autobús, en el sofá mientras mirábamos la tele, en la mesa durante la cena de Navidad), tal como yo memorizaba cada detalle de ella.

Le acaricio el pelo y el brazo mientras habla, y observo su rostro mientras cierra los ojos con una expresión de placer y luego los abre para mirarme.

—Quiero otra historia —suelta.

Intento evocar mi recuerdo más intenso de deseo hacia ella. Le acaricio la espalda de arriba abajo y Autumn suspira. Esto lo estoy haciendo bien. Con el resto voy aprendiendo.

—En Halloween del año pasado —digo finalmente—. Te estuve observando toda la noche. No podía parar. Estabas… —Busco entre todo el vocabulario que recuerdo gracias a ella—: Estabas esplendorosa esa noche, Autumn. Si hubiera tenido uno de esos móviles modernos que hacen fotos, se me habría pasado por la cabeza intentar robarte una. ¡Aunque no lo hubiera hecho! —Ella me sonríe mientras le confieso lo horrible que soy; supongo que debería alegrarme de que pensara que *Cumbres Borrascosas* es romántica.

—Ni siquiera llevaba un disfraz sexy —suelta con una risilla.

—Estabas radiante —le digo.

Aquella noche estaba particularmente encandilado. Lo pálida que es su piel y el oscuro brillo de su pelo siempre han tenido el poder de hipnotizarme. Aquel Halloween, Autumn estuvo más cautivadora de lo habitual, su risa era deslumbrante y cada uno de sus movimientos parecía parte de un ballet alienígena.

—No podía quitarte los ojos de encima —confieso—. Antes de que nos chocáramos, aparté la mirada para que no me pillaras observándote, pero calculé mal tu velocidad y nos…

Ambos nos reímos al recordarlo.

Puedo verla retrocediendo en el tiempo mentalmente.

—Te preocupaba que Jamie y yo tuviéramos sexo esa noche.

—Sí, bueno, eso es porque, si yo hubiera sido él…

Autumn se muerde el labio mientras sonríe.

—Supongo que ahora sabemos lo que habría pasado —dice.

—Bueno, no se me ocurre cómo podríamos haber llegado a ese punto.

Autumn observa la escena como si estuviera viendo una película que yo no puedo ver.

—Imaginemos que, cuando chocamos —reflexiona—, yo me hubiera tirado la bebida encima y hubiera dicho: «Acompáñame y vigila mientras me cambio la camiseta». Habría querido tener un momento a solas contigo, y apuesto a que habrías hecho lo que te pidiese.

—Claro —digo, animándola a continuar.

—Y luego, arriba, te habrías terminado tu copa mientras yo me cambiaba de camiseta.

—¿Supongo?

—Sí —responde Autumn—. Porque habrías estado nervioso, ¿verdad? Me hubieras dicho que la magia de Halloween te tenía cautivado y que, por una vez, no ibas a conducir. —No espera a que asienta. Sabe que tiene razón—. Te habrías bebido esa copa mientras vigilabas la puerta, tratando de no imaginarme quitándome la camiseta al otro lado. Y cuando volviese a salir, te habría sonreído, un poco borracha también, y te habría mirado demasiado…

De repente, puedo verlo exactamente como lo describe, como si hubiera sucedido de verdad. La sonrisa en los labios de Autumn mientras la miro a la cara en el oscuro pasillo, el murmullo de la fiesta abajo haciendo que la escena sea de alguna manera más íntima, secreta. Siento la tentación del momento en que nos ha descrito y, en esa versión de los acontecimientos, ninguno de los dos sería capaz de resistirse.

—Si me hubieras besado, Finny, me habría sorprendido, pero te habría metido en mi habitación y…, bueno, como he dicho antes… —Sonríe.

—No creo que hubiéramos llegado hasta el final —digo, devolviéndole la sonrisa—. No soy ningún imprudente. Tú lo sabes. Y, además, ¿habrías estado preparada?

—Con Jamie nunca se trató de no estar preparada —explica—. No me parecía lo correcto hacerlo con él, pero no lo supe hasta que te besé. Probablemente tengas razón: si nos hubiéramos enrollado aquel Halloween, no lo habríamos hecho. —Autumn suelta una risilla—. Pero habríamos acabado desnudándonos un poco antes de recobrar el sentido y darnos cuenta de que nos buscarían o nos pillarían.

—¿Y luego qué pasa? —pregunto—. La fiesta continúa, estamos en tu cama y…

140

Ella sonríe, pero ¡quiero escuchar esta historia!

—Bien, pues. Espera. —Autumn pone una mirada distante y murmura—: Reconocemos que tenemos que parar antes de que nos pillen, y mientras nos desenredamos el uno del otro, nos hacemos algunas confesiones en voz baja, impulsadas por el alcohol. No hay tiempo para mucho. Creo que ninguno de los dos sería lo suficientemente valiente como para decir esa palabra. Nos arreglaríamos la ropa y el pelo, pero sabríamos que no pueden vernos bajar juntos las escaleras.

Estoy fascinado. ¿Es en esto en lo que piensa cuando pone esa mirada?

—Acordaríamos que yo debería bajar antes —decide Autumn—. Como es mi casa, primero me echarían a mí en falta. Volvería sigilosamente con Jamie y fingiría estar más borracha de lo que estaba, y tú esperarías y regresarías con disimulo a la fiesta unos minutos más tarde. —Vuelve a esta realidad y me mira—. ¿Crees que llegaríamos a nuestro sitio a tiempo, que se creerían nuestras excusas?

Me alegra que quiera mi opinión. Pienso en nuestros compañeros de clase, la distribución de su casa y mis recuerdos de aquella noche.

—Alguien habría visto algo —sentencio—. Pero nada tan fuerte como para que nadie dijera nada al respecto hasta el día siguiente.

Autumn asiente y continúa:

—Tendríamos que actuar con normalidad y tratar de evitarnos durante el resto de la fiesta. Probablemente ambos beberíamos más para disfrazar nuestras emociones e intentaríamos, sin éxito, no mirar al otro entre la multitud. —Autumn ha vuelto a la historia que está creando para complacerme—. Antes de que terminara la noche, me preguntaría si nuestro encuentro realmente habría significado algo para ti o si tan solo estabas borracho. —Me mira buscando confirmación.

—Sí. Yo igual —digo.

—Por la mañana, fingiría estar enferma... No, probablemente estaría enferma por la mañana y usaría la excusa para echar lo antes posible a los amigos que se hubiesen quedado a pasar la noche. ¿Dónde estarías tú?

Esta pregunta es fácil.

—En casa. Solo. Te habría llamado en cuanto viera a Jamie marcharse con el coche.

Autumn sonríe satisfecha, aunque no estoy seguro de si es por mi contribución a la historia o por mi naturaleza obsesiva.

—Vale —dice—. Por teléfono, a pesar del sufrimiento que nos provocarían nuestros atroces dolores de cabeza, nos confirmaríamos entre balbuceos lo que nos habríamos susurrado la noche anterior, dando explicaciones más detalladas de nuestros verdaderos deseos. Uno de los dos acabaría en la casa del otro y... —Señala con la mano nuestra situación actual y sonreímos—. Y ya está.

—Pero recuerda, alguien vio algo la noche anterior —le digo.

Autumn bosteza.

—Bueno, está claro que cada uno tendría que romper su relación para poder estar juntos. La historia de cualquier cosa sospechosa que se hubiese visto en la fiesta se difundiría y se exageraría. No hay forma de evitar ese capítulo. Seríamos el centro de un escándalo, condenados al ostracismo por infieles.

O no sé... Tú le caes bien a todo el mundo, así que tal vez no sería tan duro para ti.

Por muy encantado que esté ante la idea de que Autumn hubiera roto con Jamie por mí y hubiera hecho frente a las consecuencias que llegasen después, todavía estoy distraído porque continúa evitando hábilmente el nombre de Sylvie, mientras que ambos hemos mencionado a Jamie. Por eso debo romper con Sylvie hoy. ¿No se da cuenta?

—Ojalá hubiera pasado todo eso —le digo—. Ojalá hubiéramos tenido todo ese tiempo juntos y hoy fuera otro día normal para nosotros.

Autumn me mira nuevamente y repite mis palabras para sí misma.

—Todo irá bien. Estamos juntos ahora, ¿no?

—Te quiero.

¿Cuántas veces se lo he dicho ya? Acabará siendo molesto.

—Yo también te quiero, Finny —dice Autumn y me toca la nariz—. Hablando de cosas que no nos hemos dicho, ¿no has deseado en secreto que te llame Finn?

—No —respondo—. Me veo a mí mismo como Finn, pero eso es lo que me gusta de que me llames Finny. Lo hace especial.

—¿Aunque nuestras madres también te llamen así?

Le toco la nariz y ahora soy yo quien repite sus palabras:

—Es diferente cuando lo dices tú.

—Finny.

Autumn me besa una y otra vez con avidez. Unos minutos más tarde, me susurra al oído:

—Tenemos tiempo, ¿no? ¿Podemos simplemente...?

Tenemos tiempo suficiente, pero cada vez me cuesta más resistirme a hacer el amor con ella de nuevo, así que decido que esta noche compraré condones.

Al cabo del rato, le pregunto si quiere acompañarme en la ducha. Autumn se sonroja y esconde el rostro entre las manos. Estamos acostados de lado, todavía enredados.

—¿Autumn?

Ella dice algo tras las manos.

—No te oigo, amor.

Me sorprende el término cariñoso. No lo había usado jamás en la vida, pero me sale de forma natural y me pregunto si se convertirá en un hábito.

—Me da demasiada vergüenza —dice—. No puedo ducharme contigo.

—Ya estamos... desnudos. —Llevamos horas juntos en mi cama.

—Pero ¡en la ducha hay agua! —exclama Autumn, y supongo que este es uno de esos momentos en los que su cerebro funciona de manera diferente.

—Vale —respondo—. Las duchas son un nivel de intimidad al que podemos llegar.

—Podría llevarnos un tiempo —dice, pegada a mi pecho desnudo.

No puedo contener una risita. Le paso los dedos por la espalda una última vez y ella se estremece de una manera que casi me tienta a quedarme.

—Tenemos toda la eternidad —le susurro en el pelo, y luego me pregunto si la eternidad no será demasiado para ella.

Autumn levanta la cabeza y me sonríe.

—Vale —dice—. Tienes razón.

Unimos nuestros labios profundamente, luego la beso en la frente y me levanto de la cama. Ella no me sigue mientras recojo mi ropa. Se queda en la cama y me observa. Le lanzo una mirada interrogante.

—No puedo vestirme delante de ti —señala—. Es demasiado incómodo.

Hago una pausa, tratando de decidir cómo formular mi primera pregunta, pero luego me río y digo:

—Te quiero, Autumn.

Y, sin saber por qué, todavía no se ha cansado de escucharlo.

14

Cuando vuelvo de la ducha, la confianza de Autumn en nuestro futuro se ha ido. Está acurrucada en el centro de mi cama, con la ropa arrugada y el pelo peinado con los dedos. Parece salvaje, élfica... y asustada.

—Todo irá bien.

Ojalá su cerebro pudiera aceptar la certeza que tiene el mío; hemos conseguido volver a estar juntos.

—¿No puedes esperar hasta mañana?

—Quiero que se acabe ya. —No puedo explicarle lo duro que será romper con Sylvie. No le haría ningún bien a la confianza de Autumn. Pero me impulsa la certeza de nuestro futuro juntos, y cuando vuelva con ella, lo entenderá. Se lo demostraré todos los días, mientras desee estar conmigo—. Quiero que seamos solo nosotros dos.

Me remuevo inquieto, pero la realidad es que ha llegado el momento de irme. Regresaré dentro de unas horas. No pasa nada. Está nerviosa porque es ella la que tiene que esperarme, pero no hay nada de que preocuparse. Miro a Autumn, que todavía está sentada con la barbilla apoyada en las rodillas.

—¿Me acompañas hasta fuera? —Estoy tratando de sonar despreocupado, pero ha vuelto todo el temor de ver a Sylvie y hacerle daño.

Tengo que romper con ella.

Autumn me coge de la mano y camina a mi lado mientras bajamos las escaleras y salimos de casa. El cielo está gris por las densas nubes y el viento ha arreciado.

El desasosiego que siento por dentro permanecerá ahí hasta que vuelva con ella, pero Autumn necesita ver mi determinación. Esto lo hago por nosotros y, de alguna manera, me asombra que aún no comprenda la profundidad y amplitud de mi pasión por ella.

Ya en el coche, le digo:

—Te prometo que volveré en cuanto pueda. Pero puede que me lleve un rato.

—Por favor, no te vayas —me pide.

Oh, amor.

La atraigo hacia mí y la estrecho entre mis brazos.

—Tengo que hacerlo —le digo—. Y lo sabes, Autumn.

Está callada, pero se apoya en mí.

—Hagamos una cosa —propongo, con la barbilla sobre su cabeza—. Cuando nuestras madres lleguen a casa, te acuestas temprano, y cuando yo regrese, me colaré por tu puerta trasera e iré a tu habitación. Y luego te abrazaré toda la noche. —O más que eso si quiere. Cuando esté lista otra vez, yo tendré los condones preparados.

Autumn se aleja lo suficiente para mirarme.

—Vale —responde, como si fuera un voto sagrado. Ojalá lo fuese.

No puedo evitar besarla rápidamente, pero cuando ella se acerca para besarme otra vez, me dejo llevar por el asombro. Autumn me desea. Autumn me quiere.

Recostada sobre el coche, me arrastra hacia ella y me pego a su cuerpo, dejándome llevar otra vez más de lo que pretendía. La deseo de nuevo, ahora mismo, que le den a la precaución y la moral. Autumn me besa desesperadamente y siento tal amor que me quedo sin aliento. Si no volvemos a casa, si dentro de un minuto no estamos otra vez piel con piel, perderé la cabeza.

Noto que se pone tensa antes de que mi cerebro capte el sonido de la puerta de un coche cerrándose. Autumn echa un vistazo hacia atrás por encima del techo de mi coche y yo miro por encima de su cabeza. Nuestras madres han vuelto antes a casa. La tía Claire tiene una sonrisa plácida. Mi madre parece estar tratando de ocultar el rostro.

—¿Crees que nos han visto? —pregunta Autumn.

—Seguro. —No estamos ni a diez metros de distancia, pero ellas fingen no darse cuenta de que sus hijos, a quienes no han visto en dos días, se están enrollando en el camino de entrada.

—Oh, Dios mío —gime Autumn.

Sé que se siente desgraciada por la avalancha de sonrisas disimuladas y pequeños comentarios que se avecina. La cuestión es que, cuando éramos bebés, nuestras madres soñaban con que nos casáramos para poder ser abuelas. Pero en realidad se alegrarán por mí. Me ha sido imposible ocultar cuánto deseaba esto.

—Creo que mi madre tiene una botella de champán especial guardada para esta ocasión —digo.

Estoy bromeando, pero solo en parte. Mi madre ha etiquetado algunas de sus bebidas alcohólicas, como «Para cuando George W. Bush deje el cargo» y esas cosas. Una de las botellas caras decía: «Día de Finny y Autumn o Año Nuevo 2010». En ese momento, me alegré de que tuviera un plan alternativo.

—Oh, Dios mío —repite ella, y hunde la cabeza en mi pecho.

Después de todo, el día de Finny y Autumn ha llegado.

Miro a Autumn, mi amor. La llamaré así a partir de ahora. Le queda bien.

—Volveré para ayudarte a quitártelas de encima.

—Vale —responde ella, y ha llegado el momento.

Dejando espacio entre nuestros cuerpos, me inclino y la beso antes de irme, porque puedo, porque no es la última vez.

Abro la puerta del coche. El desasosiego que siento en el estómago aumenta con cada segundo que pasa, pero me anima saber que voy a volver con Autumn para abrazarla, besarla y acostarme a su lado mientras ella sueña con batallas entre dragones y hadas. Le sonrío. Se la ve muy sombría.

—Después de esto, las cosas van a ser como siempre han debido ser —le digo. No puedo posponerlo más. Me siento y cierro la puerta entre los dos—. Todo terminará enseguida —murmuro mientras arranco.

No me permito volver a mirarla hasta que la veo por el espejo retrovisor. Doblo hacia la carretera y conduzco cuesta abajo cuando empieza a llover.

15

Solo miro el móvil porque sé que es mi madre quien llama. Ni siquiera he dejado atrás nuestra manzana todavía. Autumn ya debe de haber puesto sus excusas antes de salir pitando.

—Técnicamente, mamá —digo en lugar de saludarla—, está lloviendo y voy conduciendo, así que no debería haber respondido.

—¡Mi consejo ha funcionado, hijo! —responde mi madre—. Dame un minuto para regodearme. Y apenas llueve.

Había olvidado lo que me dijo antes de irse de fin de semana: «Habla con ella». Tenía una mejor perspectiva de la situación que yo.

Ninguna de nuestras madres ha dicho nada en todos estos años sobre que saliéramos juntos, al menos no directamente. Eso es lo que tiene criarse entre mujeres: descubres los muchos niveles de comunicación desde una edad temprana. Sin verbalizarlo nunca, nuestras madres me han dicho muchas veces que deseaban, por mi bien, que Autumn también me quisiera. Jamás se me ocurrió que tal vez estaban tratando de decirme que ya me quería.

—No me esperaba este desenlace —admito ante mi madre,

en un intento de compartir lo suficiente para escapar de la conversación sin revelar demasiado.

—Ha sido un gran verano —sentencia, y no puedo evitar reírme.

—Sí.

—Claire y yo estamos en casa tomando champán —me cuenta, y tengo que reprimir otra risa—. Autumn ha huido a su habitación, así que la dejaremos en paz por ahora. Te lo prometo. —Mi madre hace una pausa—. ¿Debería insistirle a Claire para que se quede hasta tarde en nuestra casa o incluso a dormir esta noche?

—Eh, vale. Suena bien —digo, sonrojándome.

Quisiera agradecerle a mi madre su intuición en cuanto a mis intenciones clandestinas y su apoyo, pero es demasiado para mí.

—Muy bien, entonces —sentencia, para mi alivio—. Te dejo hacer lo que tengas que hacer. Te adoro. Estoy orgullosa de ti.

—Siempre dices que estás orgullosa de mí por las cosas más raras, mamá —apunto—. Yo también te quiero. Adiós.

Voy a hacer dos recados a la vez en la gasolinera: comprar todo el inventario de las chucherías favoritas de Autumn y algunos condones. Me imagino que el turno del pervertido aún no habrá comenzado.

Pero me equivoco. Aparco en el mismo sitio que la noche anterior y lo veo a través de la ventana. ¿Vive aquí o qué? Llueve con ganas ahora. Había pensado en llamar a Jack de camino a casa de Sylvie, pero no me gusta hablar por teléfono mientras conduzco cuando está lloviendo. Saco el móvil y busco el contacto de mi amigo.

—¿Hola? —Suena confundido, probablemente porque me pidió que lo llamara después de romper con Sylvie, y sabe que es demasiado pronto para eso.

—Hola —digo—. Voy para casa de Sylvie. Te llamaba para decirte que tenías razón.

—Por supuesto que tenía razón —responde Jack—. ¿Acerca de qué?

—Autumn y yo somos las dos personas más estúpidas del mundo.

—Espera —dice—. ¿Eh?

—Está enamorada de mí. —Estoy tan atolondrado que mi voz me suena ridícula hasta a mí—. Anoche hablamos de un montón de cosas y Autumn no tenía ni idea. No lo sabía. Se disculpó por lo del instituto, pero no todo fue culpa suya. También fue mía. Y ahora estamos juntos. —Me callo de repente.

Hay silencio al otro lado. Casi creo que la llamada se ha cortado cuando Jack pregunta:

—¿Estás seguro?

—Segurísimo —me río—. Lo digo en serio, tío. Nos hemos pasado todo el día… Créeme. Está enamorada de mí, lo juro.

—Vale. Eh… —dice Jack—. Hum, bueno, ¿me alegro por ti? Y, ahora que estás feliz y distraído, supongo que compartiré mis noticias. Alexis y yo hemos vuelto a acostarnos.

—Oh, venga ya, Jack —gimo.

—¡Solo por lo que queda de verano! —insiste—. No volveré a aceptar el contrato de servidumbre. Es simplemente algo físico.

—Tienes suerte de que vaya a ir a Carbondale, porque, de lo contrario, acabaríais casados por accidente.

—Bueno, cuando rompas con Sylvie, es posible que Lexy me corte el grifo —dice Jack—. Sobre todo si le dices que vas a salir con la princesita Autumn Davis.

—No la llames así —le advierto.

—Es que así es como la llaman. Solo te aviso.

—Si Alexis te corta el grifo porque estoy con Autumn, os estaré haciendo un favor a ambos —digo—. Y ya sé lo duro que será esto con Sylvie. Deberías alegrarte por mí, pero estás fracasando estrepitosamente.

—Me alegro de que se haya disculpado —responde Jack.

—Ha hecho mucho más que eso —digo—. Créeme.

—Me alegro de que estés contento —añade—. ¿Ya estás en casa de Sylvie?

—He hecho una parada rápida para comprar un par cosas. —Finalmente salgo del coche y corro hacia la puerta de la gasolinera. Se me empapa el pelo inmediatamente.

—No lo pospongas demasiado —me aconseja Jack.

—Este es un recado esencial —digo mientras me dirijo al pasillo de dulces—. Luego voy a casa de Sylvie. Probablemente no pueda llamarte después.

—¿Por qué no? —me pregunta—. Deberías venir a casa cuando acabes.

Me estoy llenando los brazos de gelatina y sidral mientras respondo:

—Estaré con Autumn. —Examino los pasillos y me doy cuenta de que aquí tienen los condones detrás del mostrador, así que tendré que hablar con el pervertido—. Debería ir tirando. Te llamaré mañana.

—Vale, Finn —suspira Jack—. Hasta luego.

Cuelgo. Sí, ahí están, detrás del mostrador.

No debería haber dado por sentado que este tipo no comenzaría su turno tan temprano. El sueldo probablemente sea horrible y las jornadas, más bien largas. Me limitaré a pedirle los condones, y espero que no diga nada asqueroso.

Me acerco al mostrador y espero. El pervertido está bromeando con el cliente que tengo delante. No me ve hasta que es mi turno y dejo caer el montón de azúcar sobre el mostrador.

Él mira hacia atrás, como si esperara verla, y la expresión se le ensombrece. No lo miro a los ojos, sino a la frente, que está brillante.

—Y algunos.... Un paquete de doce condones. —Intento mantener un tono de voz informal.

Me da rabia que este tipo me intimide. Su actitud rezuma todo lo que odio de los estereotipos de género masculinos, pero, al mismo tiempo, hay una parte de mí que quiere demostrarle que soy lo bastante hombre. Probablemente se deba a la ausencia de mi padre, pero la cuestión es que los tipos como este me hacen sentir asqueado y, al mismo tiempo, inferior.

Pasa las chucherías de Autumn por caja antes de coger los condones del estante que tiene detrás. Me mira con una sonrisa de picardía, tratando de llamar mi atención. Necesito contarle a Autumn la verdad sobre este tipo.

Estoy tan ensimismado que ni siquiera lo oigo hablarme.

—¿Qué?

—¿Grandes planes para esta noche? —Golpea la caja de condones con el dedo índice.

—Eres tan asqueroso... —me oigo decir y, por un momento, tanto el pervertido como yo nos quedamos desconcertados—.

154

Lo siento —añado, aunque no es verdad—. Deja de mirar lascivamente a las adolescentes. Búscate a alguien de tu edad.

Una vena de un intenso color entre rojo y púrpura cruza de golpe la frente reluciente del hombre. La furia hace que le tiemble el bigote.

Le lanzo el dinero y salgo. Prometo llevar siempre efectivo encima, por si alguna vez en la vida vuelvo a verme en una situación similar.

El hombre me grita algo, pero me da igual porque ya me estoy metiendo en el coche. Salgo del aparcamiento. Tengo sitios adonde ir.

16

La casa de Sylvie no es tan bonita como mucha gente en el instituto esperaría. No quiero decir que no esté en perfecto estado, pero Sylvie se comporta como si viviera en una mansión. No es nada malo. Me encanta su aplomo. Admiro que encuentre artículos de lujo en oferta y lave a mano sus vestidos de seda y sus jerséis de cachemira.

No es que Sylvie finja ser rica. Es más como si se vistiera para la adulta que quiere ser. Creo que es por el modo en que tomó el control de su vida después de lo de Wilbur. Y aunque no sabe qué sueño quiere perseguir, tiene claro que podría ser senadora o directora ejecutiva.

Sylvie y yo formamos un gran equipo. Nunca pensé en casarme con ella, pero tampoco me veía dejándola.

La quiero y ese pensamiento hace que se intensifique el dolor que noto en el pecho. Me detengo a un lado de la carretera.

No es una de esas situaciones en que has dejado de querer a la persona. Estoy enamorado de Sylvie, pero ya no puedo estar con ella, y eso duele. También me duele saber que voy a hacerle daño. El hecho de que todo esto sea decisión mía no lo hace mejor. Necesito ponerme en marcha y conducir hasta su casa, pero no lo hago. Aún no. Enciendo el reproductor de CD y pongo la canción que le dediqué a Autumn anoche. Anoche, cuando todo era diferente entre Autumn y yo.

Ojalá le hubiera dicho hace años que la quería; no estaría aquí ahora. Porque ella me quería. Me ha querido todo este tiempo.

Solo dos cosas me ayudarán a superar esto.

La primera es que deseo que Sylvie esté con alguien que la quiera tanto como yo quiero a Autumn. Se lo merece.

Y la segunda es que Autumn me está esperando. No puedo fallarle. Hasta que no haya roto esta relación, no podremos comenzar la nuestra. Quiero abrazarla sin sentirme culpable.

Tengo que hacer esto y volver a casa.

Cuando termina la canción, me pongo en marcha de nuevo. Casi he llegado a la modesta casa de dos habitaciones de Sylvie, donde estudiamos, nos besamos y tratamos de hacer el amor unas cuantas veces. Debe de haber estado esperándome en la puerta, porque corre bajo la lluvia hacia mi coche antes de que aparque en el camino de entrada.

Abro la puerta del copiloto y se mete dentro antes de que pueda darme cuenta, cerrando su paraguas con una sacudida y luego la puerta.

Sylvie.

Se aparta la mata de pelo rubio de la cara y me mira.

—Pedazo de gilipollas —dice.

17

Una parte de mí tenía la esperanza de que Sylvie también sintiera que nos estábamos distanciando y sospechara algo para no pillarla por sorpresa, pero no esperaba esto.

Nos miramos fijamente, rodeados tan solo por el sonido de la lluvia.

—¿Qué sabes? —le pregunto al cabo de un instante.

—Todo —dice, lo cual no puede ser cierto. Ni siquiera yo lo supe todo hasta anoche. Y Jack no la habría llamado antes de que yo llegara.

—¿Como qué? —No sabía que podía sentirme más culpable, pero al parecer esto no tiene fin.

—¿Te estás quedando conmigo? —Sylvie está tan sorprendida como furiosa—. Cada vez que Autumn y tú habéis ido al cine este verano, he recibido al menos dos correos electrónicos de alguien que os ha visto. Ni siquiera has tratado de ocultarlo.

—Hasta hace poco, solo éramos amigos —empiezo a explicarme, pero tiene razón. No tengo excusa.

—Cállate y conduce a algún lado —dice Sylvie—. No les

he dicho a mis padres que vas a romper conmigo esta noche. Creen que tienes planeado algún gesto romántico. Necesitaba gritarte antes de pensar en cómo decepcionarlos otra vez.

—No estarán decepcionados contigo por lo que he hecho yo, Sylvie —le aseguro.

Se abrocha el cinturón de seguridad.

—No tengo muchas ganas de explicarles esto, ¿vale? Pero tengo al doctor Giles para hablar sobre mi miedo a decepcionar a las figuras de autoridad. Ya no me sirven tus charlas motivacionales. No después de tus mentiras.

—Y-yo… —No puedo decirle que nunca le mintiera. Le mentí hace años, cuando le dije que ya no estaba enamorado de Autumn, y me he pasado todo el verano omitiendo la verdad.

Sugiero que vayamos a algún lugar donde podamos sentarnos a hablar, pero ella dice que no podrá gritarme si vamos a una cafetería.

—¿Por qué no te concentras en conducir y escuchar, eh, Smith? Porque tengo una lista de preguntas que necesito que respondas.

Dicho esto, Sylvie Whitehouse se saca una lista escrita a mano del bolso y la alisa sobre el regazo. Me reiría de lo mucho que la quiero si no tuviese también ganas de llorar por el mismo motivo. Ojalá ella y Autumn pudieran ser amigas.

—En primer lugar —empieza Sylvie, y me trago mis emociones para prestarle atención—. ¿Cuándo fue la primera vez que me engañaste?

—Anoche —respondo, pero es la pregunta con que nos estamos más rato, porque no me cree.

Tardo tanto en convencerla de que no pasó nada físico entre

Autumn y yo hasta anoche que llegamos al río que bordea las llanuras rurales en las afueras de East Saint Louis. La lluvia cae con más fuerza y los relámpagos atraviesan el cielo, silenciando nuestras palabras. El ambiente es paradójicamente íntimo.

—Así que hiciste... lo que sea que hicieras con ella anoche, Finn.

No necesito apartar la vista de la carretera para saber que ha puesto los ojos en blanco.

—Pero eso no significa que hayas sido fiel este verano —continúa.

Sigo conduciendo mientras discutimos sobre la definición de «engañar».

Nuestra discusión habría durado más si Sylvie no hubiera estado en el grupo de oratoria, pero habríamos terminado en el mismo lugar. Porque tiene razón.

Esto no empezó anoche.

La he estado traicionando desde la llamada de hace tantas semanas atrás, cuando le dije que iba a desayunar, pero no le conté que era con Autumn.

Me dije a mí mismo que no la mencionaba cuando nos llamábamos por teléfono por el bien de Sylvie, pero eso no era cierto. No le conté que Autumn y yo volvíamos a ser amigos porque no quería explicarle que nuestra amistad era platónica. Cuando Sylvie llamaba desde Europa y me preguntaba qué había estado haciendo, yo le contaba que había visto una película, pero omitía a Autumn y, en especial, omitía que la habíamos visto en mi cama y que cuando se quedaba dormida antes de que terminara, la ponía en silencio y me tumbaba a su lado.

Después de decidir que iba a romper con Sylvie, consideré

responder sinceramente para darle la oportunidad de sospechar algo, pero cuando me preguntó qué estaba haciendo, le dije que nada, en lugar de que Autumn y yo habíamos aparcado cerca del aeropuerto para ver despegar los aviones mientras ella comía tantas chucherías que se le pusieron los dientes verdes.

—Tienes razón —digo mientras cruzamos el puente de regreso a la ciudad—. Te he mentido todo el verano. Lo siento.

—Entonces ¿entiendes que esto no se trata solo de anoche?

—Sí —respondo—, lo entiendo.

Estamos de vuelta en Missouri. Giro hacia el norte, hacia casa. Sigue lloviendo, pero los truenos están lejos.

—Segunda pregunta —dice Sylvie—. ¿Alguna vez has estado enamorado de mí?

—Syl —empiezo, pero no sé por dónde comenzar.

Sigo por la autopista, saltándome todas las salidas que nos llevarían a casa.

—¿Alguna vez has estado enamorado de mí? —repite. Su voz es firme, pero está conteniendo la ira—. No quiero oír que te importo ni que me quieres de cualquier otra manera que no sea romántica. No más mentiras por omisión.

Respiro hondo.

—Estoy enamorado de ti, Sylvie.

Espero a que proteste. Solo se oye el sonido de la lluvia y los limpiaparabrisas.

—Te creo —responde.

Estoy tan sorprendido que mi mente cortocircuita. Espero a que diga algo para saber qué pensar a continuación.

—No puedo pedirte que te disculpes por quererla más que a mí.

—No la quiero más que a ti —la interrumpo. Veo cómo se

remueve en su asiento con el rabillo del ojo—. No se trata de más o menos.

—¿De qué se trata entonces? —Su pregunta casi se convierte en una risa.

—Nuestras almas.

Sé lo ridículo que sueno. Pero le debo la verdad a Sylvie, aunque sea una prueba de lo tonto que soy.

—¿Vuestras qué?

Respiro hondo.

—Cualquiera que sea la sustancia de la que están hechas nuestras almas, la suya y la mía son iguales.

—¿Qué... Estás...? —Sylvie rara vez se queda sin palabras, así que la miro instintivamente. Está roja del enfado—. ¿Estás citando *Cumbres Borrascosas* para justificar que me engañaras?

—No —digo—. No puedo justificar eso. —Aprieto los dientes y me trago el nudo que tengo en la garganta, porque es hora de decir la verdad más cruel—. Estoy citando *Cumbres Borrascosas* para explicar por qué elijo a Autumn antes que a ti.

Los limpiaparabrisas hacen demasiado ruido contra la luna, así que los pongo a menos velocidad. La lluvia está disminuyendo. Las farolas están encendidas. Me entretengo ajustando el aire para que los cristales no se empañen.

—Deberías dejarme —dice Sylvie, que se aclara la garganta.

Miro la carretera y luego me vuelvo hacia ella. Le corren lágrimas por las mejillas. Su voz tranquila ha disfrazado lo que revelan las farolas.

—Te llevaré a casa —respondo en voz baja.

La carretera va por las afueras y está vacía. Pongo el intermitente para hacer un giro en U.

—No, quiero decir que me dejes aquí —apunta Sylvie.

Doy la vuelta de todos modos. Ella se desabrocha el cinturón de seguridad.

—Syl —empiezo mientras conduzco hacia su casa, acelerando un poco—. No digas tonterías. Ya he sido bastante gilipollas. No dejaré que vayas andado a casa bajo la lluvia.

—¡Solo quiero alejarme de ti! —grita ella.

La miro, pero no estoy seguro de lo que pasa después. La carretera está mojada y el coche patina. Intento frenar y girar, pero vamos demasiado rápido hacia la cuneta. Estamos dando vueltas.

Aquí podría acabar todo. Así podría ser como muero.

Chocamos contra algo.

De repente, todo queda en silencio.

¿Qué ha pasado? Que todavía estoy vivo. Me duele la cara. Me toco el labio superior y me veo la mano llena de sangre. Los airbags no han saltado. ¿Me he golpeado la cara contra el volante? ¿Por qué hay cristales?

Miro a mi derecha para…

¡Sylvie!

¿Dónde está? ¿Ha salido?

Y luego la veo.

Al otro lado de la mediana baja contra la que hemos chocado, tirada sobre el asfalto, que está mojado.

Está encogida. Seguramente herida.

Yo estoy… bien. Puedo moverme.

«Ve con Sylvie. Dile que se quede quieta».

«Llama a emergencias».

«Lleva a Sylvie al hospital».

«Vuelve a casa con Autumn».

Armado con un plan, salgo del coche y corro hacia ella por el asfalto, que está empapado por la lluvia.

Me arrodillo frente a Sylvie y apoyo la mano en el suelo. Está mojado…

jack

1

—**P**hineas Smith ha muerto.

    —Lexy —digo. Es demasiado pronto para que me llame, joder. Da igual que nos estemos acostando de nuevo—. Deja de ser tan exagerada —gruño al teléfono, y me doy la vuelta en la cama.

—Jack. No estoy bromeando.

—Lex, no me importa lo enfadadas que estéis tú y Sylvie con él…

—Finn murió anoche, Jack. —Alexis levanta la voz—. Te lo estoy diciendo en serio. Murió. Está muerto, joder.

Me siento.

—Y una mierda.

Todavía es la hostia de pronto para que Alexis me llame porque Finn haya dejado a Sylvie por fin. Apenas ha salido el sol.

—Finn está muerto, Jack —dice—. Acabo de volver del hospital con Sylvie y sus padres. Tuvieron un accidente. Sylvie tiene una conmoción cerebral, pero Finn murió.

—Y una mierda —repito, porque tiene que ser así. No. ¿No?

—Sí. Finn ha muerto. —Alexis está llorando. Está llorando de veras.

—Joder —digo—. No. ¿Cómo?

Esto no puede ser real.

En serio que esto no puede ser real.

Seguramente me diga que está en coma o clínicamente muerto y conectado a un respirador, pero que todavía existe alguna posibilidad. Tiene que haber alguna esperanza.

—¿Qué? No entiendo lo que me dices, Lex.

Me esfuerzo por escuchar. Afuera los pájaros cantan. El cielo está despejado después de la lluvia.

—¿Cómo cojones se electrocutó Finn?

Intento encontrar el consuelo o la esperanza que se supone que debe haber en cada situación mala, pero es como darme cabezazos contra la pared. No encuentro ninguna de las dos cosas.

Finn está muerto.

Intento hacerlo bien.

«Vale», me digo a mí mismo. «Finn es fuerte. Aprenderá a vivir con…».

Pero no.

«Tiene que haber alguna forma de deshacer esto».

Pero no.

Así es la muerte.

He colgado a Alexis hace unos minutos. Debería estar preparándome para ir a su casa, pero estoy sentado en mi cama.

—Finn está muerto —digo en voz alta.

«Tenemos que retroceder en el tiempo y solucionar esto», pienso.

Viajar en el tiempo no es una opción. Pero todos los problemas en la vida tienen alguna solución. Si piensas y te esfuerzas lo suficiente, encuentras una solución. ¿Verdad?

Tengo que decirle a Finn que puede romper con Sylvie por teléfono. Esa es la solución.

Pero ya está hecho. Se ha ido.

La mente me da vueltas, intentando, una y otra vez, encontrar una salida a este laberinto. Tiene que haber alguna manera de que esto no sea cierto. La muerte es tan definitiva... Se acabó. Está hecho. Finn.

—Voy a su casa —le digo a mi teléfono mientras salgo del camino de entrada. Me tiembla la voz.

Después de colgarle a Alexis, me he quedado paralizado: miraba a mi alrededor sin ver nada, tratando de encontrarle el sentido a aquello. Luego he llamado a mi madre para que viniera a mi habitación, como cuando era pequeño y me despertaba después de una pesadilla. No creía que me funcionaran las piernas.

Mi madre se ha sentado a mi lado en la cama y me ha abrazado mientras le daba la noticia. Hacía años que no me aferraba a ella de esa manera, como si me estuviera ahogando. Con otros seis hermanos en casa, era necesario sufrir una herida grave para poder estar a solas con mi madre. Me ha acariciado el pelo y, mientras se calmaban mis sollozos, he recordado la última vez que la había necesitado así, cuando me rompí la tibia en sexto. Me pareció que habíamos estado esperando una eternidad en urgencias hasta que me dieron analgésicos, aunque mi madre juró que solo habían sido veinte minutos.

No hay medicamento para este dolor.

Finalmente, me ha preguntado por la madre de Finn y le he dicho que no sabía cómo estaba. Eso me ha sacado de la cama. Mi madre no acababa de aprobar mi plan, pero cuando le he contado que Finn no tenía la suerte de contar con una gran familia como la nuestra, me ha dicho que siguiera adelante.

Saco el coche del camino de entrada, me aguanto el móvil entre la mejilla y el hombro y uso ambas manos para girar el volante. Finn me habría dicho que, para empezar, usar ambas manos no justifica que hables por teléfono mientras conduces.

—Pero todo el mundo viene a mi casa —dice Alexis.

—Voy a ver si su madre necesita algo. Iré más tarde. ¿Están Vicky y Taylor allí?

—Sí, p...

—Lex, luego me pasaré. Tengo que hacer esto.

—¿Por qué?

—Eh... Era mi mejor amigo, Lex. Y ella ha sido importante para mí. Tú lo sabes. —Ni que fuese alguna vez, Alexis y yo hablábamos de cosas profundas.

—Perdona, ¿qué? Jack, tengo que irme. La gente está llegando. Lo sé. No puedo creer que...

Cuelgo. Finn tenía razón sobre Alexis y yo.

En nuestra última conversación.

La realidad me golpea de nuevo.

No podré decirle a mi amigo que tenía razón sobre Alexis.

Me había llamado para decirme que yo tenía razón sobre Autumn, o más bien que estaba equivocado. Tenía una forma curiosa de verlo.

Eso fue anoche... No, ¿por la tarde?

El día anterior, me había despertado en la tienda de campaña que Finn había construido con mantas para Autumn. Habían estado acurrucados el uno junto al otro como una camada de gatitos y ella roncaba como un tren de mercancías.

«¿También está enamorada de él o es una auténtica sociópata?», me pregunté mientras los miraba.

No apostaba por Finn. Por eso, cuando me llamó para decirme que ella también lo quería, le pregunté si estaba seguro.

—Segurísimo —me dijo. Sonaba tan feliz...

Ahora está muerto.

Finn está muerto.

Pero no puede ser.

Se me acelera la respiración. Aparco el coche a un lado de la carretera y apoyo la cabeza sobre el volante.

¿Y si se han equivocado al identificarlo o ha habido alguna confusión en el hospital?

Alexis ha dicho que Sylvie lo ha visto con sus propios ojos. Lo ha visto muerto.

Muerto.

Finn.

Este es un mundo nuevo.

Finn está muerto.

Estoy aturdido.

El camino de entrada de Finn está en una colina, por lo que es complicadísimo subir y bajar por él, así que aparco en la calle y cruzo el césped. Su casa está igual que siempre, aunque su coche no está allí.

Finn no estará dentro ni arriba ni de camino a casa.

Finn nunca volverá a casa.

Cuando lo pienso, todas las cosas que nunca más podrá volver a hacer me caen encima de golpe y me quedo helado, de pie sobre el césped. Finn ya nunca volverá a quejarse por tener que cortarlo. Nunca chutará otro balón de fútbol ni jugará a ningún videojuego nuevo. Nunca volverá a contarme otra historia o chiste. Nunca estudiará para otro examen, ni comerá otra hamburguesa, ni me pondrá los ojos en blanco ni verá la nueva película de superhéroes que esperábamos con ansia en diciembre.

Se acabó todo.

La historia de Finn ha terminado.

Toda su vida.

Eso fue todo.

No tenía ni diecinueve años y ya nunca volverá a hacer nada más. Finn no irá a la universidad ni celebrará su cumpleaños. No volverá a cortarse el pelo ni a cambiarle el aceite a su coche. No se morderá un padrastro del pulgar ni comprará otro CD. Finn Smith ya ha hecho todo lo que hará en esta vida.

No podrá estar con Autumn.

Recuerdo lo contento que estaba anoche.

La verdad es que siempre he odiado a Autumn. Cuando la conocí, ignoró a Finn en su cumpleaños. Luego siguió ignorándolo durante, no sé, los siguientes cuatro años o así. No fue hasta los últimos dos años que, cuando Finn hablaba de ella (cuando yo lo toleraba), parecía que había vuelto a ser maja con él. Un poco.

Entonces, de repente, Jamie la deja y Autumn comienza a pasar cada minuto con Finn. Estaba bastante seguro de que eso era una prueba de que era tan malvada como siempre había sospechado. Pero me divertí mucho saliendo con él y con Autumn ese par de veces. Siempre he entendido por qué le gustaba tanto a Finn. Lo que no entendí jamás es por qué había aguantado tanto cuando estaba claro que nunca iba a haber nada, y me estaba preparando para pasarme el primer semestre de universidad ayudándolo a superar otro abandono de Autumn.

Así que no había procesado realmente lo que me contó por teléfono anoche. Me pareció imposible lo que afirmaba que había pasado entre ellos, pero estaba tan convencido, tan contento... Estaba tan convencido de que Autumn lo quería...

Y ahora está muerto.

No puedo preguntarle a Finn por qué estaba tan convencido. Ya no puedo preguntarle nada. Nunca podrá compartir ningún pensamiento porque su cerebro ya no piensa.

Tenía miedo de que Autumn le rompiera el corazón. Ahora desearía que tuviera la oportunidad. Ojalá estuviera dentro, devastado por Autumn o quizá gravemente herido a causa del accidente. No importa lo horrible que fuese, desearía que Finn pudiera sentir algo, lo que fuera.

Todavía estoy de pie en el jardín mirando el césped que mi amigo nunca volverá a cortar. No sé cuánto tiempo ha pasado, cuando una voz de mujer dice:

—Jack, ¿verdad?

Es la amiga de Angelina, la madre de Autumn. Finn siempre la llamaba tía Claire o algo así.

—Hola. Lo siento —digo, aunque no estoy seguro de por qué: por estar yo aquí o porque Finn no está—. He venido a ver a Angelina. Por si necesitaba... Por si podía hacer... algo.

Siento que estoy suplicando, pero no sé muy bien por qué.

Ella me abraza y empiezo a llorar frente a su casa, frente a esta mujer que apenas conozco y que me acaricia el pelo como lo ha hecho mi madre esta mañana.

—Lo sé —dice—. Lo sé. Lo sé. Lo sé.

Sé que lo entiende de una manera que ni mi propia madre ha hecho. Sabe lo injusto que es. Que Finn es la última persona que debería sufrir un puñetero accidente. Cuánto lo quería todo el mundo.

Entonces es como si se hubiera cerrado un grifo. Dejo de llorar. Estoy tratando de controlar la respiración mientras ella se aparta de mí.

—Mírame —me pide, y lo hago. Me mira fijamente a los ojos como si intentara abrirse paso hasta mi cerebro—. Esto será así un tiempo, ¿vale? Estarás bien y, un minuto después, te pondrás a llorar. No te estás volviendo loco. Esto es demasiado horrible para asimilarlo de golpe. ¿Lo entiendes?

Asiento, aunque solo lo entiendo en cierto modo.

—Bien, pues. —Hace una pausa y me mira un instante antes de decir—: Hay algo que puedes hacer por Angelina, o más bien por las dos. Tengo que acompañarla al hospital. No puedo dejar que haga esto sola. ¿Puedes quedarte con Autumn?

Me estudia el rostro y, poco a poco, me doy cuenta de lo que va a hacer Angelina al hospital.

El cuerpo.

Su cuerpo.

Finn.

Alexis ha dicho que a Finn lo declararon muerto en el acto. No oyó la cremallera cuando le cerraron la bolsa para cadáveres sobre la cara. No hubo sirenas cuando la ambulancia se lo llevó, porque ya no había prisas ni preocupaciones por él. A diferencia de los padres de Sylvie, a Angelina deben de haberle dicho que vaya cuando pueda. Me pregunto quién se lo habrá dicho: ¿un policía en la puerta de su casa, una llamada del hospital? ¿Le habrán explicado cómo encontrar la morgue?

—Sí —respondo—. Claro.

Parece bastante fácil y haré todo lo que me pida si dice que es por la madre de Finn. La sigo hasta la parte trasera de la casa. Solo pienso en el cuerpo de Finn, el cuerpo que solía correr a mi lado por el campo de fútbol, ahora tan solo un bulto por reclamar, como si fuera equipaje.

Nuevamente, me pregunto si no será otro en realidad. Pero luego está el problema de dónde está el verdadero Finn y de que Alexis me ha dicho que Sylvie lo vio cuando recuperó la conciencia.

Finn está muerto. Tengo que dejar de intentar encontrar una salida a esto.

Cuando entro en su casa, una casa en la que Finn nunca volverá a entrar, me siento abrumado por el olor de mi amigo. No me refiero a que oliera mal, sino a que todo el mundo tiene un olor particular, una mezcla de champú o lo que sea y de la propia persona. Puedo oler a Finn en esta casa, aunque nunca volveré a oler a Finn en sí.

Corríamos mucho juntos, y no solo en los entrenamientos de fútbol. A ambos nos gustaba correr, por lo que el olor de su sudor mezclado con su desodorante de viejo me es tan familiar como nuestras bromas cuando corríamos. Daría cualquier cosa en el mundo por volver a correr con él, volver a oler a Finn sudado.

No estaba preparado para la forma en que me afectaría el aire de su casa y, mucho menos, las fotos en las paredes o en las escaleras donde resbalé una vez y Finn me diagnosticó un esguince en el tobillo. Debería haber imaginado que sería duro estar aquí.

Pero me recuerdo a mí mismo que estoy aquí por Angelina y, por primera vez, me pregunto por qué Autumn no puede estar sola.

Recibo la respuesta cuando la veo.

Supongo que ya no dudo sobre los sentimientos de Autumn por Finn. Tiene la cara tan hinchada por el llanto que casi no parece ella misma. Está acurrucada en una esquina del sofá, mordiéndose las uñas y mirando al suelo como si estuviera durmiendo con los ojos abiertos.

—¿Autumn? —la llama su madre.

Ella vuelve la cabeza en nuestra dirección como si fuera un robot.

—Voy a llevar a Angelina al hospital —le dice su madre.

Autumn hace una mueca de dolor.

—Jack está aquí. Ha venido a ver si necesitábamos algo. ¿No es encantador?

—Hola.

La voz de Autumn suena horrible, tan ronca que es apenas un resuello. Todo en ella parece apático e inexpresivo, como una estatua de jardín cuyas facciones han quedado diluidas tras décadas de lluvia.

No estoy seguro de qué se supone que debo hacer, pero sentarme en el extremo opuesto del sofá parece apropiado. Su madre sube las escaleras. Cuando miro a Autumn, veo que me está mirando.

—Hola —la saludo, ya que no lo había dicho antes. Ella continúa mirándome fijamente y empiezo a sentirme incómodo.

—¿Quién te lo ha dicho? —me pregunta al fin. Parece que le duela hablar.

—Alexis. Los padres de Sylvie llamaron y le pidieron que fuera al hospi… —Me callo, pero mi referencia a Sylvie no parece haberla molestado.

—¿Cómo está?

—¿Alexis?

Autumn se ríe, tose y hace una mueca de dolor.

—No —grazna—. Alexis probablemente esté organizando un velatorio extraoficial y haciendo que todo esto gire a su alrededor. —Tensa el rostro y su expresión se vuelve indescifrable—. Me refería Sylvie.

—No lo sé. —Me pregunto si debería haber llamado a Sylvie para ver si necesitaba algo antes de venir aquí.

Las escaleras crujen a nuestra espalda y escucho la voz de Angelina desde la parte trasera de la casa.

—Autumn, Jack, os quiero mucho a los dos, pero si os veo la cara ahora mismo, me echaré a llorar. Tengo que irme. Tengo que irme. Tengo que irme… —repite Angelina, y Claire murmura algo en tono tranquilizador hasta que se cierra la puerta de atrás.

Autumn respira entrecortadamente.

No sé muy bien por qué he venido aquí, excepto porque me ha parecido más apropiado que ir a casa de Alexis, donde habría gente que conocía a Finn pero que en verdad no.

No como Autumn y yo conocíamos a Finn.

Le echo un vistazo de nuevo.

Ha vuelto a contemplar la alfombra y habla sin mirarme.

—Puedes encender la tele si quieres.

—Gracias —digo—. Tal vez dentro de un rato.

Autumn vuelve a morderse las uñas. Tiene el pelo hecho un desastre y me llega levemente su olor a sudor. No sé si quería a Finn tanto como él la quería a ella, pero sí lo quería. Ahora me lo creo.

Estoy tratando de decidir si debo decir lo que estoy pensando. Nada parece real, por lo que me cuesta pensar con claridad. Finalmente, decido que es lo que él querría que hiciera.

—¿Sabes? —digo—. Finn me llamó anoche cuando iba a recogerla.

Autumn me mira, sorprendida.

—He pensado que deberías saber que estaba muy muy contento.

Por un brevísimo momento, la alegría le ilumina el rostro, pero enseguida se apaga otra vez.

—¿Sí? —pregunta en un susurro.

Me aclaro la garganta para que deje de temblarme la voz.

—Estaba contentísimo.

—Tenía miedo de que cambiara de opinión cuando la viera —dice Autumn. Apenas la oigo.

—Eso… No… Es imposible.

No sé cómo explicarle esto. En realidad no conozco a Autumn, y esto es algo tan íntimo y vital a la vez que necesito que lo entienda, por Finn.

Me trago el nudo que tengo en la garganta.

—Qué va. Ni de coña. Autumn, lleva enamorado de ti desde que lo conozco.

Ella me mira con interés, pero no como si me creyera.

Lo intento de nuevo:

—Como en un cuento de hadas. O un personaje de dibujos animados con corazones flotando a su alrededor. O una escena de película con la mejor canción. Eso es lo que eras para él. —Estoy sollozando, pero necesito terminar—. Eras un sueño inalcanzable para él, su mayor ilusión. —Reprimo las lágrimas con los dedos antes de que caigan.

—¿Estás seguro? —pregunta, como si estas fueran las últimas palabras que será capaz de pronunciar.

Las lágrimas contra las que estaba luchando se retiran tan rápido como me han abrumado, justo como me ha dicho su madre que ocurriría.

—Del todo —digo.

Relaja ligeramente los hombros y la tensión abandona un poco su rostro hinchado. Intento la técnica de su madre.

—Mírame —le pido, tratando de sonar firme.

Ella levanta la vista pero no la cara.

—Finn te quería —digo con confianza—. Estaba volviendo a por ti. Puedes estar segura de eso.

—Vale —responde, pero no la oigo. Se le ha ido la voz y solo le leo los labios. Tal vez haya aliviado una fracción ínfima de su desolación. No hay nada que pueda hacer con el resto.

Al final, enciendo la tele y nos quedamos sentados en silencio.

Me pregunto cuánto tiempo se tarda en identificar oficialmente un cuerpo y firmar los documentos.

Finn Smith en una morgue. Nunca volverá a correr: sus piernas, estúpidamente largas, y su mata de pelo rubio nunca volverán a sudar. Su cuerpo está frío.

Ese cuerpo que es Finn y no lo es, porque Finn ya no está.

Lloro un poco, enjugándome discretamente las lágrimas y amortiguando algunos sollozos. Intento hacerlo en silencio porque me da vergüenza. Miro en dirección a la tele y creo que estoy haciendo un buen trabajo ocultando mis emociones, pero justo cuando he recuperado el aliento, Autumn grazna:

—Eras un buen amigo para él. —Estaba esperando a que terminara—. Me alegro mucho de que haya contado contigo. Fuiste mejor amigo que yo durante los últimos años. —Tose y se esfuerza por hablar, luego emite un sonido parecido a una risa, pero no estoy seguro de que lo sea—. El último tercio de su vida —dice finalmente.

—¿Estás bien? ¿Estás enferma también? —pregunto—. ¿O es por llorar?

Tiene una mirada lejana y, de alguna manera, me asusta.

—He estado gritando un rato —responde—. Estaba intentando no creerlo para que no fuera real, y gritar ha funcionado… un rato.

No sé qué decir, pero ella tampoco parece esperar una respuesta. Parece estar viendo la tele otra vez, pero también parece que la hayan drogado. Nos quedamos en silencio después de eso.

Cuando regresan sus madres, abrazo a Angelina y me quedo un ratito. Ella también parece haber tenido un accidente de coche, pero es capaz de hablarme con calma durante unos minutos antes de que me vaya. La madre de Autumn me acompaña hasta el porche delantero y me agradece que me haya quedado con su hija.

—Eh, señora Davis, ¿está bien Autumn? O sea, ninguno de nosotros está bien, y también estoy preocupado por Angelina. Pero es que… —De repente me siento fatal por preguntar.

—Autumn estará bien y tú también. Todos lo estaremos.

—Me mira como me ha mirado cuando he llegado, pero esta vez creo que también está tratando de convencerse a sí misma—. La vida puede ser tremendamente cruel, y a menudo lo es —continúa—. Tú y Autumn lo habéis aprendido un poco más jóvenes que la mayoría, pero todos, incluido Finny, habrías terminado descubriéndolo. —Se le rompe la voz. Respira profundamente y esboza una débil sonrisa—. Angelina y yo ya sabíamos eso de la vida. Ella… Nosotras… Perder un hijo es lo peor, pero sobreviviremos, porque debemos hacerlo. Todos, incluida Autumn. Incluido tú.

Asiento porque ella necesita que lo haga, no porque esté de acuerdo.

—Aún hay que hacer los preparativos, pero estoy segura de que te veremos en el velatorio, Jack —dice antes de entrar—. Gracias de nuevo.

2

ientras conduzco hacia casa de Alexis, sucede algo extraño. Es como si me estuviera observando desde fuera. No es una experiencia extracorporal; no me veo a mí mismo, pero tampoco tomo ninguna decisión ni siento ninguna emoción. Todo lo que hago es automático y remoto.

Solo cuando aparco me doy cuenta de que la calle está llena de coches. He parado algunas casas más abajo del sitio donde suelo hacerlo.

No reconozco a la chica con el rostro surcado de lágrimas que me abre la puerta y me señala el sótano antes de dirigirse al baño. Supongo que ella tampoco a mí.

De hecho, en el sótano se está celebrando una especie de fiesta extraña y triste, en la que hay mucha más gente de la que hubiera pensado. Hay llantos, y alcohol y marihuana entre las lágrimas a pesar de que solo es mediodía, a pesar de que, en teoría, los padres de Alexis podrían volver pronto del trabajo y pillarnos a todos.

Ojalá pudiera decirle a Finn que ver el futbolín me da ganas de ponerme a sollozar de rodillas en el suelo porque a él le haría gracia y bromearía sobre las veces que me ganó. Pero si pudiera decirle algo a Finn, el futbolín no tendría sentido. No recordaríamos más esa mesa después del año que viene. Ahora quiero besarla y prenderle fuego para que nadie más pueda tocarla, porque Finn se ha ido.

Antes de que mis pensamientos se descontrolen, Alexis se acerca a mí y me rodea el cuello con los brazos como si todavía nos quisiéramos.

—No puedo creer que sea verdad —dice, como si no hubiera sido ella quien, hace apenas unas horas, me ha convencido.

Le doy una palmadita en la espalda con una mano mientras examino la estancia. Sigo sintiéndome fuera de mí. La gente está reunida en pequeños grupos por la habitación, hablando en voz baja. Ricky, del equipo de fútbol, tiene una mano en el hombro de una chica que nunca le ha dado ni la hora.

—¿Cómo estás? —me pregunta Alexis.

Jasmine se acerca a Ricky y recuerdo a Finn diciéndole que baje el tono del toqueteo, que no necesitábamos ver todo lo que pensaba sobre ella.

—¿Jack? —insiste Alexis. Da un paso atrás y recorro la habitación con la mirada antes de fijarla en ella.

—No importa —me oigo decir.

Alexis asiente.

—Sí, la verdad es que lo pone todo en perspectiva, ¿a que sí? ¿Recuerdas que dije que mi vida se había terminado cuando me pusieron en la lista de espera para la Universidad de Washington? Ahora me parece tan estúpido...

—Sí —digo, como si hubiera respondido a mis palabras. Está claro que lleva toda la noche usando la misma historia.

Todo el día.

La luz de la ventana alta del sótano se filtra en la habitación, iluminando las motas de polvo en el aire. Es absurdo lo bien que se adapta el ambiente nocturno de la tarde a esta horrible situación. Todo se hace extraño.

Alexis me está diciendo algo, pero estoy concentrado en tratar de descubrir cómo este momento puede parecer un *déjà vu* si Finn está muerto.

—¿Sí? —respondo.

Alexis hace ademán de tocarme, pero luego parece comprender que no es el momento de fingir que somos pareja. Me fijo en la facilidad con que cambia de actitud.

—¿Quieres que te traiga una cerveza? —sugiere.

Alexis me trae algo de beber y se va a hacer de anfitriona a otra parte, así que trato de encontrar un sitio donde sentarme, preferiblemente a solas.

Mi sensación de desapego ha desaparecido y la ha reemplazado por completo un silencioso horror. He estado con Finn y Sylvie muchas veces en esta habitación subterránea. ¿Es esa la fuente de este sentimiento que me resulta nuevo y a la vez familiar?

Algunas personas me saludan discretamente al pasar. Al menos dos personas susurran: «Su mejor amigo», pero no me uno a ningún grupo. Encuentro un sillón puf en un rincón, lo bastante lejos del grupo más cercano como para que no sientan la necesidad de incluirme. Me seco la condensación de la mano con que sujeto la cerveza y bebo un sorbo. Hablar con Alexis me ha hecho recordar un fragmento de nuestra llamada:

«Sylvie vio que estaba muerto cuando volvió en sí».

Intento concentrarme en la luz dorada. Intento observar las motas de polvo y pensar en cómo, cuando era niño, teorizaba que eran pequeños planetas y universos que aparecían y desaparecían. Suponía que la Vía Láctea eran motas de polvo en el mundo de algún gigante, y que nuestra existencia desde el Big Bang en adelante era tan breve para quienes nos observaban como me parecía a mí la danza de estas partículas.

«—¿Qué quieres decir, Lex?

»—Creo que es mejor que no te lo explique».

La chica que me ha abierto cruza la habitación y las motas de polvo vuelven a arremolinarse como pequeños nadadores sincronizados hechos de aire.

Sigue siendo el día de la muerte de Finn.

«Le subió la descarga eléctrica por todo el brazo. Han dicho que eso fue lo que lo mató. Desde la mano, pasando por el brazo, hasta el corazón, y tenía ese lado de la cara...».

Si Alexis me ha contado que a Finn lo declararon muerto justo después de medianoche, ¿murió antes de las doce? Vuelvo a imaginarme a los paramédicos que llegaron, lo metieron en la bolsa y lo llevaron al hospital sin prisa.

«Sylvie me contó que, cuando le vio la cara, deseó haber muerto ella también».

Busco a Sylvie por la habitación. Alexis ha dicho que, por algún milagro, solo sufrió una conmoción cerebral y la mandaron a casa. Pero no está aquí. Pienso en ir a buscar a Alexis y preguntarle si organizar esta fiesta es mejor que quedarse con su mejor amiga, que ha estado a punto de morir, pero sé que no servirá de nada, como pasa siempre con Alexis.

No podré decirle a Finn que tenía razón. Pero si estuviera

vivo, probablemente seguiría saliendo con Alexis hasta que me fuera a la universidad y durante las vacaciones de Navidad, si ella quisiera.

Parece de lo más obvio ahora; importa con quién pasamos el tiempo y cómo, porque no sabemos cuánto tenemos.

Echo otro vistazo a la habitación. La gente ríe, llora o habla, pero todos van a morir. Quizá no hoy. Quizá no mañana. Pero morirán. Todos sus seres queridos morirán y nadie podrá impedirlo.

El año que Finn y yo nos conocimos leímos un libro en clase sobre un niño que ve cómo cambia una manzana, pero no comprende cómo ha pasado, solo que ha cambiado de alguna manera, y luego descubres que llevaba toda la vida viendo en blanco y negro y estaba percibiendo por primera vez el rojo de la manzana.

Estoy mirando a todas estas personas en el sótano y es como si fuera el chico del libro, excepto que los veo a todos como futuros cadáveres.

Toda esta gente bebiendo y dando vueltas no son más que carne que recubre un esqueleto. Nos recorre por dentro una ínfima cantidad de electricidad —¡la cantidad justa!—, pero algún día esta se detendrá. Nos pudriremos o nos quemarán, pero desapareceremos de una manera u otra.

Todos somos cadáveres que aún no han muerto.

La manzana siempre había sido roja; el niño, simplemente, no podía verlo.

Respiro hondo y me miro el pecho. Me imagino los pulmones rosados debajo de las blancas costillas, los veo coger aire y expulsarlo, cogerlo y expulsarlo. Siento el grueso corazón latiendo sin parar, esforzándose por llevar el oxígeno de mis pulmones a la sangre. Incluso siento palpitar las arterias, las noto contraerse y trabajar.

Estoy vivo.

Siempre he estado vivo.

Pero hoy lo siento.

Vuelvo a coger aire, lo aguanto hasta que el cuerpo me pide más, y luego lo dejo salir para repetir.

Al cabo de un rato, alguien pone en bucle una canción del único álbum deprimente que le gustó a Finn. Pienso en descubrir quién es para poder darle o un puñetazo o un abrazo. Eso que tiene ahora, ni sobresaltos ni sorpresas, como dice la canción.

Siento un repentino dolor en los dedos de los pies y miro hacia arriba.

—Oh, lo siento.

Es la chica que lloraba en el piso de arriba. Retira el pie de mi zapato y se acerca a sus amigos, que se han congregado cerca del puf. Ya no llora, pero sigo sin reconocerla.

—Sobreviviré —le digo a nadie en particular, y me estremezco.

Ella no se da cuenta de las palabras que he elegido y se vuelve hacia sus amigos. Conozco a Jacoby, Melissa y Seth. Este, al menos, estaba en el equipo.

—Bueno —dice la chica que no recuerdo—, sé que no es nada que tuviera ese lápiz. Pero fue muy amable de su parte y la verdad es que era un lápiz chulísimo.

—No, lo entiendo —responde Seth—. Todo el mundo sabía que Finn era supermajo.

Todos coinciden con un murmullo.

—Sí que lo era —añade Jacoby.

Quiero preguntarle cómo pueden hablar tan fácilmente de que Finn esté muerto, como si se hubiera ido para siempre.

—Debería haberme guardado el lápiz para acordarme de ser más amable con la gente —dice sombríamente la chica.

«No tienes derecho a llorar. ¿Qué haces aquí?», quiero preguntarle.

La voz de Alexis interrumpe las conversaciones desde el otro lado de la habitación.

—La quería tanto...

¿Habla más alto que los demás o es que su voz me resulta tan familiar que la reconozco entre la multitud?

—Eran la pareja de clase que más tiempo llevaban juntos, ¿verdad? Sí —asiente.

Así que esa va a ser la historia.

No sé si Sylvie le contó a Alexis que Finn iba a romper con ella anoche. Parte de la razón por la que yo lo había estado presionando para que hiciera algo al respecto era que, cada vez que Alexis y yo salíamos, ella me hacía preguntas que me hacían dudar si no sabía que algo pasaba entre Finn y Autumn.

Pero ya no importa. Alexis está contando la historia de la pareja feliz, y eso es lo que repetirán. Para cuando Sylvie vuelva a estar bien, esa ya será la verdad.

—No, no lo haría jamás —dice Alexis.

Doy otro sorbo y descubro que la cerveza, que no recuerdo haberme bebido, está vacía. Me levanto y paso junto a Alexis y el grupo con el que está hablando mientras me dirijo al cubo de basura para reciclar el botellín.

—O sea, yo antes era amiga de Autumn Davis. ¿Que si coqueteaba con él? Eso ya es otra historia.

Supongo que podría defender a Autumn, pero ¿cómo? ¿Diciendo que Finn siempre había estado enamorado de una chica que no era su novia?

Empiezo a encontrarle el sentido a la postura de Alexis.

En toda su vida, Finn probablemente la cagó una vez y fue engañar a Sylvie el día antes de morir. ¿Qué ganaría nadie sabiendo que iban a romper esa noche? Sin duda será más fácil para Sylvie de esta manera.

De regreso a mi rincón solitario con otra cerveza, escucho a Alexis decir:

—Preguntadle a cualquiera. Finn vivía para cuidar de Sylvie. Probablemente por eso...

Intento ignorarla mientras me acomodo en el puf. El mismo grupo de personas ronda cerca. Ya no hablan de Finn. Están compartiendo historias sobre otras personas que han muerto, como si la muerte de sus abuelos significara algo en comparación con la muerte de Finn.

De repente, descubro quién es la chica que ha dejado de llorar.

La última semana de clases, Finn y yo estábamos hablando en el aula antes de que sonara el timbre de inicio. Le pedí que me prestara un lápiz. Cuando me lo dio, me dijo que debía devolvérselo porque era «el lápiz de Maddie».

No estoy seguro de la cara que puse, pero él se apresuró a explicarse:

—Nos hemos sentado juntos en Trigonometría durante todo el año y, en el último semestre, la mayoría de los días ella casi nunca traía lápiz porque siempre lo perdía. Y ya sabes cómo se pone la señora Fink cuando no vienes preparado a clase. Intentaba llevar un lápiz de más para ella, pero a veces se lo prestaba a alguien y me olvidaba de pedirlo luego.

De nuevo, debí de poner alguna cara, porque se apresuró a terminar:

—Le dije que comprara una caja de lápices y me diera uno para guardármelo en la mochila, así ese sería su lápiz y nunca se lo prestaría a nadie más. Perdió todos los demás lápices, pero yo todavía tengo este, y hay un cincuenta por ciento de probabilidades de que lo necesite hoy. Si no fuera porque me lo has pedido tú, habría mentido y habría dicho que no tenía lápiz de sobra.

—¿Porque este es el lápiz de Maddie? —pregunté yo.

—Exactamente —dijo Finn.

De haber sido cualquier otra persona, le habría preguntado si Maddie estaba buena, porque, ya sabes, ¿qué más le daba a él que la chica no tuviera un lápiz después de todo? Pero era Finn, así que, por supuesto, hizo todo lo posible para ayudar a alguien simplemente porque se sentaban juntos en clase.

Cuando ha comentado que guardó «ese lápiz» se refería a otra cosa, y es que sin duda Finn se aseguró de dárselo al final del curso. Era su lápiz.

Maddie, Jacoby y Melissa ya no hablan de muertos. Podría interrumpir y decirles que Finn me prestó una vez el fantástico lápiz trigonométrico de Maddie. Claramente, si ella tiene derecho a llorar, yo debería tener derecho a gritar. Gritar como lo había hecho Autumn.

O podría levantarme y decirle a Alexis, a todo el mundo,

que Finn no vivía para cuidar de Sylvie, sino que era como era, alguien que cuidaba de las personas que lo rodeaban.

Pero no es culpa de Maddie que yo no pueda llorar como ella o gritar como Autumn y ni siquiera contar todas mis historias con Finn como Alexis, que está ocupada asegurándose de que nadie se entere de la única cagada de mi amigo.

—Autumn siempre sintió algo por él, pero era como una hermana para Finn —dice Alexis.

Me reiría, pero no puedo. Lo único que puedo hacer es sentarme aquí, beberme la cerveza y escuchar a personas que apenas conocían a Finn hablar de él como si fueran amigos.

Finn no está aquí y, por un momento, siento envidia.

3

El entrenador llevará el féretro junto con algunos muchachos del equipo, y nos pidió que nos reuniéramos todos al inicio del velatorio para hablar sobre cómo sería el funeral al día siguiente. Parece una reunión durante un partido, excepto que estamos en el aparcamiento del tanatorio, no en el campo, y vestimos pantalones de vestir en lugar de cortos. Agachamos la cabeza como si estuviéramos recibiendo un sermón después de una mala jugada, aunque nunca le había oído una voz tan suave al entrenador.

—El ataúd está cerrado —dice—. No se pregunta por qué. De hecho, no vais a decir nada delante de la familia, ¿vale? Os he escogido a vosotros, muchachos, por una razón. Haced que me sienta orgulloso.

Algunos asienten y otros murmuran.

—Que nadie llegue tarde mañana. Venid temprano. Bueno. Hasta mañana.

Empezamos a dispersarnos, pero el entrenador me llama, así que pateo el suelo hasta que los demás se van.

—¿Cómo lo llevas? —me pregunta.

He descubierto que esto seguirá así de ahora en adelante. Por un breve instante después de la graduación fui un adulto, pero han vuelto a controlarme los mayores, que me cuentan cómo funciona el mundo.

—Sobreviviré. Todos sobreviviremos —digo, porque he descubierto que me funciona como mantra.

—Me alegra oír eso —responde el entrenador—. Si lo de mañana es demasiado para ti o...

Levanto la vista del asfalto.

—Quiero hacerlo.

—Solo quiero que sepas que no pasa nada si cambias de opinión. —Me da una palmada en el hombro—. Nos vemos dentro.

Mis padres han venido conmigo y están esperando junto al coche. Soy su séptimo hijo, el último. No se caen muy bien, pero somos católicos. O, mejor dicho, ellos lo son. La cuestión es que mis padres me quieren, pero ya han hecho esto antes, por lo que no les queda la energía para tener una gran relación conmigo. Además, si abandonan los límites que con tanto cuidado han establecido para pasar tiempo conmigo, podrían tener algún encontronazo, lo cual han dictaminado que no vale la pena.

Así que es agradable e incómodo tenerlos a ambos conmigo. Estoy agradecido y resentido, y mientras tanto la frase «Finn está muerto, Finn está muerto» resuena en mi cabeza como un tambor. Este conocimiento reverbera a través de mi cuerpo como si tuviera el poder de cambiar la disposición de mis órganos.

El aparcamiento está lleno. Al principio, creo que se está celebrando otro velatorio o funeral. El local es pequeño y tiene dos salas. Los funerales de mis dos abuelos se hicieron aquí. Lo conozco bien.

Pero ambas salas son para Finn. Una fila de personas serpentea a lo largo de la pared que va de una a la siguiente como si estuvieran esperando su turno para subir al Dragon Khan. Una empleada vestida de negro nos pregunta con expresión compungida si somos familia y luego nos dirige hasta el final de la fila.

Como he dicho, veo aquí a casi toda la gente que he conocido. Personas que ni siquiera sabía que conocían a Finn y personas que no había visto en mi vida, todos esperando para despedirse, para decir que lo sienten, que lo sienten muchísimo.

Ojalá Finn pudiera ver esto.

Este pensamiento abre una nueva herida, porque me habría gustado que supiera cuánta gente se preocupaba por él.

Siempre desdeñaba a aquellos que decían cosas como: «¿Cómo puedes ser la persona más maja del mundo, Finn?». Era como si no se diera cuenta de que su habitual bondad ayudaba a la gente. Son sus valores por defecto.

Eran.

Es muy difícil pensar en él en pasado.

En clase de Historia, leímos acerca de unos monjes que se fustigan mientras rezan y entran en un trance extático, algo que nunca pude entender, pero tal vez ahora sí podría.

Duele, pero es muy agradable pensar en Finn.

No puedo dejar de rascarme la herida, porque la herida es lo único que me queda de él.

Mis padres murmuran cumplidos de cortesía a los adultos que los rodean. Intercambian una especie de mirada de complicidad, con una actitud como de «pues aquí estamos», como si acompañar a un crío en la muerte de un compañero fuera un hito esperado.

Todos coinciden en que Finn era un buen chico, y así será siempre, porque nada podrá cambiar eso.

La gente dice que solo los buenos mueren jóvenes, pero alguien me dijo una vez que eso no es cierto, que solo recordamos las cosas buenas de quienes mueren jóvenes. No sé quién tiene razón. Solo sé que Finn era bueno. Espero que dentro de unos años todas estas personas recuerden que fue atento y amable porque siempre lo fue, no porque olvidaron las veces en que no.

La fila avanza. Veo a chavales que no esperaba volver a ver desde que me gradué. Veo a otros a los que no he visto en años porque fueron a un instituto privado después de la primaria. A veces levantamos la mano en un pequeño saludo. Algunos cometen el error de saludar a los demás con un automático «¿Qué pasa?» o «¿Cómo te va?» antes de darse cuenta de que la respuesta está a nuestro alrededor.

Busco a Sylvie, aunque no espero verla. Mi instinto me dice que no asistirá a este evento, que está reservando su fuerza mental para el funeral.

Miro a mi alrededor en busca de Alexis y me pregunto si sintió que cumplía con su deber al organizar su propio velatorio, si está en casa planeando otra fiesta morbosa. Quizá esté con Sylvie. No he sabido nada de ella.

Alguien cuya voz no me resulta familiar está contando que Finn le dijo que se encargase de mantener a raya las conversaciones en el vestuario el próximo año durante la temporada de atletismo y lo genial que fue y lo inspirado que se sintió por aquello. No alcanzo a verle la cara, pero parece joven. Suena como algo que Finn diría, pero no. No estoy seguro de cómo tomármelo.

Una empleada de la funeraria se acerca a nosotros; la placa dorada con su nombre brilla a la cálida luz.

—¿Eres Jack Murphy?

—¿Sí? —Estoy extrañamente asustado.

—¿Estos son tus padres? Por favor, venid conmigo. —Nos indica que salgamos de la fila—. La familia ha preguntado por ti.

Claramente espera que la sigamos. Es extraño, como que te cuelen detrás del escenario. Mis padres me flanquean de una manera que parece solemne. Mi padre me pone una mano brevemente sobre el hombro mientras caminamos.

—Ya había trabajado en funerales de jóvenes. Nunca había visto una fila como esta —dice la mujer.

Trata de sonar reconfortante, pero no sé qué decir en respuesta. ¿Gracias? ¿Cuántos niños han muerto este año?

Entonces llegamos a las puertas de la otra sala, y ahí está. Ahí esta Finn.

Y no está, porque Finn se ha ido y el ataúd está cerrado.

La empleada señala a Angelina, que está de pie junto al féretro.

Está junto a la fotografía de Finn, su retrato de graduación, tomado en la celebración. Junto a su familiar rostro y su pelo rubio. Su sonrisa.

—Te están esperando —dice.

Percibo un aura extraña a nuestro alrededor a medida que nos acercamos. Me siento tan joven, como si me estuvieran llevando al jardín de infancia, y estoy resentido y agradecido de nuevo. Tengo a mis padres pegados y sé que tienen toda su atención puesta en mí. No hablan, pero es extraño: cuanto más nos acercamos a la horrible caja, a la fotografía sonriente de mi amigo que hay encima, es como si pudiera sentir a mis padres diciéndome «¿Ves, Jack? Esto es la muerte».

Me siento tan pequeño... Soy demasiado joven para que esto esté sucediendo. Mi mejor amigo no puede estar muerto.

—Jack —dice Angelina, que me abraza.

Estoy confundido antes de saber por qué estoy confundido. Cuando me aparta de ella para mirarme, como si hubieran pasado años desde la última vez que me vio, me doy cuenta de que está sonriendo.

—¿Cómo estás?

—Bien —respondo, aunque no es cierto.

Angelina tampoco parece estar bien. Aunque no tiene el aspecto que esperaba. Tiene los ojos empañados en lágrimas, pero le resplandecen de una manera diferente, feliz. Hace una mueca con la boca.

—Dejó huella en mucha gente —dice, muy segura, mientras me mira en busca de confirmación.

—Sí —asiento.

—Los padres y sus hijos me han estado contando historias, cosas que no había escuchado nunca. —Se le contrae el rostro, pero luego es como si subiera por el borde del acantilado después de haber quedado colgando de las uñas. Me sonríe—. Realmente era un buen chico —apunta. Me abraza de nuevo y, por encima de su hombro, Finn está dentro de una caja gris plateada, muerto.

Lloro y su madre me abraza.

La electricidad atravesó el cuerpo de Finn, le detuvo el corazón y lo abrasó de dentro hacia fuera, y no puedo ignorar ese hecho. No puedo dejar de imaginar su cara.

Lo siento de nuevo, el choque con ese muro de ladrillos que es la negación.

Su madre me suelta y me doy cuenta de que he dejado de llorar.

Parece que nuestro duelo es todo lo que le queda de Finn. Nuestro dolor es prueba de su vida.

—No creo que vuelva a tener un amigo como él jamás —le digo.

Angelina niega un poco con la cabeza.

—Tendrás otra amistad como esa, Jack, y deberías. —Me da una palmadita en el hombro—. Tan solo prométeme que nunca lo olvidarás.

—No podría.

Y ahí está de nuevo, la apenada alegría en su rostro. Se vuelve hacia mis padres y nos agradece que hayamos venido. Vuelvo a ser un niño que se deja guiar hasta el coche para que lo lleven a casa, sentado en el silencio del asiento trasero.

Por primera vez, me pregunto si podré hacerlo mañana.

Cargar con su ataúd.

Cargar con su cuerpo.

Colocarlo en un agujero donde él, Finn, permanecerá para siempre.

4

«Tengo que hacerlo. Es lo último que podré hacer por mi amigo».

Me despierto con ese pensamiento y lo mantengo en la mente toda la mañana.

«Esto lo hago por Finn», pienso mientras me levanto de la cama.

«Estoy lo hago por Finn», pienso mientras me pongo los calcetines de vestir y los relucientes zapatos negros, mientras me pongo el abrigo elegante.

Cojo el coche y llego temprano a la funeraria, por Finn, por si puedo ayudar en algo.

Aparco y entro en el edificio. Me dirijo a la sala en la que estará.

Allí está ella.

Autumn está sentada en un taburete junto al ataúd, con la mejilla apoyada en la tapa como si fuera el hombro de Finn. Estaba hablando cuando he entrado, pero se queda en silencio y levanta la cabeza.

—Lo siento —digo.

Es como si los hubiera pillado desnudos, pero ella se encoge de hombros y apoya la cabeza en la caja. Unos momentos después, pregunta:

—¿Quieres hablar con él a solas? —Su voz sigue siendo ronca y tranquila.

—No. He venido por si…

Autumn ha cerrado los ojos como si hubiera olvidado que estoy aquí.

—¿Me voy?

—Solo si quieres. —Su indiferencia me da escalofríos—. Solo estábamos intimando por última vez —explica, y pega la mejilla contra el metal gris, lo que me revuelve el estómago.

—Autumn —digo, pero no me responde. Está con él.

La observo atentamente, preocupado por dejarla sola pero con él. Pasan los minutos. Creo que se olvida de que estoy junto a la puerta. Comienza a susurrar de nuevo y la oigo reír por lo bajo una vez.

—Yo también te quiero —le dice a la caja, y salgo corriendo de la habitación.

Me siento en el rígido sofá del pasillo. Un empleado me pregunta si estoy aquí por el funeral de la familia Smith y le digo que soy portador del féretro. Me dice lo que ya sabía: he llegado temprano y debo seguir esperando donde estoy.

Antes de que la gente empiece a llegar, Autumn sale sigilosamente de la sala. Lleva vaqueros y una camiseta. Me mira al pasar, como si no estuviera segura de si debería decirme algo o no.

—¿Adónde vas? —le pregunto.

—Voy a dejarle el funeral a Sylvie —dice por encima del hombro—. Parece justo. Mi padre y yo iremos al museo de arte. De todos modos, Finny tampoco querría que papá asistiera a su funeral. Iré al cementerio más tarde y me aseguraré de que está cómodo.

Y luego sale.

5

La imagen de Autumn pegada al ataúd de Finn, con el rostro contra el frío metal, me atormenta durante todo el funeral. Escucho su ausencia en las historias que cuentan los asistentes, incluso cuando río y me lamento con ellos. Finn parece muy vivo con toda esta gente que ha venido. Autumn es el fantasma.

Sylvie está sentada en la primera fila entre Angelina y un hombre que debe de ser el padre de Finn. Solo alcanzo a verle la parte de atrás de la cabeza, con el pelo rubio, y un poco del perfil. Tiene los hombros tensos, pero no le tiemblan. Parece mirar fijamente hacia delante, con firmeza, a quien habla del hijo al que apenas conoció.

La gente habla de Finn y llora. Hablan de Finn y se ríen. Todos lo echan de menos, pero no entiendo cómo pueden actuar como si todo esto fuera tan normal. Como si el hecho de que Finn esté muerto fuera lógico.

No hay tanta gente en el funeral como en el velatorio, pero son más de los que esperaba. Jamie Allen, el ex de Autumn, ha venido con una chica. Estoy bastante seguro de que Autumn estaba bastante unida a ella, aunque ahora parece que la chica está bastante unida a Jamie. Finn me había contado la situación con sus amigos. Siguen mirando a su alrededor y susurrando. Quizá estén buscando a Autumn.

Entonces el director de la funeraria nos hace una señal. Los chicos del equipo y yo nos ponemos de pie. Se acabó hablar de Finn. Es hora de enterrarlo.

Antes de que comenzara el funeral, el director de la funeraria nos ha explicado cómo levantaríamos el ataúd juntos, pero siento como si estuviese en una obra de teatro sin ensayar. Aunque lo superamos. Detrás de mí, un chico tropieza y, por un segundo, me pregunto si Finn ha notado la inclinación, pero entonces recuerdo que no puede y tengo que morderme el labio para no llorar. Está hecho. Lo llevo sobre el hombro. Finn. Dentro de esta caja está Finn, estaba Finn, y probablemente su cabeza esté cerca de la mía. Mientras lo llevamos al coche fúnebre, escucho la voz de Autumn: «Estamos intimando por última vez».

Este será el último viaje en coche de Finn. Las puertas se cierran detrás del ataúd y mis padres me preguntan si me importa que se salten el entierro.

Les digo que no pasa nada, aunque nada de esto está bien, porque no lo haría más fácil que estuvieran allí.

Voy con el entrenador al cementerio. Me pregunta si quiero hablar. Le digo que no.

Seguimos el coche fúnebre hasta el cementerio de Bellefontaine. Pasadas las puertas, este recorre un largo sendero junto a los mausoleos, algunos del tamaño de casas y otros como cobertizos de piedra. Finn fue el único en la clase que acertó la pregunta para subir puntos en el examen final de Literatura estadounidense: «¿Qué icono de la generación beat está enterrado en el cementerio Bellefontaine, de Saint Louis?». Se encogió de hombros cuando le pregunté cómo era posible que lo recordara y nunca imaginamos que pronto tendría algo en común con Burroughs.

Nos detenemos en una parte más nueva y abierta del cementerio. Aquí no hay grandes mausoleos, simplemente lápidas erguidas, por ahora.

Los del equipo volvemos a alinearnos y lo levantamos con más gracia que antes. Esta vez, trato de apreciar su peso sobre mi hombro. Inclino la mejilla hacia un lado, con la esperanza de que esté cerca de la suya.

Y luego, contando tranquilamente hasta tres, dejamos a Finn en el suelo para siempre.

La gente vuelve a llorar, pero ya nadie ríe.

En la fila de sillas colocadas junto a la tumba, el hombre que supongo es el padre de Finn está inclinado hacia delante, sentado con la cabeza entre las manos, y no levanta la vista ni una sola vez. Sylvie, sentada nuevamente a su lado, está muy erguida, como si su propósito fuera ser un muro entre él y Angelina. Quizá lo sea.

Sabía que vendría el poema sobre un atleta que muere joven. No había imaginado lo diferente que sonaría cuando el entrenador lo leyera aquí, junto a la tumba de Finn.

Su lugar de descanso final. Su final definitivo.

Están a punto de hacerlo.

Se oye un zumbido mecánico cuando bajan su ataúd.

En realidad no es él, pero sí lo es, y lo van a enterrar para siempre. Quiero rogarle a alguien que pare esto, que, por favor, me deje quedármelo.

Pero ya está hecho. Finn, mi amigo, está en un agujero en la tierra. Durante el resto de mi vida, no importa cuánto tiempo viva, siempre sabré exactamente dónde está, porque nunca más se moverá.

La gente hace cola para tirar un puñado de tierra en el hoyo antes de despedirse, pero yo no puedo tener este último gesto con él, así que me quedo ahí y observo.

A medida que la tumba comienza a llenarse lentamente de tierra, pienso en Autumn, que vendrá más tarde, cuando los demás nos hayamos ido, para estar con él.

6

Observo cómo la fila de personas que han esperado para hablar con Angelina va disminuyendo lentamente. Alexis me ha mirado a los ojos antes de irse, pero no hemos hablado en ningún momento. Cuando el entrenador se iba, le he dicho que tenía algo que hacer, que me llevaría a casa otra persona. Aunque no sé a qué estoy esperando. No necesito decirle nada ni a ella ni a la madre de Autumn, y mi deber aquí ha terminado. Finn está en su tumba.

Me quito la chaqueta y la corbata y me desabrocho el cuello de la camisa. Comparado con el calor de agosto, el metal de su ataúd estaba frío contra mi mejilla.

Me pregunto cómo lo hace Angelina para consolar a estas personas, en su mayoría chavales de la escuela, pero también algunos adultos. Están esperando para estrecharle la mano, darle un abrazo o compartir sus emociones, y su hijo está apenas enterrado a unos metros de distancia.

La madre de Autumn la acompaña con gesto protector. Me imagino que si Angelina no sacara nada hablando con esta gente, se llevaría a su amiga a casa.

—¿Estás esperando para hablar con ella? —me pregunta Sylvie.

Pego un salto porque no tenía ni idea de que estaba cerca, y mucho menos detrás de mí. Me he alejado un poco, por lo que Sylvie y yo estamos en una pequeña pendiente entre algunas tumbas de los años setenta.

—No —digo—. No estaba listo para irme. ¿Y tú?

—No —responde ella.

Tiene un moretón junto a la sien y un rasguño a lo largo de la mejilla. Aparte de eso, no parece marcada físicamente por el accidente. Lleva la rubia melena recogida en lo alto hacia atrás, en un peinado que, no me cabe duda, tiene un nombre especial. Es probable que su elegante traje negro tenga un nombre francés en la etiqueta.

—Pensé en enviarte algún mensaje o algo así —digo a modo de disculpa, pero Sylvie se encoge de hombros.

—Nada de esto ha sido culpa tuya —sentencia.

—Aun así, podría haber dicho algo.

No estoy seguro de si estamos hablando del accidente o de Autumn.

—No tienes que fingir que éramos más que amigos por conveniencia, Jack. Estoy cansada de que la gente finja preocuparse por mí más de lo que en realidad se preocupan.

—Caray, Sylv —digo.

No es que piense que hubiéramos gravitado naturalmente el uno hacia el otro pero, en los últimos cuatro años, había llegado a considerarnos algo así como colegas.

—Lo siento —se disculpa, que es más de lo que le he hecho yo, pero decido reprocharle lo que me ha jodido de veras de lo que ha dicho.

—Finn no fingió nada de lo que sentía por ti —suelto—. Mintió sobre lo que sentía por Autumn, pero te quería.

—¿Solo que no lo suficiente?

—Eh... —Me arrepiento de no haberlo dejado pasar—. No creo que se tratara de «suficiente», Sylv.

Ella se ríe, lo que me sorprende de nuevo. La miro. No sonríe y tiene los ojos cerrados.

—Eso es lo que dijo él.

—¿Sí? —Me he distraído al pensar que nunca conoceré la versión de Finn sobre esa conversación—. ¿Qué le contestaste?

Ella niega con la cabeza.

—No lo recuerdo. —Abre los ojos—. La buena noticia es que, según los médicos, es amnesia disociativa, no amnesia retrógrada, lo que significa que no recordar los minutos antes o después del accidente no es daño cerebral. Según dicen, me estoy protegiendo —explica.

Se ríe con la misma frialdad y, por un momento, me recuerda a Autumn en el sofá, pero Sylvie respira profundamente y se serena.

No debería preguntarle, pero me molesta que Alexis me describiera la escena en detalle y que los recuerdos de Sylvie sobre aquella noche no estén completos.

—Alexis me contó que lo viste cuando despertaste y llamaste a emergencias.

Sylvie no se ríe esta vez.

—Eso me han dicho, pero no recuerdo haber hecho la llamada. —Niega con la cabeza—. Recuerdo haberle dicho a un paramédico que sabía que Finn estaba muerto por su cara. Pero más tarde, en el hospital, cuando la policía intentó tomarme declaración, no recordaba haberme despertado ni su cara. Me hicieron encefalogramas de todo tipo, y es una conmoción cerebral normal. Al parecer, cuando esté lista, lo recordaré.

—Ah —digo—. ¿Puedes elegir no estar lista jamás?

Lo pregunto en serio, pero ella se ríe de nuevo, y esta vez de verdad.

—Tendré que preguntarle a mi nuevo terapeuta —responde.

—¿Qué ha pasado con el tipo que le gustaba a Finn?

Ella suspira.

—El doctor Giles odiaba a Finn.

La idea de que alguien odie a mi amigo me deja sin palabras.

A lo lejos, Angelina y la madre de Autumn caminan juntas hacia la limusina, cogidas por la cintura. Pronto, Sylvie y yo seremos los únicos aquí: nosotros, Finn y todos los demás muertos como él.

—Tal vez «odiar» sea una palabra demasiado fuerte —continúa Sylvie—, pero el doctor Giles no confiaba en Finn. Además, dijo que parecía codependiente. Esa fue, en parte, la razón por la que pensó que debería pasar el verano fuera. Para darme espacio y poder estar conmigo misma. —Sylvie se encoge de hombros—. El doctor Giles y yo estuvimos de acuerdo en que, después de todo el progreso que había hecho gestionando... otras cosas, tal vez sería mejor para mí comenzar de nuevo con alguien que no tuviera nociones preconcebidas sobre Finn, ya que será el tema principal de mis sesiones durante mucho tiempo.

—Hum —asiento.

Sylvie mira cuesta abajo. Ambos observamos cómo se aleja la limusina.

Menuda traición que Alexis me contara aquellas cosas sobre

Sylvie y un profesor de su antigua escuela. Solo la escuché a medias, y una parte de mí se había preguntado por qué me estaba contando todo aquello, pero yo prácticamente solo pensaba en el cuerpo de Alexis y no en si era una buena amiga.

Sylvie echa a andar colina abajo, alejándose de la tumba de Finn, hacia la parte más antigua del cementerio, y yo la sigo.

—Es gracioso —comento, tan solo por decir algo—. Estaba pensando que nadie podría odiar a Finn, y tú dices que tu médico lo detestaba, al menos hipotéticamente.

—Oh, yo odio a Finn —me asegura Sylvie, que sonríe con suavidad ante mi sorpresa—. No me malinterpretes. También lo quiero. Si fuera capaz de dejar de quererlo, lo habría hecho hace mucho tiempo. Por eso lo quiero y lo odio.

—Supongo… —Quiero defender a Finn, pero esta vez no puedo—. Supongo que es justo.

Sylvie vuelve a sonreír y sacude la cabeza. Se queda quieta.

—Jack, si realmente eres amigo mío, ¿puedes hacer algo por mí?

—A ver —empiezo—, si realmente soy amigo tuyo, ¿puedes dejar de cuestionarlo?

—Me parece justo —responde Sylvie, pero no me queda claro que se haya dado cuenta de que estaba bromeando—. Si dejo de cuestionar nuestra amistad, ¿dejarás de pillarte de las tonterías de Alexis?

—Pe-pensaba que Alexis era amiga tuya.

—Sí —dice—. Pero le queda mucho para madurar.

Conozco a Sylvie lo suficiente como para saber que no tiene sentido recordarle que Alexis es dos semanas mayor que ella. Además, tiene razón: no ha madurado mucho en los últimos cuatro años. Es algo muy simple, pero dice tanto sobre Alexis, por no mencionar sobre mi relación con ella, que estoy demasiado atónito para responder con algo más que un «Ya».

—O sea —continúa Sylvie—, la dejaste atrás incluso antes de que comenzara tercero.

Hemos llegado a un camino de grava e imito el paso ligero de Sylvie. Al parecer, estamos dando un paseo juntos.

—Ya —repito por la misma razón.

Esta vez, Sylvie debe de notarme el tono de voz, porque dice:

—¿No te fijaste en que todas vuestras peleas fueron porque tú habías dicho algo que ella no quería admitir aunque era verdad?

—Voy a ser sincero contigo, Sylv —respondo—. Nunca supe los motivos de ninguna de mis peleas con Lexy.

—No pasa nada —se ríe—. Lexy tampoco lo supo nunca, pero no sabía que no lo sabía.

—Parece que tú también la dejaste atrás —digo.

Sylvie se encoge de hombros y sigue andando.

—Ahora veo muchas cosas sobre Alexis con claridad. No siempre ha sido una buena amiga contigo —añado.

Sylvie me mira de manera diferente a como creo que lo ha hecho antes.

—Tomo nota —sentencia.

La grava cruje bajo nuestros pies.

Siento que debería decir algo profundo, alguna frase de Finn que haga que su dolor sea menos complicado. Si esto fuera una película, tendría un oportuno flashback que me indicaría qué recuerdo compartir con Sylvie, pero no se me ocurre nada.

De repente ya no caminamos. Me he dado cuenta de que

Sylvie se detenía, pero he pensado que se estaba quitando la chaqueta. Sin embargo, saca una copia impresa de un mapa y lo estudia con el ceño fruncido.

—¿Estás buscando, eh, la tumba de William Burroughs? —pregunto.

Sylvie me mira sin comprender.

—El escritor. Está enterrado aquí.

—No —dice—. Era un drogadicto que disparó a su esposa. —Dobla el mapa y se lo guarda en la chaqueta, que todavía lleva puesta a pesar del calor—. Iba a ver la tumba de Sara Teasdale. Era poetisa. —Y retoma el paso ligero de antes.

—No te hacía amante de la poesía, la verdad.

Seguimos de nuevo por el camino, pero ella se desvía hacia la derecha.

—Y no lo soy —responde Sylvie—. Por lo general, la poesía me parece aburrida. Pero me gustan los poemas de Teasdale. A diferencia de la mayoría de los poetas, ella sabía ir al grano. Y como iba a estar aquí de todos modos… —Se calla mientras dejamos la grava por el césped.

Sylvie cuenta en voz baja las lápidas que dejamos atrás mientras yo la sigo. Pienso en hace cien años, cuando estas tumbas eran nuevas, en lo importantes que fueron, en cómo la gente venía aquí para llorar y recordar. Me pregunto si la lápida de Finn no será algún día más que otro sepulcro que contar para dar con el lugar de descanso de otra persona.

—Aquí está. Oh.

Al principio no entiendo su reacción, pero luego lo veo.

Sara Teasdale nació el 8 de agosto de 1884.

—No sabía su cumpleaños —dice Sylvie.

—Solo es una coincidencia —le aseguro.

Ella se encoge de hombros y mira fijamente la fecha.

—¿Cuál es tu poema favorito de ella? —pruebo a decir.

Sonríe de una manera que me hace saber que en realidad no he cambiado de tema, como yo esperaba.

Sylvie cierra los ojos antes de recitar:

Ahora, mientras mis labios viven,
sus palabras eternamente deben callar,
¿pues mi alma habrá de recordar
su voz cuando esté muerta?

Sin embargo, si mi alma lo recuerda,
tu atención ya no será mía, querido;
pues ya nunca entenderás el latido
de aquello que no puede oírse.

Sylvie no abre los ojos; se queda ahí quieta. Ha entrado finalmente en calor, y veo un húmedo brillo rosado en su rostro que hace que parezca que ha estado llorando, aunque estoy bastante seguro de que no ha sido así.

—¿Ya está?

Sylvie abre los ojos y parpadea.

—Parece completo, pero es muy corto.

—Te he dicho que Teasdale sabía ir al grano —dice. Finalmente, se quita la chaqueta—. Encontré un libro suyo en la sección de obras en inglés de una librería de segunda mano en París. Leí ese poema y compré el libro. —Se dobla la chaqueta sobre el brazo y suspira—. Lo leí de cabo a rabo dos veces en el tren a Berlín.

—¿Sabes? —No estoy seguro de lo que voy a decir, aunque siento que es importante—. A Finn le habría encantado esto. Que, después de su funeral, planearas visitar la tumba de la única poetisa que no considerabas una basura. —Me apresuro a añadir—: No le habría hecho mucha gracia…, ya sabes, que le hicieran un funeral. —Me doy cuenta de que Sylvie intenta seguirme, así que continúo—: Pero si no le quedara más remedio, le encantaría que después hicieras esto. Lo que estás haciendo.

—¿Porque es el tipo de cosas que haría Autumn? —Sylvie levanta la barbilla y me mira a los ojos.

Niego con la cabeza.

—Ella no habría traído ningún mapa. O perdería el mapa o se perdería incluso con él. —Aparto el fantasma de Autumn con las manos—. Pero, Sylv, lo que quiero decir es que a Finn le habría encantado que hubieses tenido ese mapa en el bolsillo de la chaqueta durante todo el funeral. Le habría encantado que dijeras que, a diferencia de otros poetas, esta supo ir al grano. Él te quería.

Sylvie vuelve a mirar la tumba.

—Pero no de la forma en que la quería a ella.

No puedo discutirle eso. Yo, más que nadie, no puedo discutírselo, así que también me quedo mirando la fecha en la tumba.

El viento se levanta y trae algo de alivio. Hay tantos árboles viejos en esta parte del cementerio y el susurro de las hojas es tan fuerte que apenas la oigo decir:

—¿Dónde estaba?

—¿Autumn?

Sylvie asiente.

—He pensado en preguntarle a Angelina, pero me he dado cuenta de que sabía que Finn y yo íbamos a romper aquella noche y por qué. Me ha parecido mejor no preguntar.

—Autumn me dijo que sentía que debías quedarte con el funeral.

Yo no le había encontrado sentido cuando Sylvie me lo dijo, y no espero que lo tenga para ella, pero de todos modos asiente.

—No me lo esperaba de ella —dice.

Nos quedamos callados otra vez. El viento empieza a anunciar una tormenta de verano. No podremos quedarnos mucho más tiempo.

—Hum, no querías estar a solas con tu poetisa ni nada, ¿verdad?

—¿Mi poetisa? —Sylvie sonríe con tristeza—. Fue la primera poetisa en ganar un Pulitzer, por lo que no es mía. Pero no, y gracias por preguntar. —Hace una pausa—. Necesitas que te lleven a casa, ¿no?

—Eh, ¿sí? —respondo—. Lamentablemente, no he planificado bien el día.

—La mayoría de la gente no lo hace —apunta Sylvie mientras se vuelve a poner la chaqueta. Toca la lápida de la poetisa con dos dedos—. Vale, vámonos —dice.

Sylvie recuerda el camino de regreso a la tumba de Finn sin consultar el mapa. Cuando llegamos al sitio, comienza a llover y pasamos apresuradamente junto a él y hacia su coche. Siento que lo estoy traicionando al dejarlo bajo la lluvia.

Dentro del coche, abro la boca para preguntarle a Sylvie si

está segura de querer conducir lloviendo, pero antes de que pueda hacerlo, dice:

—En caso de que vayas a ofrecerte a conducir, la razón por la que no he venido con mis padres es que no puedo viajar en un coche conducido por otra persona. Estaré bien. Ponte el cinturón de seguridad.

Miro hacia atrás mientras ella nos aleja de Finn, pero me consuela recordar que Autumn vendrá más tarde para ver si está cómodo.

7

Una semana después del funeral, recibo un mensaje de Charlie, mi hermano inmediatamente mayor y, por lo tanto, según la tradición de los Murphy, el responsable de cosas como recogerme del autobús del jardín de infancia y enseñarme a conducir.

> Mamá dice que no sales a correr.

Traducción: «¿Estás bien?».
Le respondo el mensaje:

> Ha hecho calor. Estoy ocupado haciendo las maletas para la resi.

Traducción: «Estoy bien».
Charlie responde:

> Mamá también me ha dicho que no has hecho ninguna maleta.

Traducción: «Y una mierda».

> Saldré a correr más tarde hoy.

Traducción: «Estoy bien».

> Mamá me ha pedido que vaya a casa
> y te ayude a hacer las maletas.

Traducción: «Y una mierda».

> Yo me encargo de ella.

Traducción: «Me pondré las pilas».

> OK. Igualmente. Sal a correr.

Traducción: «Le diré a mamá que estás bien, pero más te vale que sea verdad».

Así que ahora tengo que salir a correr.

La razón por la que no había salido a correr todavía era porque sabía que iba a tener que encontrar un lugar donde hacerlo. No es que saliera a correr solo con Finn. Quedábamos un par de veces al mes. A él le gustaba ir a diferentes sitios, por el paisaje o lo que fuera. Siempre pensé que era una estupidez conducir hasta algún lugar para correr, así que él invitaba a

Sylvie cuando quería ir a correr a un parque con esculturas o a una reserva natural.

Pero, a veces, me llamaba o me enviaba un mensaje y me decía que quería salir a correr en ese momento, y yo estaba más que dispuesto, así que nos encontrábamos en un punto medio entre nuestras casas y simplemente nos poníamos a ello.

Corríamos por todo Ferguson. No hay ninguna calle cerca de mi casa que no esté llena de recuerdos metiéndome con Finn, esforzándome más gracias a él o tomándome un respiro porque él había dicho que no pasaba nada.

Por eso estaba posponiéndolo. Ahora tengo que conducir hasta algún lugar para correr, lo cual es una estupidez. Pero aquí estoy, poniéndome mi ropa de deporte y subiéndome al coche como si en la calle no hubiera una acera en perfecto estado. En mayo, fui con Alexis a la fiesta de cumpleaños de su prima, que se celebró en el cenador de un parque, y estoy bastante seguro de que había un camino que rodeaba un lago o algo así, así que conduzco en la dirección en la que recuerdo que estaba el parque hasta que, para mi sorpresa, lo encuentro.

Pues nada. Voy a correr.

No pienso calentar más de lo habitual, aunque Finn siempre decía que no estiraba lo suficiente. Solo porque esté muerto no significa que todo lo que dijo tenga que ser correcto.

Después de una cantidad normal de estiramientos, echo a correr y todo va bien.

Pero obviamente estoy pensando en Finn, ya que es la primera vez que hago esto.

Porque él no volverá a correr.

Siento que la muerte de Finn me ha sacudido el cerebro.

¿Cuántas veces voy a recordar que estar muerto significa no volver a hacer una mierda?

Debería haber comprobado cuántas vueltas a este lago equivalen a un kilómetro. La grava esparcida sobre el camino de tierra está erosionada y resbala más que absorbe el impacto. Será una carrera de resistencia, no de velocidad. Lo cual está bien. No he mirado la hora antes de comenzar, por lo que no tendré ni idea de cuándo he recorrido el primer kilómetro.

«Corramos sin preguntarnos por qué», decía Finn, y simplemente nos poníamos a ello.

Mierda. Mierda. Mierda.

¿Por qué no se quedó en el coche? ¿Qué pensaba que iba a hacer? ¿Salvar a Sylvie con sus propias manos? O sea, vale, una vez estábamos viendo un programa de televisión y dijo:

«Así no es como se hace la reanimación cardiopulmonar».

Yo respondí que suponía que alguien lo habría buscado antes de filmar, pero Finn comenzó a decir que la chica nunca llegaría al esternón en esa posición. Yo apunté que probablemente no habrían capturado el plano del escote en la posición que él estaba describiendo. Miró la pantalla y dijo: «Oh, claro», con tono de decepción, como si el programa le hubiera fallado al escoger unas tetas en lugar de las técnicas precisas de primeros auxilios. Lo cual fue extraño, porque sabía bien que a él le gustaban las tetas de esa actriz.

Así que tal vez Finn podría haberle hecho la reanimación cardiopulmonar a Sylvie si esta la hubiera necesitado.

Empiezo la segunda vuelta al lago. No tengo la impresión de llevar corriendo ni quinientos metros.

Aun así, Finn debería haber tenido más cuidado.

Esa es la otra cosa que me cabrea. Me reventaba que fuera tan prudente al volante. ¿Qué cojones pasó? Ir con él en el coche cuando llovía era una tortura de lo paranoico que se ponía.

De repente, me doy cuenta de con quién debería estar enfadado.

Una vez, Finn nos hizo esperar cuarenta minutos porque Kyle no quería ponerse el cinturón. Es cierto que Kyle es más idiota de lo normal cuando está borracho, y fue gracioso verlo volverse loco cuando Finn dijo: «Le enviaré un mensaje a mi madre diciéndole que hay un imbécil en el asiento trasero de mi coche que no quiere ponerse el cinturón de seguridad. No se enfadará si nos quedamos aquí sentados toda la noche. Así que allá vamos».

Pero mi pregunta es: ¿por qué Sylvie no llevaba puesto el cinturón?

Hasta ahora, todo eso de «Sylvie atravesó el parabrisas, pero está bien» ha pasado por mi cerebro sin que yo le diera demasiadas vueltas.

Para que eso sucediera, tuvo que quitarse el cinturón de seguridad, y Finn nunca conducía si algún pasajero se lo desabrochaba.

Sylvie dice que no recuerda los últimos minutos antes del accidente.

Durante unos seis metros más o menos, me pregunto si no asesinó a Finn, pero todas las piezas del rompecabezas son demasiado aleatorias para haber sido algo orquestado.

Era de noche cuando Finn me llamó. Murió alrededor de la medianoche.

Habría querido llegar a algún tipo de acuerdo con Sylvie,

pero ella no lo iba a dejar marchar tan fácilmente, así que después de horas conduciendo, debía de estar lo bastante distraído o cansado como para derrapar y chocar contra la mediana. Pero ¿por qué se había desabrochado ella el cinturón de seguridad?

Me detengo a medio paso y casi tropiezo, pero me equilibro y saco el móvil. Antes de pensar en lo que estoy haciendo, busco el nombre de Sylvie y escribo:

> ¿Por qué no llevabas puesto el cinturón de seguridad?

Vuelvo a correr y dejo que la ira me invada.

¿Por qué narices no lo llevaba puesto?

Dejo que esa pregunta sea mi único pensamiento, la repito una y otra vez, hasta que las palabras pierden sentido. Sigo corriendo hasta que se me pasa el enfado y dejo de pensar, y solo respiro mientras me digo a mí mismo que debo seguir esforzándome. Sigo corriendo, y sigo corriendo, y me dejo llevar.

No decido conscientemente parar; creo que ha debido de exigírmelo el cuerpo, porque me detengo en seco de una manera que Finn me recordaría que es malo para la circulación.

Miro la hora. Llevo cuarenta y cinco minutos corriendo y tengo cuatro mensajes de Sylvie.

Hace cuarenta minutos:

> Ya te lo dije. No me acuerdo.

Cinco minutos después de eso:

> Lo siento.

Hace once minutos:

> Aunque no pueda recordarlo, sigue siendo culpa mía.

Y un minuto después:

> Lo siento, Jack.

Traducción: «Soy una idiota».

Me quedo mirando su último mensaje, todavía respirando con dificultad. Una gota de sudor gotea sobre la pantalla y emborrona sus palabras. ¿Qué le diría Finn?

Escribo:

> Fue culpa de la lluvia.

Lo envío.

Ella no responde.

8

Probablemente debería haber llamado en lugar de presentarme así. El entrenador cambia el peso de un pie al otro y mira al equipo, que corre por la pista.

El equipo en el que ya no estoy.

Algo que Finn y yo tenemos en común.

—Técnicamente —dice el entrenador—, no deberías estar en el campus. Una vez que te gradúas, eres como cualquier otro adulto, y los padres de estos estudiantes confían en que no permitiré que ningún adulto se acerque a sus hijos.

Me quedo ahí, sin sentirme en absoluto como un adulto.

El entrenador vuelve a mirar al equipo.

Solo quiero que alguien me grite que me espabile para que mi cerebro se calle. Quiero emplear todas mis fuerzas en obligar a mi cuerpo a hacer algo que no quiere hacer para no tener que impedirle que piense en cosas en las que no quiero pensar.

—Hagamos esto —empieza el entrenador—: Voy a manipular el papeleo para puedas ser voluntario durante el verano.

Está usando el tono de voz que emplea antes de los partidos y, automáticamente, enderezo la columna.

—Pero tienes que demostrarme que entiendes que me estoy jugando el cuello por ti, Murphy. ¿Sabes lo que quiero decir?

—Sí, señor —respondo mientras me invade el alivio.

Eso sí lo sé. Eso lo entiendo. No es como las últimas cenas con mis padres, que quieren saber en qué pienso y cómo me siento por primera vez desde que tengo uso de razón. Este es el entrenador diciéndome que me espabile o me largue. Eso sí lo sé.

Voy derecho a unirme al equipo en la pista.

—Vaya. Hola, Murphy —me saluda Ricky, pero nadie más habla. Cada uno se centra en su propio ritmo.

Soy parte de la multitud. Somos un organismo que respira y se mueve, que da vueltas a la pista una y otra vez.

Inspiro con Ricky y exhalo con Jamal.

Corro con la mente felizmente en blanco.

Cuando el entrenador hace sonar el silbato, aún podría correr un rato más, pero recuerdo que Finn no está con nosotros y que no puedo salir a correr sin él, y entonces el entrenador grita: «¡Saltos de caja!» y solo puedo pensar en lo mucho que odio los saltos de caja.

Odio los saltos de caja.

En serio, odio los saltos de caja.

De verdad que odio muchísimo los saltos de caja.

Ah, y ¿ahora que levantemos las rodillas? Que le den a las elevaciones de rodillas.

Que le den al entrenador por hacernos correr levantando las rodillas durante cuatro minutos seguidos.

Cuatro minutos, joder.

Lo único que odio más que las elevaciones de rodillas es el test de La Course-Navette.

Que probablemente mande hacer a continuación, ahora que lo pienso.

¿Cómo es que todavía no han pasado cuatro minutos?

Finn y yo solíamos discutir sobre qué era peor: el test o las elevaciones de rodillas.

Pero no importa, porque no vamos a correr. Vamos a hacer sentadillas.

Que le den a las sentadillas.

Y así todo el rato.

Al final del día, el entrenador grita: «¡Duchas!» y mi cerebro sufre un cortocircuito. Vuelvo a sentirme como en el sótano de Alexis y me veo desde fuera.

Finn está muerto.

Se ha acabado el instituto.

Me quedo quieto y observo a los chavales que corren al vestuario. El entrenador se da vuelta, me ve y abre la boca para gritarme antes de caer en la cuenta. Doy un paso adelante.

—Eh, creo que voy a ir a casa a ducharme. —No puedo creer que se me permita decir eso.

El entrenador asiente.

—¿Crees que volverás mañana o la semana que viene?

—No —respondo—. Ya tengo lo que necesitaba hoy. La semana que viene me voy a la facultad y allí tendré sitios para salir a correr donde no... —Estaba igual de poco elocuente hace tres horas, cuando me he presentado aquí, pero también me entiende esta vez.

—Hay que superarlo —afirma, asintiendo. Es algo que el entrenador ha dicho mucho a lo largo de los años, pero siempre cuando un jugador estaba rodeado y debía abrirse paso antes de que le robaran el balón.

Aunque ahora también tiene sentido.

—Sí —respondo—. Creo que acabo de darme cuenta de eso.

Me da una palmada en la espalda, luego hace una mueca y se ríe de lo mojada que tengo la camiseta mientras se limpia la mano en los tejanos.

—Date una ducha, Murphy —dice—. Ve a la facultad. Lo superarás.

No es que me sienta mejor cuando me voy con el coche, pero tengo la esperanza de que lo que ha dicho sea verdad.

9

Unos días después, estoy descansando de hacer las maletas cuando veo que tengo un mensaje de voz.

—Hola, Jack —dice Angelina—. Soy la madre de Finn.

Sé que no lo ha dicho porque pensara que no reconocería su voz o no sabría quién era, sino porque quería decir su nombre, reclamarlo. Me trago el nudo que tengo en la garganta y trato de concentrarme en el motivo de su llamada. Quiere vender el coche de Finn, pero en el taller le han dicho que hay efectos personales que deben ser retirados. Que si la ayudaría.

Estoy sorprendido. Finn mantenía el coche tan limpio que se convirtió en una broma entre los del equipo de fútbol. Le devuelvo la llamada y me da la dirección del taller donde llevaron el coche después del accidente. Dicen que puedo pasarme hoy si me va bien, y es algo que quiero quitarme de encima, así que voy para allí.

El hombre que me lleva hasta el aparcamiento parece no tener ni idea de que ha ocurrido una tragedia.

Mientras abre la puerta, se vuelve hacia mí y dice:

—El daño fue mínimo. ¿Estás seguro de que tu madre quiere venderlo?

Me encojo de hombros.

Tengo en las manos el llavero de Finn, una de las últimas cosas que tocó. Lo aprieto y vuelvo a pensar en viajar en el tiempo. Sería muy fácil salvarle la vida si no fuera por el tiempo y el espacio.

—Pues, eh, si estás seguro de que no queréis que lo arreglemos, vacíalo y te haremos firmar unos papeles para tu madre en la oficina.

No me molesto en corregirlo antes de que se vaya.

El pequeño coche rojo de Finn.

Como en su casa, debería haber esperado la avalancha de recuerdos.

La primera vez que vi el coche: Finn, orgulloso aunque avergonzado de estar orgulloso, dándome una vuelta a la manzana antes de la cena porque mi madre solo me dejaba ir porque sentía debilidad por Finn.

Las madrugadas después de una fiesta y las madrugadas antes del entreno de fútbol.

A veces discutíamos. A veces reíamos.

Principalmente, escuchábamos música, sin saber que teníamos las horas juntos contadas.

Quizá, si hubiera sabido que sería tan duro, no habría venido. Pero ¿quién lo habría hecho?

Y luego está el agujero en el parabrisas.

Mirarlo me hace sentir como si hubiera visto a Sylvie salir despedida por él.

¿Cómo sobrevivió?

Me recuerdo a mí mismo que no fue una vida por otra. Si Sylvie hubiera muerto en el impacto, Finn habría corrido hacia ella de todos modos, tan preocupado que no habría visto el cable eléctrico en el charco junto a Sylvie.

Respiro hondo y hago lo que he venido a hacer.

No hay gran cosa. Cojo su pila de CD y un paraguas de la parte delantera. Del maletero, saco sus pinzas de batería y su botiquín de primeros auxilios. Hay envoltorios de tacos y chucherías en el asiento trasero, lo cual es una sorpresa que roza la conmoción. Es solo por esos envoltorios por lo que miro debajo del asiento delantero.

Entonces veo la bolsa.

Sé que no son drogas, pero estaba escondida y envuelta con tanto cuidado que, aun así, la idea se me pasa por la cabeza mientras la saco.

Enseguida se hace evidente por qué la había escondido.

Me dijo que estaba haciendo un recado antes de ir a buscar a Sylvie.

Me dijo que estaba «segurísimo» de que Autumn lo quería.

También explica por qué había basura en el coche de Finn Smith.

De repente, odio a esa chica con todas mis fuerzas. Autumn es la razón por la que Finn rompió con Sylvie y condujo bajo la lluvia. Ella es la razón por la que estaba distraído aquella noche.

Si no hubiera estado engañando a Sylvie la noche anterior, Finn probablemente le habría dicho que se fuera a casa y que ya hablarían por teléfono al día siguiente. Pero su culpa —su culpa por lo que Autumn le había obligado a hacer— lo había hecho pasar fuera toda la noche, a pesar de que se estaba haciendo tarde, a pesar de que llovía con fuerza y odiaba conducir bajo la lluvia.

Si sacara a Autumn de la ecuación, Finn seguiría vivo.

Salgo del taller con una bolsa de papel llena de los escasos objetos que quedaron en el pequeño coche rojo de mi amigo y llamo a su madre. Me pregunta si puedo acercarme, así que conduzco hasta la casa de Finn.

Se la ve más delgada y como si no durmiera bien, pero la sonrisa de Angelina es auténtica. Me abre la puerta mosquitera y paso al recibidor. Normalmente no habría estado tanto tiempo sin verla. No recuerdo la última vez que pasó una semana sin que yo fuera a casa de Finn. Abrazar a Angelina me parece natural, aunque fue algo que nunca hicimos cuando él estaba vivo.

—Gracias —me dice—. Espero que no haya sido mucho pedir.

—No —digo—. Me alegra poder ayudar. Había un paraguas en el coche con palabras en francés estampadas. He pensado que probablemente era de Sylvie, pero he traído el resto de las cosas.

Le entrego la bolsa de papel.

Ella mira dentro un momento.

—¿Tú escucharías los discos, Jack?

Asiento con la cabeza.

—Gracias.

Me entrega la pila de CD y luego saca el botiquín de primeros auxilios. Lo sostiene tiernamente entre las manos. Se le ensombrece el rostro.

—Ojalá… —susurra. Y la entiendo.

Ojalá esto pudiera haberlo salvado de alguna manera. Ojalá su naturaleza cautelosa lo hubiera salvado de alguna manera.

—Al principio —dice, todavía mirándolo—, pensé que sería el tipo de madre que convierte la habitación de su hijo en un museo, conservando cada objeto exactamente como él lo dejó, hasta los tejanos en el suelo, ¿sabes?

No lo sé. Nunca se me había ocurrido pensar que hubiese tantos padres con hijos muertos como para que existieran diferentes clases. Parece un mundo secreto de personas que nunca tuve en cuenta. Antes de que pueda pensarlo demasiado, Angelina continúa:

—Pero el otro día vi a alguien en un semáforo pidiendo dinero con unos pantalones demasiado cortos y pensé: «Necesita unos pantalones como los de Finny», y supe que mi hijo habría querido que lo hiciera. Son cosas suyas, así que si eso es lo que Finny habría querido que hiciese, es lo que debería hacer. —Me mira y yo asiento.

—Podría llevar cosas o… —Me callo cuando Angelina frunce el ceño.

—Autumn aún no está lista para deshacerse de muchas cosas en la habitación de Finny. Cuando le conté que quería donar la ropa… Bueno, sabe que la donaré por Navidad, y se quedará con los tejanos que había en el suelo. —Niega con la cabeza—. Perdona. Lo que quería decir es que me guardaré el botiquín de primeros auxilios en el coche, pero ¿necesitas un par de pinzas de batería?

—En realidad, sí. —Finn había mencionado una o dos veces que debería tener unas, así como un botiquín de primeros auxilios, pero se habría conformado con que tuviera al menos las pinzas.

—Me gustaría que las usaras —dice Angelina—. No es que te desee problemas con el coche, pero quiero que sus cosas estén por el mundo, que se usen, al igual que los CD y su ropa.

—Sí, lo entiendo —le aseguro—. Espero que Autumn te deje hacer lo que quieras con sus cosas.

Se le vuelve a ensombrecer el rostro.

—A Autumn le está costando aceptar la realidad de la situación —afirma—. No es que no me deje. Es que… —La voz se le apaga de nuevo, como si estuviera observando una escena que se desarrolla en su mente. Se muerde el labio y niega con la cabeza—. Lo siento, Jack. Autumn necesita tiempo. Creo que ahora me preocupo aún más por ella porque no puedo preocuparme por él, ¿sabes? —añade. Por primera vez desde que ha abierto la puerta, se le llenan los ojos de lágrimas.

—Vendrá a Springfield, ¿verdad?

Angelina niega con la cabeza.

—Quizá el próximo año. Autumn necesita más tiempo —repite.

—Ah —digo.

—Estoy muy emocionada por ti, Jack —dice, intentando cambiar el tono de nuestra conversación—. La universidad te hará bien. Es un mundo completamente nuevo.

—Sí —asiento para tratar de igualar su optimismo.

—Y el año que viene podrás enseñarle a Autumn cómo funciona, ¿eh? —Intenta sonreír.

—Por supuesto —digo—. Eh, dile que le mando recuerdos.

—Lo haré. —Angelina extiende la mano como si fuera a acariciarme el pelo y luego me la apoya en el hombro—. Gracias por ser tan buen amigo con todos nosotros.

Puede que no sea tan bueno como ella cree, porque no le hablo de la bolsa de plástico que había debajo del asiento y que era para Autumn.

No la llevo a la casa de al lado. Tampoco la tiro.

Me guardo las pinzas de batería de Finn en el maletero y escondo su regalo para Autumn debajo del asiento del conductor, igual que él lo escondió en su coche. No puedo deshacerme de esa bolsa. Lo ata a este mundo, pero también es un símbolo de cómo perseguirla lo había acabado matando.

Autumn estará bien sin la bolsa. Eso ha dicho Angelina.

10

Hasta que no recibo el mensaje de Alexis diciendo que tenemos que hablar no se me ocurre que aún no hemos roto. De alguna manera, el hecho de que nunca volviéramos a estar juntos oficialmente no cambia el hecho de que tengamos que dejarlo oficialmente. Así que acepto reunirme con ella en una cafetería de Ferguson.

No había pensado mucho en ello, pero al parecer Alexis sí.

En cuanto la veo esperándome en una mesa, en el centro del local, me doy cuenta de que algo va mal. Por un lado, Alexis siempre llega tarde. Que lleve el cuello de la camisa abotonado hasta arriba y tenga las piernas cruzadas le da un aire que me recuerda a Sylvie, y no en el buen sentido.

—Hey —la saludo mientras me dejo caer en el asiento frente a ella. Pensaba que estaba enamorado de ella.

—Me alegro de que hayas podido venir —dice Alexis, y es como si estuviera imitando a Sylvie, o más bien lo peor de Sylvie. La Sylvie que te menospreciaba si te conformabas con sacar un suficiente en un examen.

—Sí. —Aunque sé que es inútil, trato de dar a la conversación un tono más informal—. Gracias por invitarme. Está bien aclarar las cosas antes de ir a la universidad, ¿sabes?

—No, Jack, no lo sé —dice Alexis.

—Oh. —Nos quedamos mirando fijamente y luego echo un vistazo a su taza de café. Con la esperanza de aplazar el interrogatorio, pregunto—: ¿Te la relleno mientras pido?

—Claro —responde Alexis. Lo que no dice es: «Es lo mínimo que puedes hacer», pero de alguna manera logra transmitirlo.

Pago y me lleno la taza. Mientras me dirijo hacia la fuente de autoservicio, no puedo evitar pensar en todas las veces que vinimos aquí con Finn y Sylvie a estudiar. Nunca estudiábamos mucho, lo cual siempre molestaba a Sylvie, pero no a nosotros.

En un impulso, lleno su taza con un café de tostado extraoscuro como el que bebe Sylvie. Le echo azúcar y crema antes de llevárselo, pero aun así Alexis hace una mueca tras el primer sorbo. Sin embargo, no se queja. Empuja la taza a un lado de la mesa y me mira.

—Bueno —dice.

—¿Sí?

—Has sido un novio de mierda este verano —suelta Alexis.

—¿Cómo es eso posible cuando no soy tu novio?

—Llevamos acostándonos todo el verano.

Lo dice despacio y en tono triste, como si se arrepintiera de haber esperado algo mejor de mí.

—Fuiste tú quien dijo: «No somos nada. Simplemente nos viene bien a los dos», ¿recuerdas?

Ella desdeña mis palabras, o más bien sus palabras, con una mano.

—Da igual si técnicamente estábamos juntos o no —dice—.

No me has tratado bien, así que he venido a decirte, de una vez por todas, que se acabó. Hemos terminado.

Por los morros que pone, sé que ya ha decidido su respuesta y no importa lo que diga a continuación, de modo que respondo:

—Sí, lo sé. Porque rompimos en marzo y llevamos tres semanas sin hablar.

—Y ¿eso por qué, Jack? —pregunta Alexis—. ¿Por qué no hemos hablado?

—¿Lo dices en serio?

Estaba soplando mi café para enfriarlo, pero me quedo quieto, con la taza debajo de la boca, mientras la miro boquiabierto.

—Sí, lo digo en serio. —Levanta la barbilla.

—Porque Finn murió, Lexy.

Estoy muy confundido. Dejo mi taza sobre la mesa con un tintineo. Se me derrama un poco de café caliente sobre los dedos, pero no reacciono.

—Exacto —sentencia ella, y levanta las manos como si hubiera demostrado que tiene razón.

—No lo entiendo. He estado de luto, Lexy.

—¡Y me has dejado sola en el luto a mí!

No estoy seguro de si la cafetería se ha quedado en silencio ante su arrebato o si yo me he quedado sordo momentáneamente. Sea como sea, tengo un zumbido en los oídos que me impide escucharme cuando digo:

—¿Cómo te atreves?

Alexis también debe de oír un zumbido, porque se lleva la mano a la oreja cuando dice:

—¿Eh? Habla en voz alta.

—¿Cómo te atreves a decirme eso? —repito mientras una

extraña serenidad me invade. De repente todo me queda clarísimo.

Me he dicho muchas veces a mí mismo que por fin había visto a la Alexis «real», que nunca volvería a caer en sus tretas, pero siempre lo hacía. Ahora lo entiendo. Había visto facetas de la verdadera Alexis, pero nunca las había visto juntas como un todo. En este momento, todas esas piezas se han unido y finalmente veo a Alexis en su totalidad.

En realidad es una imagen de lo más simple. Es una chica muy insegura que se define enteramente según la gente de la que se rodea. Sus amigos son una colección, un sistema planetario que ha construido para que giren a su alrededor.

—¿Cómo me atrevo? Jack, tú…

—No, no —la interrumpo—. Si hubiera querido, podría haberte llamado para quedar aquí y haberte dicho: «Oye, nos hemos estado acostando todo el verano y luego mi mejor amigo muere y tú ni siquiera me preguntas cómo estoy». Yo podría haberlo hecho. Tú no puedes hacerlo. —Intento que mi tono no suene como si estuviera hablando con un niño, pero me cuesta.

—Él también era mi amigo —dice Alexis—. ¿Por qué no sois capaces de verlo ni tú ni Sylvie?

Y vuelve a suceder. Lo que está pasando está tan claro que me río.

Está lo bastante sorprendida como para despistarse y, en la pausa, comparto mi divertida revelación:

—Esto no se trata de nosotros, ¿verdad, Lex? Sylvie ha roto contigo.

Intento no volver a reírme, porque ahora me parece un poco cruel, pero es que es todo tan tonto y obvio… Sylvie le hizo daño, así que está tratando de recrear esa escena conmigo en lugar de mirarse a sí misma y preguntarse por qué su amiga tomó esa decisión.

—¡Sylvie y yo no hemos roto! —farfulla Alexis—. Ambas tenemos muchas cosas que hacer; yo me voy a la universidad y ella tiene que encontrar un nuevo psiquiatra. ¡Pobrecilla! Y ambas necesitábamos darle espacio a nuestra amistad.

Alexis, de quien solía pensar que estaba enamorado, me fulmina con la mirada.

—Ajá. —Tomo un sorbo de café, que no se ha enfriado del todo, por lo que me quema la garganta—. Así que supongo que eso fue lo que Sylv te dijo y luego tú negaste, porque está claro que lo hiciste, y fue entonces cuando dijo lo que me has dicho, ¿no?

—¿Qué le dijo a quién? —Alexis bebe un sorbo del café highland grog que sé que odia y trata de ocultar una mueca.

—La dejaste sola en su dolor, Lexy. Caray.

Una vez más, siento que todas las piezas se han unido y finalmente puedo ver lo que debería haber sido obvio.

—El día después del accidente, ¿por qué invitaste a la gente a tu casa en lugar de ir a la de Sylvie? —pregunto.

—Fui al hospital cuando sus padres me llamaron. ¡Estaba cansada y quería volver a casa! Y nuestros amigos necesitaban un lugar para llorar juntos, Jack. Sylvie no es mi única amiga.

—Cada puñetera casa de esta ciudad tiene un sótano, y lo sabes —digo—. Sylvie te necesitaba. Maldita sea, no me habría importado… —La serenidad y la voz se me quiebran en este punto, pero es inevitable—. Habría estado bien que reconocieras que era mi mejor amigo, Lex. Quizá mi único amigo verdadero, no lo sé. Pero ¿que compares tu dolor con el mío? ¿O con el de Sylvie?

Niego con la cabeza. No tiene sentido mantener esta conversación .

Me impulso con la mesa para ponerme de pie. Estoy seguro de que Alexis cree que no me iré sin su permiso, porque bufa con sorna.

La miro por última vez. Tiene una cara bonita. Por ahora.

—Sylvie dijo que te queda mucho para madurar, pero, sinceramente, Lex, vas tan atrasada a los dieciocho años que no sé si llegarás a hacerlo algún día. Espero que lo consigas, pero…

—Me encojo de hombros. Lo dejo estar y me levanto.

—Jack, no hablas en serio…

Hablo en serio y no hay nada que ella pueda hacer al respecto.

11

Al parecer, la prueba definitiva que necesitan mis padres para demostrarles que estaré bien es salir con «mis amigos» antes de irme a la universidad. No parece un buen momento para señalar que me estoy preguntando si tengo amigos aparte de Finn. Estoy empezando a ver lo superficiales que han sido mis otras relaciones. Casi me hace desear no haberle hecho pasar tan mal rato a Sylvie por todo. Supongo que no ayudaría nada llamarla para decirle que tal vez tenía razón, que tal vez nunca supe lo que era la amistad hasta que me la quitaron.

Pero entonces Kyle me envía un mensaje para avisarme de que hay una fiesta en Saint Charles esta noche, y aunque es la primera vez que alguien de clase me escribe desde el funeral, una parte de mí se ablanda un poco. Una parte de mí se pregunta si me sentiría normal. No es que Finn me acompañara a todas las fiestas. La mitad del tiempo, estaba por ahí asegurándose de que Sylvie no se estuviera provocando un coma etílico en alguna apuesta.

La alegría de mis padres cuando digo que hay una fiesta al

otro lado del río a la que irán unos cuantos del equipo y que he pensado en pasar a despedirme casi hace que valga la pena el esfuerzo. Si puedo hacer creer a mis padres que estoy bien, tal vez con el tiempo pueda engañarme a mí mismo.

Mientras cruzo el puente, pienso en que cada vez que íbamos a Saint Charles, Finn hacía algún comentario sobre la ampliación del aeropuerto y la huida blanca, y yo decía: «Ya, qué asco de gente. ¿Qué le vas a hacer?». Si Sylvie estaba en el coche, hablaban del tema y yo me distraía o me besaba con Alexis si nos acompañaba. No es que lo que decía Finn no pareciera importante, pero éramos críos. ¿Qué tipo de influencia podríamos tener?

Supongo que ya no pienso de esa manera, pero tampoco tengo a nadie que me explique esas cosas.

Podría preguntarle a Sylvie, pero, dados nuestros últimos mensajes, existe la posibilidad de que no me hable.

Cuando llego a la dirección, reconozco la casa. Ya he estado aquí. En una fiesta pequeña donde todos se conocían. Finn, Sylvie, Alexis y yo solo fuimos porque un estudiante de último curso del equipo conocía al anfitrión y nos invitó a ir con él. Para ser una fiesta pequeña, había una cantidad sorprendente de alcohol. En algún momento, bien entrada la noche, un tipo dijo que el policía que vivía al lado volvería pronto a casa después de su turno y que sería divertido si alguna de las chicas tonteara con él.

A pesar de la cantidad de personas, incluido el anfitrión, que señalaron la razón obvia por la que aquello era una mala idea, Sylvie se ofreció voluntaria. Pese a que la mayoría de la gente en aquella casa estaba lo bastante sobria para no permitir que una chica superborracha enfadara al policía, Sylvie y Finn discutieron una vez más sobre si no estaba Finn tratando de controlarla al impedirle hacer algo estúpido. Peor aún, discutieron en los asientos delanteros del pequeño coche rojo de mi amigo mientras me apretujaba en el asiento trasero con Alexis, que estaba enfadada conmigo por algún motivo que yo desconocía.

Cada vez que tenían esta pelea frente a mí, siempre quería señalar que la Sylvie sobria estaba de acuerdo en que, fuera lo que fuese, había sido una mala idea aproximadamente el noventa por ciento de las veces. También quería decirle a Finn que ya debería saber que no podía hacer entrar en razón a Sylvie cuando iba borracha.

«Joder, Finn, déjala dormir la mona», pensaba. Y a veces también: «No puedes convencerla de que sea Autumn, tío». Pero nunca dije ninguna de esas cosas, y ahora no estoy seguro de si debería haberlo hecho.

En fin.

Al menos no habrá recuerdos felices que me atormenten en esta fiesta.

Por suerte, es mucho más grande que la anterior. Lo sé por los coches que hay fuera. Me pregunto si el policía todavía vivirá en la casa de al lado, porque la calle está bastante concurrida y, en el patio trasero, la gente no habla precisamente en voz baja, aunque solo son las nueve.

Mi objetivo es charlar con al menos tres personas cuyos nombres mis padres me han oído mencionar y luego irme a casa. Mañana, cuando me pregunten cómo ha ido, contaré que fue genial ver a Fulanito y despedirme de Menganito, luego diré que voy a mi habitación a hacer las maletas y me echaré una siesta.

Subo los escalones de la entrada y abro la puerta sin llamar, porque ya es ese tipo de fiesta. No veo a nadie que conozca, pero al final del pasillo está la cocina, donde hay cola frente a un barril, y creo que es un buen lugar por donde empezar.

De inmediato, veo a Trevor Jones al final de la cola. Perfecto.

—Hey —lo saludo mientras me acerco, con cuidado de mantener la distancia para que quede claro que no estoy haciendo cola. Tal vez estaba en su mundo, porque Trevor palidece por un momento.

—Hey, Murphy —dice.

—¿Qué hay?

—Nada —responde, como si yo fuera un profesor o un policía—. ¿Todo bien?

—Estoy bien —digo—. ¿Quién ha venido?

—Ya sabes, los chicos y eso.

—Ya —contesto a su vaga respuesta. ¿Acaso Trevor siempre me ha odiado y nunca me he dado cuenta?—. ¿Está Ricky?

—No lo sé, supongo.

La fila avanza.

—Bueno, te dejo que pilles algo de beber. Voy a saludar a más gente.

—¡Genial! —Suena demasiado aliviado. Mira hacia delante y yo me alejo.

Todo el mundo adoraba a Finn. Incluso las personas que en realidad no le caían bien a Finn lo adoraban, porque trataba a todos por igual. ¿Le caía yo bien a la gente solo porque iba con Finn? ¿Aguantarme era el precio que pagar por estar con él?

No me parece eso, al menos no del todo, y no voy a permitir que el extraño comportamiento de Trevor me arruine la noche.

Hay un hueco al lado del pasillo donde están reunidas algunas chicas, y veo que una de ellas me señala mientras susurra algo a sus amigas. Chloe salió con uno del equipo, Seth, durante más de un año, pero lo dejaron después de que Finn la llevara a casa una noche que Seth se negó a irse de la fiesta. Obviamente no pasó nada. Fue un acto de bondad llevarla a casa cuando su propio novio no lo hacía. Pero aquello pareció acabar con lo que Chloe sentía por Seth. Este actuó como si quisiera culpar a Finn, pero nunca pudo encontrar la manera de hacerlo.

Ese es el tipo de recuerdo de instituto con que quiero quedarme esta noche, así que, aunque no tengo ni idea de lo que Chloe le estaba diciendo a su amiga sobre mí, me dirijo hacia allí. Algunas chicas se van corriendo, pero una de ellas se queda.

—¡Heeeeeeeeeeeey! —me saludan ambas a la vez en el mismo tono agudo.

—Hola

Con esos vestidos negros cortos y el mismo maquillaje plateado, de repente parecen las gemelas de una película de terror.

—¿Cómo estás? —pregunta Chloe, mientras su amiga (¿Sara?) asiente a sus palabras.

—No mucho —digo, lo cual no es la respuesta correcta, pero ninguna de las dos se da cuenta. La forma en que me miran es demasiado intensa.

—¿Sí? —responden a la vez, ambas asintiendo.

—Me voy a la facultad a finales de esta semana —pruebo a decir.

Afortunadamente, solo Sara inclina la cabeza hacia un lado mientras ambas me miran con lástima.

—Sí —contesto a la pregunta que no me han hecho—. Aunque tengo ganas.

—Por supuesto —dice Chloe—. Será un nuevo comienzo.

Sara asiente.

—No necesito un nuevo comienzo —digo—. Ni que hubiera matado a alguien.

Una vez que las palabras han salido de mi boca, trato de convertirlas en una broma con una risa, pero eso lo empeora. Como luces estroboscópicas, los rostros de Chloe y su amiga muestran toda una serie de reacciones antes de volver a la lástima.

—¿Un cambio de aire entonces? —pregunta Chloe. Su amiga, que recuerdo que en realidad se llama Steph, no asiente esta vez.

—Nos hemos enterado del entrenamiento —dice Steph-no-Sara.

—¿El qué?

Ellas hacen una mueca a la vez y empiezo a pensar que practican su espeluznante papel de gemelas frente al espejo.

—Ya sabes. Que te presentaste en el entrenamiento.

Chloe me toca el brazo de una manera que pensaba que significaba que una chica estaba coqueteando, pero ahora no estoy tan seguro.

—Sí, eh… —empiezo a decir, pero no quiero explicarles por qué estaba allí. No se han enterado por mí—. Ya sabes —digo—, probablemente tengas razón en lo de que necesito un cambio de aires.

Ellas asienten con entusiasmo.

—Bueno, pues creo que iré a saludar a más gente. —Me sorprende que les cambie la expresión, pero no me importa—. Me alegro de veros —digo mientras me doy la vuelta.

Se oyen muchos gritos en la habitación de al lado, lo que al menos debería ser interesante.

Resulta que ahí es donde está la mayor parte del equipo; Ricky, Jamal y el resto. También un par de nuevos estudiantes de último curso que se habían unido al equipo júnior. Todos están concentrados en Bunny y el videojuego al que está jugando.

No tengo ni idea de cuál es su nombre real, probablemente algo así como Robert o John, pero su apellido es Bunnell, y se hace llamar Bunny desde que lo conozco. No sé si lo admiro por eso o no.

Me detengo al margen de la multitud, deseando tener una copa en la mano o al menos un refresco para ir bebiendo.

—Vamos, vamos —dice Seth una y otra vez mientras Bunny intenta golpear al jefe en su punto débil.

El personaje no le da al monstruo y es inmolado.

—¡Noooooo! —grita Seth por encima de los gemidos de todos los demás.

—¿Es algo personal para ti, Seth? —me río.

Todos se vuelven hacia mí. El milisegundo de silencio corta como el cristal.

—Oh, hola, Murphy —dice Ricky, que suena exactamente igual que en el entrenamiento—. Cuánto tiempo sin verte.

Alguien del grupo lo encuentra gracioso. Alguien más lo hace callar.

—Kyle me habló de la fiesta —digo. Kyle está graduado, como yo—. ¿Lo has visto?

—Eh, no sé.

Ricky está cogido de la mano con Jasmine, quien nunca se habría fijado en él si Finn no hubiera muerto. Jasmine me observa de la misma manera que Chloe y su amiga. Todos los chicos del equipo parecen nerviosos, miran hacia otro lado y hablan en voz baja entre ellos. Olvidado el videojuego, el grupo que había estado sentado en el suelo se pone de pie y se estira. Algunos abandonan la habitación.

—Hey, Murphy, pensaba que no vendrías —grita Kyle detrás de mí. Lleva dos vasos de cerveza en las manos. Le entrega uno a una de las chicas sentadas en el sofá.

—Yo tampoco estaba seguro. Gracias por invitarme.

Estoy intentando averiguar por qué Ricky no me ha dicho que Kyle estaba aquí.

—¿Ya no jugáis? —le pregunta a Jamal.

Este se encoge de hombros y reinicia la partida, pero la sala se ha despejado casi por completo. Están todos en el sofá: Ricky, Jasmine, Kyle y la chica a la que le ha traído la cerveza, además de Jamal y Seth. No hay sitio para mí, así que me quedo de pie.

Estoy casi seguro de que a la gente le caía bien por mi manera de ser. Por supuesto, todo el mundo prefería a Finn, pero eso es lo que se espera del chico más majo del planeta. Siempre me he llevado genial con Ricky, Jamal y Seth. No estábamos muy unidos, pero nos llevábamos bien.

Así que no estoy seguro de a qué viene esto.

Jasmine se inclina hacia delante.

—Y ¿cómo estás, Jack? —pregunta en un tono inquietantemente familiar.

—¡Estoy bien! —respondo, quizá con demasiado entusiasmo—. Tengo muchas ganas de ir a la universidad, cambiar de aires y todo eso.

—Eso te irá muy bien —dice, asintiendo. Solo hemos hablado un par de veces, pero parece tener una sólida opinión sobre lo que necesito—. Un nuevo comienzo.

Estoy a punto de decir: «Ni que hubiera matado a alguien», esta vez a propósito, cuando me doy cuenta de que tienen miedo de morir también si salen conmigo. Muerte por asociación.

Ricky se examina las uñas de la mano libre como si fuera el tipo de persona que se preocupa por un padrastro. Jamal está jugando de nuevo, esta vez con el piloto automático, sin apenas reaccionar a lo que sucede. Incluso Seth está callado.

—Supongo —digo, y Jasmine asiente de nuevo.

—Eres muy valiente —opina.

Kyle, que está sentado al otro lado de Jasmine, le echa un vistazo y luego me mira.

—Oye, ¿por qué nadie me llama valiente a mí? Me mudo a California. Murphy se va al sur de Missouri —dice.

La chica que está al otro lado de Kyle, a la que le ha traído la cerveza, se ríe y va a responder cuando Jasmine la interrumpe, inclinándose sobre Kyle.

—El mejor amigo de este chico…

Y ya estoy harto.

Creo que mi padre llama «despedida a la francesa» cuando no avisas a nadie de que te vas, y eso es lo que estoy tratando de hacer, pero de camino al coche escucho a Kyle gritar mi nombre. Me giro y él corre hacia mí.

—Oye, eh, siento lo que ha pasado. No pensaba que esos tíos se pondrían tan raros.

—No han sido solo ellos —digo—. Creo que me voy a ir.

—Sí, he oído que Chloe ha intentado coquetear contigo.

Se me acelera la mente. ¿Así que estaba coqueteando y, no sé cómo, ya es una noticia veinte minutos después?

—Mira, Finn era un gran tipo y se merecía algo mejor. Y no dejo de pensar en aquella noche, ya sabes, cuando se negó a conducir hasta que me puse el cinturón. Joder. —Kyle se encoge de hombros—. Lo que intento decir es que todo el mundo está asustado. Porque si algo así le pudo pasar a Finn, podría pasarnos a cualquiera de nosotros.

—Ya —digo—. Podría.

Kyle hace una mueca.

—Nadie quiere pensar en eso, así que...

—¿Nadie quiere que el mejor amigo del chaval muerto estropee el ambiente? —aventuro.

—No estoy diciendo eso. —Kyle me mira a los ojos cuando lo dice, pero eso no me hace creerle. Se aclara la garganta—. No quería que pensaras que no le caes bien a nadie o algo así. Todo el mundo piensa que molas, Jack. Es solo que... —Ya ha intentado decir que no está diciendo lo que definitivamente está diciendo.

—No pasa nada, Kyle —digo. Porque así es. Me alegro de que nadie me odie, pero también me alegro de que los muchachos del equipo no sean amigos que me preocupe perder. Le doy una palmada a Kyle en el hombro—. Gracias por la invitación. Buena suerte en California.

Parece aliviado cuando me subo al coche.

A la mañana siguiente, les cuento a mis padres que me puse al día con Kyle y los chicos del equipo y que fue agradable verlos a todos, pero que estoy más entusiasmado con la universidad.

Creo que me irá bien un nuevo comienzo.

12

Parece imposible, pero es hora de irse a la universidad. Terminé de hacer las maletas sin que Charlie tuviera que venir a casa. Antes de que mi madre llegara a sugerírmelo, limpié el coche hasta hacerle la competencia al de Finn y me quedó espacio para todas mis cosas. El plan era conducir yo mismo. Todos mis hermanos fueron a Springfield también, y mi padre ayudó a Joey, Chris, Dave y James a trasladarse a la residencia, pero Matt y Charlie ya conocían el procedimiento, por lo que fueron solos.

De repente, mis padres quisieron venir conmigo. Comencé a protestar, pero luego recordé el aspecto de Angelina cuando le di el botiquín del maletero de Finn, de modo que acepté que vinieran conmigo.

Al final, el viaje ha sido agradable. Mis padres se han turnado durante el trayecto de cinco horas para acompañarme mientras el otro conducía su propio coche. Al principio, en el turno de mi madre y luego el de mi padre, la conversación ha sido un poco forzada. Pero luego nos he relajado y nos hemos divertido. Supongo que no he pasado mucho tiempo a solas con mis padres. Son más graciosos cuando no se machacan el uno al otro.

Ambos sabían que no debían preguntar por Finn. Ambos sabían que la presencia de mi amigo me perseguiría todo el día. Saben que estoy todo lo bien que puedo estar, pero solo porque no tengo que hablar de que iba a mudarse conmigo.

—Te lo juro, a uno de tus hermanos le asignaron esta planta —dice mi madre.

Lleva una caja y sujeta la puerta del pasillo abierta con la espalda mientras mi padre y yo cargamos con las maletas. Hay más gente detrás de nosotros entrando también, y mi madre aguanta la puerta a todo el mundo. Estoy a punto de decirle que se mueva antes de que se quede atrapada ahí para siempre cuando me fijo en los carteles hechos a mano que cuelgan de las puertas de los dormitorios. Parecen estar personalizados según el equipo deportivo que han supuesto siguen sus dueños, probablemente en función de si viven más cerca de la ciudad de Kansas City o de Saint Louis. Parece un movimiento arriesgado por parte de los mentores. Ya estoy temiendo los colores de cualquier equipo no relacionado con el fútbol alrededor de mi nombre. Pero, más que eso, me pregunto si saben que Finn no vendrá.

«¿Quiero ver su nombre o no?», me pregunto. ¿Me gustaría ver alguna evidencia de que, no hace mucho, tenía un futuro o sería simplemente un recordatorio de que el futuro le fue arrebatado hace tan poco tiempo? No tendré elección. Su nombre estará ahí o no.

—Trescientos siete, trescientos ocho —va diciendo mi madre detrás de mí—. Trescientos... ¡Oh!

Hay un chaval mayor en la que se supone es mi puerta, quitando el letrero con el nombre, mal escrito, de Finn: Phinaes. Se gira y nos ve.

—¡Hey! ¡Soy Josh, tu mentor! Tú eres… —Mira la etiqueta identificativa que queda—. ¡Jack! —Se fija en mi expresión y en la de mis padres—. ¡Ha habido una reasignación! No sé si lo sabías. Bueno, en el primer semestre siempre hay una larga lista de espera, así que en breve nos darán el nombre de tu nuevo compañero de cuarto. ¿Te pusiste en contacto con el primero que te asignaron?

¿Cuánto sabe? Quizá no solo los estudiantes de secundaria piensen que los accidentes extraños son contagiosos.

—Sí —digo—. Conocía a Finn. Está muerto. Estos son mi madre y mi padre.

Estas palabras parecen activar su entrenamiento como mentor, porque se arranca con un discurso sobre lo contento que está de tenerme en su planta y toda la saludable diversión que proporcionará la residencia a sus estudiantes. Abro la puerta y reclamo la cama y el escritorio más alejados del pasillo.

Esto es todo lo que va a ayudarme la universidad a seguir adelante.

No pasa mucho tiempo antes de que mis padres logren escabullirse. El pasillo es un gallinero, y Josh no parecía especialmente preocupado por conocerme.

Mi madre empieza a poner sábanas en la cama. Mi padre permanece en el centro de la habitación con las dos maletas a cuestas, esperando instrucciones.

—Coge la tele, George —le indica mi madre sin levantar la vista.

—¿Qué tele? —pregunto.

Mi padre sale pitando.

Mi madre hace una pausa antes de alisar las sábanas.

—Me olvidé de contártelo. El señor Smith vino hace unos días mientras estabas corriendo. Le había comprado un televisor a Finn como regalo para la universidad. Pensó que deberías tenerlo tú.

Coge la almohada y una funda que ponerle antes de mirarme para observar mi reacción. No sé cómo debo sentirme.

—Comentó que desearía haber conocido mejor a Finn. Le conté algunas historias y que fue el amigo más educado y atento que ninguno de vosotros habéis traído a casa. Supe que se moría por hablar contigo. Pero no me lo pidió. —Termina de mullir la almohada y añade—: Y como no me lo pidió, dejé que te diera el televisor.

—No quiero hablar con él —decido.

—Lo sé, cariño —dice.

Mi padre ha regresado cargado con el televisor. Es tan grande que resulta casi alarmante. Un gesto clásico del padre de Finn.

—¿Por qué hace cosas así? —le pregunté a Finn cuando recibió una carta en la que le indicaban que se había contratado un gran bono de ahorro a su nombre. Habíamos terminado de correr y comprobó el buzón al entrar en casa. Una gota de sudor había caído sobre el papel.

—Una prueba de algo —dijo Finn—. Aún no he descubierto de qué.

Una vez dentro, arrojó la carta sobre la mesa del comedor, donde se perdió inmediatamente entre los proyectos artísticos a medio terminar de su madre. Poco más de un año después, su padre lo invitó a cenar en su casa por Acción de Gracias, donde temí que le rompieran el corazón, y tenía razón.

Cabe muy justo, pero mi padre y yo logramos equilibrar el televisor en lo alto de la cómoda. El aparato domina la mitad superior de la pared como un agujero negro. Le doy la espalda y empiezo a preparar el escritorio.

No ha llegado nadie más cuando mis padres proponen ir a cenar, así que una parte de mí espera que el mentor se haya equivocado al decir que hay lista de espera para alojarse en el campus.

Una razón por la que mis padres siguen casados es que son criaturas de costumbres, por lo que no se discute dónde cenaremos. Vamos al mismo restaurante chino con la fuente interior y los leones de Fu de dos metros de altura donde comemos cada vez que visitamos a alguno de mis hermanos. La última vez que estuve aquí, me molestó su incapacidad para hacer cosas distintas, pero ahora mismo, lo conocido me resulta reconfortante.

La comida con mis padres es como el viaje hasta aquí, mejor de lo que esperaba, incluso con los dos juntos. Hablamos de la vez en que Chris me retó a saltar a la fuente y de cuando Matt le pidió el número a la camarera, pero luego se sorprendió tanto de que se lo diera que se asustó demasiado para llamarla.

No discuten en absoluto. De hecho, a mitad de la comida he puesto el cronómetro en el móvil y han batido su propio récord al no discutir durante catorce minutos completos, hasta que han llegado al aparcamiento, donde se han peleado por quién conduciría de regreso a casa. Envío un mensaje con la noticia a mis hermanos: tres de ellos, los más pequeños, piensan que lo del cronómetro ha sido divertido. A los otros tres, los más mayores, les parece una falta de respeto.

Les digo a mis padres que no me acompañen de regreso a mi habitación. Deben irse pronto si quieren llegar a casa antes de medianoche. Mi padre deja el coche al ralentí mientras mi madre baja para abrazarme. Es más un apretón que un abrazo y, cuando me deja ir sin soltarme de los hombros, me pregunto si, por su bien, no debería dejar que me acompañen. Mi madre me mira a los ojos sin decir nada, luego asiente para sí misma antes de dar un paso atrás y sonreírme.

—Vas a estar bien.

—Ya. —Estoy bastante seguro.

—¿Carole? —la llama mi padre.

—Bueno —dice mi madre.

Se sube al coche. Los despido con la mano de nuevo por si están mirando por el espejo retrovisor.

Y luego se marchan.

Soy un adulto solo por el mundo.

Me sorprende sentir como si algo hubiera cambiado dentro de mí o quizá en el aire a mi alrededor. No tengo que volver a mi habitación. Podría ir a algún lugar del campus o subirme al coche y marcharme para siempre. Decida lo que decida, no hay nadie que me detenga. Es mi elección lo que pasará a continuación.

Elijo volver a mi habitación. Quiero estar solo.

Hasta que no veo la puerta parcialmente abierta, aunque sé que la he dejado cerrada con llave, no se me ocurre que tal vez le hayan asignado la cama libre de Finn a alguien de la lista de espera.

Recuerdo haber leído con él la solicitud de alojamiento, donde se decía que respetarían tantas solicitudes mutuas de compañeros de cuarto como fuera posible, pero que era mejor completar el cuestionario de personalidad por si acaso. Yo no lo rellené, y aunque lo hubiera hecho, dudo que lo hubieran tenido en cuenta en una reasignación de última hora de la lista de espera.

Ya hay un nuevo nombre en la puerta. Espero que a Brett le gusten los Chiefs.

Cuando abro la puerta, las tres personas en mi habitación levantan la mirada sobresaltadas.

—Hola —saludo.

El chico sentado en la cama de Finn parece sorprendido incluso cuando su madre da un paso adelante para estrecharme la mano. Cuando le tiendo la mía, veo que tiene lágrimas en los ojos. He interrumpido algo. Su padre ha vuelto a mirarse las manos, que tiene entrelazadas frente a él.

—Somos los Carter —dice la madre—. Y ¡este es Brett!

—Hola —lo saludo—. Encantado de conocerte. Iba a coger mis cosas y darme una ducha. —Está anocheciendo, pero todavía hace un calor infernal y hoy todo el mundo está de viaje mudándose, así que se acepta mi excusa para ser antisocial.

—Bueno, si no te volvemos a ver, ¡que tengas un buen semestre! —dice la señora Carter. Le brillan las lágrimas en los ojos—. ¡Si alguna vez necesitas algo, no dudes en decírnoslo!

—Gracias.

Cojo la cesta con cosas para la ducha que mi madre me ha obligado a preparar antes de irnos a cenar. Me ha dicho que después me alegraría de haberlo hecho, aunque dudo que haya podido prever esta situación exacta. De cualquier manera, se lo agradezco mentalmente mientras salgo corriendo de allí.

Y yo que pensaba que mis padres se habían puesto sentimentales porque me iba de casa...

De repente, estoy agradecido por mi inexpresiva familia. Esto me hace echarlos de menos, en especial a mi madre. Vuelvo a darle las gracias mentalmente, esta vez por no llorar.

«No se está muriendo», ha querido decirles a los Carter una parte de mí. Habría sido un comentario de mierda, así que me alegro de no haberlo hecho, pero es lo que pienso. ¿Angelina daría cualquier cosa por estar en la posición de esa mujer y esta tiene el descaro de llorar? Menuda gilipollez.

Al menos pienso con suficiente claridad como para saber que hay algo extraño en mi reacción, así que, como he prometido, me doy una larga ducha. Escucho a otros ir y venir, pero no se forma cola, así que no abandono mi puesto.

Escucho a dos chicos riéndose juntos. Está claro que son amigos desde hace años.

Aumento la presión del agua, que no es muy buena, pero ahoga el ruido.

Me estoy tanto tiempo que los padres de Brett tendrían que ser muy exagerados para seguir por allí. Tengo los dedos de las manos y los pies como pasas cuando salgo.

No hay silencio en nuestra planta, pero esa es la diferencia entre ir a un concierto y hacer una caminata: el bosque está lleno de ruido y actividad, pero, comparado con un concierto, es silencioso. Se oyen algunas risas y conversaciones, el murmullo de una tele. Aproximadamente la mitad de las puertas están cerradas.

Solo son las nueve, pero espero que este tal Brett esté dormido. Cuando llego a la habitación, decido que tal vez así sea, porque está leyendo el manual del nuevo estudiante.

El folleto grapado estaba sobre nuestros colchones desnudos cuando he llegado y contiene números de teléfono del campus que podría encontrar en internet, reglas sobre el consumo de alcohol y un par de mapas o algo así. El mío está en la papelera, donde cualquier persona en su sano juicio dejaría ese desperdicio de papel.

—Hey —digo.

—Hey. —Brett no levanta la vista.

Perfecto.

Me meto en la cama con mi reproductor de CD y me tapo la cabeza con la sábana. Escucho con los auriculares el álbum de Finn con lo mejor de Tom Petty hasta que la luz que se filtra a través de la sábana se apaga.

Sigo escuchando hasta que me duermo.

13

Y ¿cómo es la universidad?

No sabría decirlo.

En el desayuno, me pregunto qué habría opinado Finn sobre los huevos del comedor, que parecen sacados de unos dibujos animados, o de la pringosa gofrera. Paseando por el campus, pienso que a Finn le gustarían estos árboles. A veces miro hacia arriba y escudriño a la multitud esperando verlo. No sé cómo convencerme de que no es un error: Finn no está en la universidad conmigo.

Aunque si estuviera vivo, seguro que no estaría en la universidad conmigo. En realidad estaría con Autumn.

Qué magnífica pesadilla sería esa.

Eso es principalmente en lo que pienso cuando voy de una clase a otra o mientras como a solas en el comedor, en lo molestos que serían Finn y Autumn si estuvieran aquí juntos.

Después de todos estos años diciéndole que ella no sentía lo mismo por él y que debía olvidarla, habría tenido que dejarlo hablar de Autumn constantemente, al menos durante esas últimas semanas de verano. Cuando hubiéramos llegado a la facultad, ya me habría cansado. Finn habría hecho un esfuerzo consciente para no hablar incesantemente sobre el milagro de que Autumn lo quiera, pero yo habría puesto los ojos en blanco cada vez que se hubiera callado para no mencionarla. En general iría bien y me alegraría por él.

Pero sé que cada vez que le preguntara si quería ir al comedor, él le enviaría un mensaje a Autumn para ver si quería ir. Y la esperaríamos en el vestíbulo, donde mi amigo parecería un cachorro esperando a su dueño y se animaría en cuanto la viese. En el comedor, todo serían miraditas por encima de la mesa y sonrisas secretas.

Me habría alegrado por él, de verdad, lo juro. Si la tensión entre Autumn y Finn era molesta antes, dudo que hubiera mejorado al ser pareja. Es lo que pasa con la tensión sexual entre dos personas: liberarla no implica que vaya a menos. Generalmente crea más.

Cada vez que veo un folleto sobre alguna fiesta para recién llegados o alguna actividad en el campus, me imagino preguntándole a Finn si quiere ir y a él diciéndome que le preguntará a Autumn si quiere acompañarnos. Ella sería la fuerza subyacente detrás de cualquier decisión que mi amigo tomara esta semana. Y me frustraría muchísimo. Al final discutiríamos por eso.

Durante unos días, siempre que no estoy en clase me centro en la pelea ficticia que Finn y yo habríamos tenido por culpa de Autumn si estuviera vivo. A veces me imagino encarándome a él después porque me ha dejado tirado o porque estoy cansado de irme a la biblioteca para que puedan echar un polvo. Obviamente, pase lo que pase, Autumn intenta defender a Finn, pero él siempre le dice que no, que necesita arreglar las cosas conmigo, así que ella se va y nos quedamos los dos solos discutiendo dondequiera que estemos, en el campus o en el dormitorio.

Finn y yo no nos peleábamos mucho, pero lo conozco lo suficiente como para predecir sus argumentos. Diría que la relación aún es nueva y «Ya sabes lo que significa para mí tener la oportunidad de estar con Autumn».

En este mundo onírico donde Finn sigue vivo, yo no habría visto a Autumn llorar. Todavía sospecharía que le había roto el corazón, así que señalaría que era yo quien siempre había estado a su lado, no ella. Y si Autumn lo abandonara otra vez, ¿debería quedarme esperándolo?

Me gusta estar enfadado con este Finn, este Finn vivo que me deja de lado para salir con la chica de sus sueños.

No importa cómo comienza la discusión o cómo decido exactamente que se desarrolla el diálogo, siempre termina de la misma manera: con Finn disculpándose y prometiendo dedicarme más tiempo. Sé que así terminaría todo, porque siempre he sido un buen amigo para él y lo sabe. Lo sabía.

Suelo llorar en la ducha, igual que en casa.

De madrugada, no consigo distraerme imaginando cómo sería todo si Finn estuviera aquí. Por la noche sé que está muerto. ¿O soy yo? Sigo dándole vueltas a la idea, pero es que ¿y si no era realmente Finn? ¿Qué pasaría si alguien de la estatura y el peso de Finn, vestido con ropa similar, se hubiese detenido para ayudar a Sylvie, si hubiera sido él quien puso una mano en el charco con el cable eléctrico caído? ¿Y si fuera él quien estuviera enterrado en la caja gris con la cara quemada y no Finn?

Quizá se golpeó la cabeza, perdió la memoria y se desorientó. Excepto que sé que eso no es cierto.

Otras noches, no imagino que Finn se golpeó la cabeza. Tal vez pensó que había matado a Sylvie, por lo que estaba tan devastado y se sentía tan culpable que huyó y ahora piensa que no podrá regresar jamás porque todo el mundo lo odia. Tal vez incluso tenga miedo de que la policía crea que mató a Sylvie a propósito.

Pero Finn, el futuro médico, corrió a comprobar la respiración y el pulso de Sylvie. Corrió a ayudarla porque, por supuesto, eso es lo que haría Finn.

Incluso cuando logro convencerme de que enterramos por error a otra persona en el ataúd de Finn, sé que mi amigo no dejaría que ninguno de nosotros sufriera así.

Así que Finn sigue sin estar aquí conmigo.

Y no hay mucho más que decir sobre la universidad.

14

Después de mi primera semana de clases, me despierto el sábado por la mañana y decido que necesito encontrar mi ruta para correr. Todos, desde los mentores hasta los profesores y los asesores estudiantiles, dicen sin parar que debemos ser independientes, por lo que nadie nos controla. Sé que se refieren a los deberes y esas cosas, pero ya no tendré al entrenador pegado al culo, y no voy a ser uno de esos deportistas que acaban perdiéndose del todo por ir a la universidad.

Soy el chaval que pasaba el rato en el instituto después de graduarse.

Por alguna razón, solo duermo hasta las ocho, pero es lo mejor, ya que todavía hace bastante calor al mediodía.

Brett el aburrido, como he empezado a pensar en él, todavía está durmiendo. Hemos convivido toda la semana como si una línea invisible dividiera nuestro cuarto después de una discusión que nunca hemos tenido. No estoy seguro de por qué siente tan poco interés por conocerme como yo a él. Puede que tenga amigos en otra planta, porque lo he visto en la sala común cada tarde participando en cualquier actividad que se organice. Hizo a mano una pelota antiestrés, fue una noche al cine e incluso a la clase de cocina con microondas. Es posible que Brett tampoco tenga amigos y asista a esas actividades para conocer gente. Pero, durante el día, no parece que salga de la habitación y nunca lo he visto en el comedor. Las pocas veces que he pasado por el cuarto entre clases, siempre está ahí, casi como si no tuviera clase a la que asistir.

Me ofendería que no levantase la vista ni me saludase cuando entro a la habitación si no fuera porque tampoco quiero tener que pasar por esas formalidades. A veces todavía lo saludo con un «Hey», pero no sé si lo hago para ser majo o para comportarme como un imbécil y señalar lo maleducado que está siendo.

Brett tiene una foto suya enmarcada sobre el escritorio. Es una de esas fotos tontas de los cromos de béisbol, y parece tener unos catorce años. Debe de ser de su temporada estelar.

Así que ese primer sábado en la universidad, dejo a Brett, la estrella del béisbol del instituto, durmiendo en su lado de la habitación y me dirijo al comedor. Como medio panecillo con un poco de zumo y salgo a explorar mi nueva ruta.

La pista alrededor del campo de fútbol es la opción obvia, pero puede que no siempre esté disponible, especialmente durante la temporada de fútbol. Me dirijo hacia el patio, pero no tardo en descartarlo. Hay demasiados árboles viejos en esta parte del campus, lo que significa que las raíces habrán levantado muchos adoquines, y esto implica riesgo de tropiezos. No me habría molestado mucho antes, pero lo mejor sería evitar un accidente absurdo en la universidad.

Después de una vuelta, dejo la sombra de los viejos árboles y paso a una parte más nueva del campus. Las aceras aquí no son simplemente más lisas; también son más anchas, por lo que será más fácil evitar a alguien que pase andando.

No creo que tenga que preocuparme por eso hoy. Durante toda la semana, la gente me ha estado entregando folletos de varias fiestas de bienvenida, oficiales y extraoficiales, que se celebraron anoche. Brett me ha despertado al amanecer, cuando ha llegado a trompicones al cuarto. Parece probable que asistiera a alguna de esas fiestas en lugar de quedarse dormido viendo la tele en la sala común.

¿Habríamos salido juntos anoche Finn y yo?

Solo si Autumn también hubiese venido y no tengo ni idea de qué hubiera querido hacer ella.

Voy por la mitad de un largo camino recto que hará unos quinientos metros. Termina en una plaza frente al edificio más nuevo y da la vuelta por el otro lado para los peatones. Si el otro lado es tan llano como este, esta definitivamente será mi ruta.

¿Saldría Finn a correr conmigo o estaría durmiendo en la habitación de Autumn?

Tampoco sé la respuesta a eso. En realidad, no puedo saber cómo sería todo si Finn estuviera aquí, da igual lo seguro que esté de que él y Autumn estarían insoportablemente enganchados todo el día.

Camino dando largas zancadas uniformes, y con cada paso reconozco que debo intentar dejar de pensar en cómo sería todo si Finn estuviera aquí. Me estoy torturando obsesionándome así.

Aunque una parte de mí no quiere recuperarse.

¿Qué me quedará de Finn cuando el dolor desaparezca?

Segunda vuelta.

No cojo aire suficiente. Debo corregir eso antes de que me dé flato en el costado.

Tengo que dejar de pensar en cómo sería todo si Finn estuviera aquí conmigo.

Siento como si casi pudiera tocar esa realidad en la que él está vivo y compartimos habitación.

«¡Respira, Murphy!».

Tengo la sensación de que, si pienso lo suficiente, cruzaré a ese mundo.

«Demasiado tarde».

Siento el dolor en el costado, justo encima de la cadera, el temido flato.

Aprieto los dientes y sigo corriendo.

«Eso te pasa por no respirar, Murphy».

Todavía conozco muy bien a Finn. Algún día dejaré de hacerlo. Estoy perdiendo un poco de él cada segundo que pasa.

El tiempo me está cambiando.

Nada está cambiando a Finn.

«Sigue respirando para aliviar el dolor».

¿Llegará un día en que piense en nuestra profunda amistad como algo propio de la adolescencia? ¿Recordaré algún día a Finn y me daré cuenta de que han pasado años desde que pensé en él?

«Respira».

No.

No podría pasar años sin pensar en Finn. No importa cuánto tiempo viva, él siempre será uno de los mejores chavales que he conocido.

«Sigue respirando. Puedes hacerlo».

Me duele imaginar que pase un día sin pensar en él, pero seguramente no me dolerá así para siempre, lo que significa que tendré que dejar de pensar en Finn.

«Respira».

O podría encontrar una manera de pensar en él sin que me duela.

No sé cómo hacerlo. Todo lo relacionado con la muerte de Finn es muy duro.

«Sigue respirando».

Entonces recuerdo la mañana del funeral, diciéndome a mí mismo que tenía que hacerlo por Finn. A Angelina, diciéndome que le gustaría pensar que tanto la ropa como las pertenencias de su hijo le sirven al mundo y que Finn querría eso.

Casi fue agradable pensar así en él.

«Respira».

Finn querría que me lo pasara bien en la universidad, sea lo que sea lo que eso signifique.

¿Qué más querría Finn?

El flato está desapareciendo. Voy por la tercera vuelta. Llevo un buen ritmo y necesito mantenerlo. Intento dejar de pensar y concentrarme en mi cuerpo.

«Sigue respirando».

No sé lo que significa pasarlo bien en la universidad. Supongo que alguna combinación mítica de juergas juveniles y estudio. Quizá sea diferente para todos.

Excepto que no sabré lo que es para mí si sigo imaginando que Finn está aquí. Porque no lo está.

Y eso duele.

Pero es la verdad.

«Respira».

En fin.

Por Finn.

Porque él querría que lo hiciera.

Necesito permitirme aceptar su muerte.

«Respira».

Y eso duele.

Pero la verdad duele.

«Tendré que respirar para aliviar el dolor».

15

M e he volcado en mis clases estas últimas dos semanas. Finn habría querido que fuera a la universidad, así que a la universidad voy, maldita sea.

En el instituto, logré hacerme un hueco en el cuadro de honor cada semestre, y aquello fue suficiente para mí. No me preocupé en subir de rango ni nada por el estilo. Sylvie estaba decidida a posicionarse entre los diez mejores, y Finn se unió a ella en ese objetivo mientras compartía en privado su alivio por que no se hubiese propuesto ser la mejor de su promoción.

Me he planificado un horario estricto para la universidad. Me levanto temprano (antes que Brett) y desayuno equilibradamente. Voy a clase, donde tomo apuntes minuciosos y nunca me distraigo. Después de la última clase, me dirijo a la biblioteca. Paso los apuntes a limpio. Subrayo mis libros de texto. Leo los temas por adelantado.

Entre clases, me cuesta más no pensar en Finn. Intento concentrarme en las clases que he escuchado, pero a veces no puedo hacerlo, así que leo folletos mientras camino. Hay un sinfín de ellos colgados por el campus. Folletos que anuncian fiestas, folletos que anuncian películas estudiantiles, folletos que anuncian eventos políticos. Estoy enterado de todo lo que sucede en el campus, y eso que nunca asisto a nada.

A veces veo a Brett aburrido por ahí, en los partidos de disc golf o en los talleres de pintura al aire libre, así que supongo que ha dejado las actividades de la residencia. Sigue siendo un misterio que no quiero resolver, aunque todavía me molesta que él sienta lo mismo por mí, ya que no me ha dado ninguna oportunidad.

A la hora de la comida, me pongo los auriculares para desconectar. Escuchar los discos de Finn no cuenta como pensar en él. Un par de veces, unos chavales se sentaron a mi mesa como si se sintieran mal por verme solo, pero me señalé los auriculares, levanté los pulgares y luego los ignoré hasta que se fueron. Hasta ahora, eso ha funcionado.

Una vez, se sentó una chica y repetí mis ademanes. Solo cuando se fue se me ocurrió que, si lo hubiera pensado un minuto, no habría querido que se marchara. Aun así, no puedo imaginarme detrás de una chica en este momento. ¿Cómo voy a pensar en salir con alguien cuando Finn está muerto?

Suerte que le hice un gesto para que se alejara.

Por las tardes, cuando me voy de la biblioteca, salgo a correr. Tomo la misma ruta desde aquel primer sábado. El camino es fácil y me esfuerzo hasta que no puedo pensar.

Luego regreso a la residencia, me ducho mientras todos los demás están cenando y voy al comedor cuando está casi vacío y es probable que me dejen en paz.

Después de eso es hora de dormir, porque me levanto pronto y tengo un largo día de no pensar en Finn.

Así que ya tengo resuelta la parte universitaria de la universidad.

No estoy seguro del resto.

Es como la chica que se sentó a mi mesa. ¿Cómo puedo pensar en ir a una fiesta o unirme al club de corredores cuando Finn está muerto?

Llamo a mis padres cada dos días. Charlie me lo aconsejó.

—Al tercer día es cuando empiezan a pensar que estás muerto —me dijo.

Mis padres nunca mencionan a Finn, pero mi madre suena preocupada cuando pregunta «¿Cómo lo llevas?». Parecen creer que un nuevo amigo me animaría.

Me pregunta sobre eso cada vez que hablamos. He mentido algunas veces a mis padres y les he dicho que asisto a alguno de los eventos estudiantiles que aparecen en los folletos. Eso los tranquiliza un poco. Parecen decididos a que Brett y yo acabemos siendo amigos, a pesar de que no lo han conocido, a pesar de que les dije que hace todo lo posible para ignorarme. Supongo que tendré que hacer algún amigo pronto, o la próxima vez que mi madre llame enviará a Charlie a hacerme una visita.

Desafortunadamente, hoy sería un día perfecto para hacer amigos.

No tengo excusa para ir a la biblioteca después de clase. He entregado mis primeros trabajos importantes, estoy al día con las lecturas y no hay ningún examen o prueba inminente.

Accidentalmente, me he quedado sin nada que hacer durante un par de días. Tal vez dé una vuelta con el coche y encuentre un parque para salir a correr. A Finn le gustaba variar el terreno.

Así que, después de mi última clase, vuelvo al cuarto para

cambiarme de ropa y hacer una carrera extralarga, ubicación por determinar, como diría Sylvie.

No hay razón para no llamar a mis padres de camino, así que los llamo al fijo.

—¿Hola? —Mi padre siempre contesta el teléfono como si fueras a pedirle un rescate para alguien a quien odia. Probablemente así asuste a los teleoperadores.

—Hola, papá.

—¡Carole! —llama a gritos a mi madre.

Se oye un sonido cuando esta coge el teléfono. Sé que está arriba en su cuarto de costura, que antes era la habitación de James, y mi padre está en su taller del sótano. Creo que lo hacen porque les da una excusa para gritarse el uno al otro incluso cuando no están enfadados.

—¿Jack? —dice mi madre. Probablemente yo sea la única razón por la que hablan ya.

—Hey, ¿cómo va?

—Me alegra que hayas llamado —responde.

Me interroga sobre el tema de la lavandería. Sus palabras y los gruñidos de mi padre me dejan claro que dudan que esté usando ropa interior limpia, pero es verdad. Lavar la ropa es fácil. Lo que da palo es tener que guardarla. Principalmente he estado dejando la ropa limpia en el cesto y amontonado la sucia en el suelo hasta que el cesto está vacío. Como no me pregunta acerca de guardarla, no comparto esa parte.

En nuestra última llamada telefónica, se había preocupado por mi dieta. Es curioso, porque no opinaban al respecto cuando estaba en casa. Ahora que me han perdido de vista, están seguros de que los necesito.

—¿Ya has hecho amigos? —pregunta finalmente mi madre.

—Anoche conocí a un chico de Taiwán. Parecía majo.

Lo conocí en el ascensor. Le gustó mi camiseta de Zelda y hablamos durante unos veinte segundos antes de bajarnos y alejarnos por la planta en direcciones opuestas, pero aun así cuenta.

—¿Brett y tú ya habéis salido por ahí? —insiste mi madre.

—No. —Me alegro de ver la residencia ya, porque así podré colgar pronto—. Ni quiero. Estoy muy bien, familia. Ya veréis cuando salgan las notas de los parciales.

—Las notas no lo son todo —interviene mi padre.

Creo que mi madre y yo nos quedamos en silencio por la sorpresa, aunque yo me recupero primero.

—¿Quién eres tú y qué has hecho con mis padres? —pregunto.

—Bueno, las notas son importantes, pero tu padre tiene razón —dice mi madre. Deben de estar muy preocupados si está de acuerdo con él.

—Estoy bien, en serio.

No estoy seguro de si es mentira o no. Puede que «bien» no sea la palabra correcta para describir cómo estoy, pero mantenerme a flote cuando siento que me estoy ahogando es bueno, ¿verdad?

Es como si mi madre supiera que estoy a punto de decir que tengo que irme.

—Sabes que puedes llamar en cualquier momento, ¿no? —añade.

—Sí, lo se. Estoy bien, ¿vale? Debería colgar. Estoy a punto de entrar al ascensor.

Nos despedimos y, cuando cuelgo, imagino que llamarán a Charlie para que haga las maletas y venga a visitarme.

Cuando bajo del ascensor, se me ocurre que Brett probablemente estará ya en nuestra habitación y no me espera. He seguido mis horarios con bastante exactitud estas últimas semanas. Si se la está cascando, al menos cerraría la puerta con llave. Y la manilla gira, así que…

Está llorando.

Brett intenta fingir que estaba leyendo el libro de texto que tiene en el regazo, pero la foto enmarcada que tenía en las manos hace ruido cuando la coloca nuevamente sobre el escritorio.

Camino hacia mi lado de la habitación como si no se estuviera secando la cara. Dejo la mochila sobre mi escritorio, me recuesto en la cama y miro al techo. Espero a que la respiración de Brett vuelva a la normalidad.

Después de un minuto, digo:

—¿Quieres hablar de ello?

Espero que diga que no. Espero que finja que no estaba llorando. En cambio, dice:

—Perdona por haber estado tan raro.

Le echo un vistazo. Está sentado en su escritorio, de perfil. Coge la foto enmarcada.

—La única persona con la que he compartido habitación ha sido Todd, mi hermano gemelo. Murió cuando teníamos catorce años. —Se enjuga las lágrimas.

Seré idiota…

¿Por qué no se me ocurrió que sus padres tendrían alguna razón para estar tan emocionados por dejarlo aquí? ¿O pensar en que tal vez había una explicación razonable para que tuviera esa foto de la Liga Juvenil?

Me gustaría poder disculparme por la forma en que lo juzgué a él y a sus padres, pero primero tendría que explicar mi imbecilidad.

—Lo siento mucho —digo, y lo dejo así.

—Es una de esas cosas que siempre llevas contigo, ¿sabes? —comenta Brett.

—Ya —respondo.

Puede que haya oído en mi voz que sí lo sé, porque se arranca a hablar apresuradamente:

—He tenido cuatro años para acostumbrarme, pero cada vez que te escucho moverte mientras duermes o levantarte por la mañana pienso por un segundo que eres él. Así que te he estado ignorando. Eres un gran recordatorio de que no está aquí conmigo.

—No, si lo entiendo. —Pienso en contarle lo de Finn, pero no es el momento—. ¿Cómo era Todd? —Lo miro de reojo por si no debería haber preguntado, pero se le ilumina el rostro y me recuerda a Angelina en el velatorio.

Brett me jura que Todd podría haber sido actor. Es consciente de que eran críos, pero si lo hubiera visto actuar, lo entendería. Todd podía encender algo dentro de él y convertirse en otra persona. Hizo teatro juvenil en Kansas City y todo eso. Daba igual cuál fuera el papel, Todd activaba ese interruptor y se convertía en George Gibbs, Mercucio o el Hombre de Hojalata, no importaba.

A Todd también le encantaba el béisbol y quería ser entrenador del nivel que fuera.

—Una vez le pregunté a Todd si quería ser actor —me cuenta Brett—. Se encogió de hombros. Dijo que el teatro solo le gustaba. El béisbol, en cambio, le encantaba. Y quería ser padre, por lo que ser actor podría retrasar eso. —Hace una pausa—. Y yo pensé: «Que tenemos catorce años». A mí ya me parecía una locura preguntarle lo que quería ser de mayor y él me salta hablando de ser padre. —Hace una pausa de nuevo—. Sin embargo, se le habría dado bien. Entrenar también. Tenía una manera contagiosa de alegrarse por los demás. Cuando el equipo ganaba, se alegraba por todo el equipo, y cuando perdían, se alegraba por los compañeros que habían hecho buenas jugadas. —Se ríe—. En el instituto se decía que tenías que ser un verdadero imbécil para odiar a Todd Carter.

Parece que Todd y Finn se habrían llevado bien.

Brett me cuenta lo estúpida que fue su muerte, y coincido con él cuando me lo explica. Volvía a casa con su padre después de entrenar y pararon con el coche en un semáforo en rojo. En la intersección, un borracho chocó contra otro coche, que salió despedido hacia el de su familia, lo que provocó un mal funcionamiento del airbag que le rompió el cuello a Todd.

—Y de repente estaba… —Brett mantiene las manos abiertas mientras se le apaga la voz.

—Muerto —termino por él, asintiendo—. Sin más.

Brett me mira expectante.

—Es gracioso, pero… O sea, no es gracioso en absoluto, pero… —balbuceo—. Esta habitación estaba libre porque mi mejor amigo murió. El mes pasado. —Me noto la cara caliente—. No es lo mismo que un hermano, y menos un gemelo, pero lo entiendo.

De repente tengo lágrimas en los ojos. Al tratar de ser respetuoso con la pérdida de Brett, siento que estoy menospreciando mi amistad con Finn.

Antes de que pueda avergonzarme por estar llorando, Brett dice:

—¿El mes pasado? Tío, me sorprende que no me hayas pegado nada más verme.

Esto me hace reír y llorar un poco más.

—¿Qué pasó?

Luego le explico lo injusta que fue la muerte de Finn, lo cauteloso que fue siempre.

Que se le daba genial el fútbol y que nunca se cansaba de ser amable.

Que había estado enamorado de esta chica toda su vida y que justo había conseguido estar con ella.

Lo llena que estuvo la funeraria.

No es que Brett y yo nos hagamos amigos al instante.

Pero hablamos de que nunca pensamos en la muerte.

De la facilidad con que puede romperse un cuerpo.

Hablamos durante un buen rato. No salgo a correr para ir a comer con él. La pizza está sorprendentemente buena. A Finn le habría gustado esta pizza. Se lo digo a Brett con la boca llena. Y también le digo que no quiero olvidar.

—No lo harás —responde. Me mira directamente desde el otro lado de la mesa, sin comer. Está convencidísimo—. No lo olvidarás. Jamás —dice.

Tengo un nudo en la garganta y me cuesta tragar.

Nos quedamos en silencio después de eso y empiezo a sentirme avergonzado. Apenas conozco a este tipo y casi lloro delante de él dos veces en un día.

Cuando terminamos de comer, recogemos nuestras bandejas y salimos. Hacemos una pausa y miramos a ambos lados antes de cruzar la calle hacia nuestra residencia. En medio del paso de peatones, empieza a hablar.

—Algún día —dice Brett— pensarás en Finn y no te dolerá. No es que el dolor desaparezca jamás. Ya me has visto hoy. Pero a veces, solo a veces, cuando recuerdo a Todd me alegro de haber sido su hermano. Algún día sentirás eso con Finn. Lo sé.

—Gracias —susurro, y volvemos a quedarnos en silencio.

Unos minutos más tarde, cuando entramos en el ascensor, dice:

—Bueno, admítelo. Pensaste que era un imbécil con mi foto de la Liga Juvenil de béisbol enmarcada en mi escritorio.

El pánico debe de reflejarse en mi cara, porque se ríe, lo que significa que yo también puedo reírme.

Como he dicho, no nos hacemos amigos al instante, pero es un comienzo lo bastante bueno como para que mi madre no envíe a Charlie a controlarme.

16

Después de cinco semanas en la universidad, vuelvo a Ferguson. Es el fin de semana anterior al cumpleaños de Finn y siento que es lo correcto.

Cuando llego a la ciudad, me desvío para pasar por delante de su casa. Parece que no han cortado el césped desde que murió. Ha habido sequía, así que podría ser peor, pero alguien tiene que hacerlo antes de que les llegue una citación o algo así. Es obvio que encargarse de las tareas de Finn supera a toda la familia en este momento.

Pero yo puedo encargarme. Lo haré por Finn, no en su lugar.

Mis padres se alegran de verme aún más de lo que esperaba. Hacía años que no se trataban con tanta amabilidad. Quizá es que les va bien pasar tiempo a solas, o quizá es que preocuparse por mí los ha unido.

—Deberíamos ir al museo de arte mañana —sugiere mi madre. Mi padre murmura algo sobre poner gasolina al coche primero, lo que significa que él también vendría.

—Voy a ir a casa de la madre de Finn por la mañana —digo—. Alguien tiene que cortar el césped.

Se produce una pausa y creo que van a protestar, pero los dos sonríen.

—Sería muy amable por tu parte —dice mi madre.

Mi padre comenta algo sobre ver el partido después y ella nos asegura que nos preparará la comida más tarde.

Por debajo de la mesa, les envío un mensaje a mis hermanos diciéndoles que alguien ha secuestrado a nuestros padres y los ha reemplazado por actores que no saben que debían odiarse el uno al otro. Como siempre, solo a los tres más jóvenes les hace gracia.

No he llamado a Angelina primero. Simplemente he cargado el cortacésped de mi padre en el maletero de mi coche y me he pasado por su casa.

He estado mejor las últimas semanas. A veces todavía lloro en la ducha, pero no tanto. Es útil tener un compañero de cuarto con quien puedo hablar si quiero y me entiende cuando no quiero.

Supongo que Brett es mi amigo, aunque no creo que llegue a ser un amigo como lo fue Finn para mí.

Descargo el cortacésped frente a la casa de Finn y enciendo el motor. El familiar zumbido es un agradable ruido blanco. Todavía hace calor, pero no es insoportable. Al final de la calle, un tulipero se está poniendo amarillo.

Solía burlarme de Finn por señalar árboles particularmente coloridos. No sabía que, gracias a él, apreciar el follaje estacional se convertiría para mí en un hábito de por vida.

Mientras empujo el cortacésped, pienso en que las hojas sobre mi cabeza pronto cambiarían de color y caerán, pero él no lo verá. No verá las hojas nuevas en primavera.

Se me ocurre que Finn nunca votará en unas elecciones, locales ni presidenciales. Nunca me había importado la política, pero él esperaba con ansia votar en las presidenciales por primera vez. Ya no parece tan horrible empezar a preocuparse por eso.

Pienso mucho esa mañana. Repaso las promesas que me hice tanto a mí mismo como a Finn y luego hago algunas más.

Cuando casi he terminado, hago una pausa para secarme el sudor de la cara con el antebrazo. Es entonces cuando la veo en la puerta mosquitera.

La saludo con la mano, pero Autumn da un paso atrás.

No la he visto en el porche, pero hay un vaso de agua con hielo en la barandilla.

Ya casi he terminado con el jardín delantero, así que finiquito lo que queda y luego me dirijo hacia allí. Me bebo el agua hasta que el hielo tintinea contra el fondo vacío. Toco el marco de la puerta y la llamo suavemente. Al no recibir respuesta, toco el timbre.

—¿Qué? —dice cuando responde al fin.

Me sorprende tanto su enfado que doy un paso atrás.

—Hola. ¿Gracias? —contesto, tendiéndole el vaso.

Autumn tiene un aspecto horrible, está esquelética. Respira profundamente antes de responder, como si tuviera un peso enorme sobre el pecho.

—Estaba imaginando que era Finny quien cortaba el césped —dice, como si debiese haber sido obvio para mí—. Y ahora lo has estropeado.

—Oh —respondo, porque no hay nada más que decir.

Me quita el vaso de la mano.

—No pasa nada. —Suelta una risa que no es risa—. Solo ayuda un poco. —Cierra la puerta detrás de ella.

Pienso en llamar de nuevo para intentar conversar un poco más o ver si Angelina está en casa para decirle que no creo que Autumn esté bien. Pero no lo hago. Aunque sé que Finn se habría preocupado por ella.

Salgo del porche, recojo el cortacésped y me voy a casa. Veo el partido con mi padre y mi madre se queda con nosotros para comer tacos.

Cuando Autumn vuelve a cruzarme la mente, alejo ese pensamiento de la misma manera que alejo las fantasías de que Finn está vivo. No tengo espacio en la cabeza para su dolor y el mío.

Al día siguiente, vuelvo en coche a la facultad.

No hago lo que Finn hubiera querido que hiciera.

17

Miro fijamente el primer mensaje que he recibido de Sylvie desde que le escribí mientras corría hace unas semanas. Estoy en el descanso entre clases, por lo que tengo poco rato para pasear por el campus, pero me he detenido en seco en la acera. Alguien me insulta mientras me golpea el hombro al pasar, pero lo ignoro y escribo mientras la multitud me rodea.

¿Enterarme de qué?

Sylvie sabía que Finn la había engañado, ¿verdad? ¿Me equivoqué al suponer que se lo habría dicho? ¿Se está dando cuenta ahora?

Ha intentado suicidarse.

Otro tipo choca conmigo por bloquear el camino.
—Perdona —dice una chica.

Es el primer día fresco de otoño. El cielo está despejado y todo el mundo lleva una chaqueta ligera. Ha pasado casi una semana desde que corté el césped de Finn.

Pienso en preguntarle a Sylvie si está segura, pero esa sería una pregunta para Alexis, no para Sylvie. Si ella dice que es verdad, casi seguro que lo es.

No tengo que preguntar por qué.

Tampoco importa cómo.

Por suerte, está viva.

Aun así, siento la molesta necesidad de saber más. Ya no hay gente apurada por llegar a clase, solo alguna que otra persona que deambula por el campus y me esquiva. Pase lo que pase, llegaré tarde. Si me doy prisa, tal vez pueda colarme detrás sin ser visto. Pero la clase puede esperar.

Sylvie responde al primer tono.

—Hola, Jack —saluda, como si no le hubiera preguntado por qué no llevaba puesto el cinturón de seguridad en nuestro último intercambio de mensajes.

—Hola —digo—. ¿Qué le ha pasado a Autumn?

—Ha intentado suicidarse. Ha sobrevivido, pero está en el hospital. —Suspira—. Taylor me lo ha contado. Ni siquiera sé cómo se ha enterado. Ha pensado que me alegraría.

—Asqueroso —digo.

—Sí.

—Pero ¿Autumn está bien?

—Dudo que esté bien, Jack —apunta Sylvie—. Pero está viva.

Ambos nos quedamos en silencio un momento. Se levanta un poco de viento. Veo moverse las hojas. Una nube solitaria pasa de largo.

—Debería haber dicho algo —digo—. Vi a Autumn la semana pasada y me di cuenta de que no estaba bien.

Sylvie resopla.

—Yo tampoco sé si estoy bien —señala—. ¿Tú estás bien?

—No lo sé —respondo—. Pero sabía que Autumn no lo estaba. —Respiro profundamente—. Tal vez estemos mejorando. Cuando vi a Autumn, supe que ella no estaba mejorando. Debería haberle dicho algo a Angelina o a su madre.

Oigo a Sylvie respirar. Todavía estoy mirando las hojas que mueve el viento. Todos los árboles están empezando a cambiar de color.

—¿Por qué me molesta tanto? —pregunta Sylvie—. Que haya hecho eso. Vale, no soy un monstruo como ha pensado Taylor, pero ¿por qué me importa tanto si Autumn Davis vive o muere, joder?

—Porque Finn querría que viviera.

—Ya —susurra Sylvie. Y luego—: ¿Qué pasa si lo intenta de nuevo? Estadísticamente, hay muchas probabilidades de que pase.

—Le diré que no lo haga —sentencio, como si fuera tan simple como eso, pero, oye, igual lo es—. Le diré a Autumn que Finn querría que viviera. —Siento que algo se relaja en mis hombros cuando escucho las palabras en voz alta—. Acabo de volver, pero puedo ir a casa este fin de semana otra vez. Además, mis hermanos y yo hemos hecho una apuesta para ver si puedo conseguir que mi padre vaya al museo de arte.

—Qué cosa más rara —dice Sylvie—. Pero gracias. Te seré sincera: si no te hubieras ofrecido, te hubiera hecho sentir culpable. No creo que Autumn quiera verme a mí.

—Si no me hubiera ofrecido, entonces debería haberme sentido culpable —apunto—. En serio, Sylv, de verdad que debería haber dicho algo cuando la vi el fin de semana pasado.

Sylvie hace una pausa y luego dice despacio:

—Siempre habrá cosas que podríamos haber hecho de otra manera. Lo que importa es lo que hagamos a continuación.

«Fue culpa de la lluvia».

—Sí —respondo—. Tienes razón.

18

Pensé que un psiquiátrico sería un edificio majestuoso al final de un largo sendero y con un gran jardín verde, como en las películas, pero es simplemente otra ala del hospital. Tiene su propia recepción, sala de espera con asientos de vinilo y un dispensador de agua.

Cuando me acerco al mostrador y pregunto por Autumn, el enfermero parece vacilar, como si creyera que debe echarme, pero dice que el horario de visitas comienza en cuarenta minutos. El personal le dará mi nombre a Autumn.

—Te avisaré si no quiere verte.

Hace una pausa para observar mi reacción. Cuando me encojo de hombros, parece satisfecho y sale por la puerta que está detrás del mostrador.

Me siento en una de las sillas a esperar. Es posible que Autumn no quiera verme. Supongo que cabrearme por eso habría sido una señal de que no soy alguien que deba ver a ningún paciente.

Cuando el enfermero regresa, dice:

—Ya estás en su lista de visitas autorizadas, pero aún tienes que esperar otra media hora. —Mira la bolsa que llevo en la mano—. ¿Eso es para ella?

—¿Sí?

—Voy a tener que revisarlo. Y no se le permite tener bolsas de plástico. Te daré una de papel.

Le paso la bolsa y me alegro de haber sacado los condones antes de venir. Hurga en el interior, supongo que en busca de drogas o un cuchillo. Pienso en el hecho de que la bolsa de plástico sea un peligro para Autumn.

El enfermero vierte el contenido en una bolsa de papel y me la entrega. Sonrío y le doy las gracias. Debe de ser un lugar de trabajo tenso.

La media hora pasa rápido, porque trato de averiguar qué decirle a Autumn. La sala de espera se llena de otros visitantes, pero permanece en silencio. Antes de que esté listo, el enfermero nos dice que podemos seguirlo y nos lleva a lo que parece un comedor escolar.

Los demás visitantes parecen conocer el procedimiento, porque cada uno se sienta en su propia mesa. Elijo una y echo un vistazo a la sala. Incluso huele a comedor escolar. Se oye un pitido y un ruido sordo. Se abren una serie de puertas.

Autumn sale con un grupo de extraños. La observo escudriñar las mesas antes de que ella me vea a mí. Permanece inexpresiva mientras se acerca.

—Hola —dice cuando se sienta en la silla de delante.

—Hey —la saludo—. Eh, ¿cómo estás?

Parece un maniquí vestido con ropa holgada.

—Nunca he sabido cómo responder a esa pregunta ni en un día normal.

No me mira a mí, sino por encima de mi hombro, como si la respuesta estuviera en el aire.

—Creo que la mayoría de la gente miente —le digo.

Autumn no sonríe, pero relaja un poco los hombros y empieza a parecer más ella misma, así que continúo:

—La gente siempre responde que está bien. No todo el mundo puede estar bien todo el tiempo. Simplemente fingimos que es verdad.

—Supongo que no se me da bien fingir —apunta.

—Tal vez se te daba demasiado bien fingir.

Autumn inclina la cabeza hacia un lado.

Intento desenredar mis pensamientos.

—Finn comentó que estabas deprimida, pero yo no supe verlo. Nadie en el instituto lo vio. Pensé que él estaba… o que tú eras…

¿En serio voy a decirle que, hasta que Finn murió, pensaba que era falsa?

—Estoy embarazada —suelta Autumn.

Nos miramos fijamente.

¿Qué?

—Perdona. No sé por qué he dicho eso. Me cuesta pensar en otra cosa.

—Y ¿Finn…?

—Por supuesto.

Me echo a reír, lo que probablemente sea mejor que llamarla falsa, pero aun así. Parece confundida y tal vez incluso alarmada, así que trato de explicarme:

—Angelina me pidió que vaciara el coche de Finn y esto estaba debajo del asiento. Compró estas cosas justo antes de…

—Me aclaro la garganta y empujo la bolsa sobre la mesa hacia ella—. Pensé que debías tenerlo. Probablemente debería habértelo dado entonces. Lo siento. —Hago una pausa—. Es una prueba más de que volvía contigo.

Autumn extiende una mano y toca la bolsa, pero no la abre.

—Me he reído porque, bueno, si miras el tíquet, compró unos cuantos… —digo, pero lo dejo estar.

Abre la bolsa y toca las chucherías de una manera que me recuerda a la madre de Finn. Autumn me mira y saca el tíquet. Lo examina y se ríe también.

Luego se sonroja y yo miro hacia otro lado. Cuando vuelvo a mirarla, está acariciando los paquetes de chucherías con ternura.

—Hay un montón de chuches —digo.

—Solo hay un sitio donde las venden. A Finny nunca le gustó esa gasolinera. Solo fue allí para comprarme esto. Tal vez estuvo tratando de evitarlo un tiempo.

—¿Por qué no le gustaba?

—No lo sé. —Autumn hace una pausa, luego coge un paquete y lo abre.

—¿Tal vez pensaba que no era segura por alguna razón? —sugiero—. Ya sabes lo concienciado que estaba con la seguridad.

Autumn se detiene con el palo de caramelo apretado en la mano.

—Nunca vi a Finny de esa manera, pero supongo que tienes razón. —Me quedo sinceramente atónito hasta que añade—: Siempre lo consideré protector.

Tiene sentido que veamos el mismo rasgo de formas diferentes.

—¿Se lo has contado ya a su madre? —pregunto.

Autumn niega con la cabeza.

—Eres la primera persona a la que se lo cuento. Me enteré hace una semana. Todavía estoy tratando de hacerme a la idea. —Moja finalmente el palo de caramelo en el polvo picapica y lo remueve poco a poco.

—Pero ¿vas a seguir adelante y todo eso?

—Sí, quiero tenerlo. Aunque no sé qué haría si Finny estuviera vivo. —Se lleva el caramelo a la boca y mira la mesa. Se ríe, más o menos, y se encoge de hombros.

Está embarazada. Autumn va a tener un hijo de Finn.

Un hijo de Finn.

—Bueno, si vas a quedarte por Saint Louis, cuando esté en casa tal vez pueda ayudar o visitarte. El hijo de Finn.

Autumn sonríe. Ya no parece un maniquí.

—Eras importante para Finny. Voy a necesitar…

Aparta la mirada.

Intento adivinar su respuesta. ¿Pañales? ¿Que la lleve en coche?

—Voy a necesitar gente que cuente historias sobre Finn, y voy a necesitar una copia de cada foto que tengas.

Recuerdo a toda la gente llorando en el funeral. A su madre diciendo que era una prueba de la huella que había dejado.

—Sí. —Empiezo a hacer una lista mental de personas a las que pedirles fotos. A todas las que vi en el velatorio, en la fiesta de Alexis. Es el momento de preguntar a la gente por esas historias. Mientras los detalles estén frescos. Mientras el dolor aún esté fresco—. Sé de algunas personas a las que también puedo llamar —digo—. Y, más adelante, si necesitas pañales o…

—No sé qué necesitaré —me corta Autumn—. Los padres siempre parecen necesitar... de todo...

Vuelve a mirar por encima de mi hombro, como si una lista de artículos para bebés flotara en el aire detrás de mí.

Espero a que termine de pensar. Al ver que no es así, le digo:

—¿Qué crees que pensarán vuestras madres? Quiero decir, la tuya y Angelina.

Autumn niega con la cabeza y mira la mesa que nos separa.

—Se alegrarán. Pero se preocuparán por mí.

—Me lo imagino —digo.

—¡Diez minutos! —grita el enfermero desde el otro lado de la sala, lo que nos hace dar un brinco a los dos.

Ambos nos reímos y nos quedamos en silencio. Parece más viva que al principio de mi visita.

—Pues, eh... —No sé si debería contarle esto, pero algo me dice que Finn querría que Autumn lo supiera—. Sylvie quería que te dijera algo.

Autumn parece incómoda. Se muerde el labio y me apresuro a hablar para que no crea que he venido aquí a gritarle por Sylvie.

—Se alegra de que estés bien. O de que vayas a estar bien.

La expresión de Autumn pasa de la inquietud al escepticismo.

—Quería que viniera a verte —insisto—. Quiere que te mejores.

Autumn me fulmina con la mirada. Si estuviera mintiendo o exagerando, me achantaría. Pero hablo en serio.

—Creo que no lo entiendes. —Estoy enfadado, porque debería entenderlo—. Al igual que tú necesitas mis recuerdos de Finn, la parte de él que te quería seguirá viva mientras tú lo estés, Autumn. Casi nos quitas a todos otra parte de Finn. Así que sí, para Sylvie es lo bastante importante como para pedirme que me asegure de que no estás decidida a acabar con tu vida y con todos tus recuerdos de Finn de forma prematura. Y ahora que estás embarazada... —Me callo. Prácticamente le estoy gritando a una mujer embarazada con tendencias suicidas.

—No volveré a hacerlo —susurra con voz temblorosa.

—Ay, mierda —digo—. No he querido decir...

—No pasa nada. Yo también estoy cabreada conmigo.

—Pero no debería hacerte llorar —respondo.

Miro nerviosamente al enfermero, pero no se ha dado cuenta. Todavía.

Autumn me sorprende echándose a reír en lugar de llorar.

—¿Estás seguro de que Sylvie todavía querrá que viva cuando se entere de que voy a tener un hijo de Finny?

—A ver, no creo que vaya a organizarte una *baby shower* ni nada por el estilo, pero tampoco es un monstruo. Así que sí, cuando Sylvie acabe enterándose, querrá que estés sana y feliz. —Me encojo de hombros—. Pero que sepas que hay mucha gente que se preocupa por ti. Y todo el mundo, cada puta persona que quería a Finn quiere que tú también estés bien, ¿vale? Incluso si le pasara algo a este bebé. Cuídate.

—Vale —susurra.

—¡Tiempo! —grita el enfermero.

—¿Lo prometes?

—Lo prometo.

Cuando me abraza para despedirse, no lo siento como un adiós. Es como abrazar a Finn. Ahora sé que Autumn será parte de mi vida durante mucho tiempo.

Solo me doy cuenta mientras conduzco de vuelta a casa: he estado pensando en Finn y, por primera vez desde la llamada de Alexis aquella mañana, no me duele.

Estoy muy muy agradecido de que Finn viviera y de haber podido quererlo. De que él mismo llegara a querer y ser querido.

Y de que aún lo quieran.

autumn

1

No querer estar muerta no es exactamente lo mismo que querer estar viva. Hay un espacio gris en el medio donde sabes que debería estar el deseo de seguir respirando, pero solo hay apatía. Ese es el espacio que ocupo yo.

Hay una parte de Finny dentro de mí que debo mantener viva, así que el resto, como respirar, tengo que soportarlo.

Desde que me dieron de alta del hospital, hace seis días, me levanto de la cama, me ducho y hago tres comidas completas que a veces no vomito. ¡Cada día! Pensaba que esto sería suficiente.

Después de casi un mes en el hospital, creía que, cuando volviera a casa, podría limitarme a no intentar suicidarme. Pero no. Parece ser que estar gestando un humano no demuestra mi voluntad de vivir.

Por eso estoy en esta horriblemente estrafalaria boutique de bebés.

Sé que la tía Angelina también piensa que este lugar es horrible, pero no podemos echarnos atrás ahora. Ella y mi madre han venido a verme esta mañana para decirme que ducharme y vestirme está muy bien, pero que les preocupa que no muestre mucho entusiasmo por el futuro.

—El bebé todavía no me parece tan real —he protestado—. Probablemente me ilusione más adelante.

—Ni siquiera estábamos hablando del bebé —ha respondido mi madre.

Estaba de pie en medio de mi habitación con las manos entrelazadas frente al cuerpo y un aspecto extrañamente infantil para estar a punto de ser abuela. Angelina estaba apoyada contra mi cómoda de una manera que me recordaba tanto a él que ni siquiera puedo expresarlo.

—Tienes que mostrar entusiasmo por algo, muchacha —ha dicho la tía Angelina—. No has tocado un libro desde que llegaste a casa.

—¿Esto es porque anoche no quise repartir caramelos a los que iban pidiendo dulces?

Estaba sentada en mi cama (¡no dentro de la cama!). Me había tomado mis vitaminas prenatales. Quizá querían que me entusiasmara con eso.

Mi madre se ha sentado a mi lado.

—Esto nos supera a todas. Debemos intentar centrarnos en lo bueno. Si aún no parece real, hagamos que lo sea.

Así que he esbozado una sonrisa y he dicho:

—Vale.

Y aquí estamos ahora, en una tienda de bebés elegida por mi madre.

Cuando hemos llegado, una vendedora nos ha mirado a las tres: la tía Angelina con su ropa hippy, yo con una camiseta descolorida y tejanos rotos, y mi madre con su traje de Chanel y un bolso caro. En lugar de intentar averiguar cuál de nosotras estaba embarazada, se ha centrado en mi madre, una decisión inteligente por su parte. Aun así, nos ha entregado un reluciente folleto a cada una, como si la tienda fuera un evento al que hemos asistido.

Al parecer puedes tener diferentes tipos de bebés. Están los bebés modernos, que viven rodeados de suaves superficies de madera y solo visten de beige, gris o blanco; los bebés graciosos, que visten camisetas llamativas con frases irónicas y llevan chupetes con forma de colmillos vampíricos o bigotes; y los bebés hippies, con sus juguetes de madera que solo comen o visten fibras naturales, también en beis, gris o blanco.

Quizá haya otros tipos de bebés, pero esta tienda parece atender solo a esos tres.

—Hoy solo hemos venido a divertirnos —canturrea mi madre—. Escojamos algunas cosas que nos hagan ilusión.

La vendedora mira a su alrededor. No estamos de humor para que nos suelte todo el discurso, así que vuelve a colgar adornos navideños que debería ser demasiado pronto para colocar.

Con toda confianza, mi madre nos lleva a la tía Angelina y a mí a la sección de recién nacidos y comienza a pasar las pequeñas perchas, así que la imito.

No es posible que los bebés sean tan pequeños. He visto bebés y ninguno era tan diminuto.

Recuerdo haber cogido a la hija de Angie en el hospital. ¿Era de este tamaño? Cierro los ojos y trato de recordar la sensación, su peso, no excesivo pero sí bien firme, y luego me volví hacia Finn y...

Ay, madre.

Todo se detiene. La boutique desaparece. No tengo ningún bodi en la mano. Estoy sentada en aquella cama de hospital con él, y Finny me quiere, pero yo no lo sé.

¿Cómo podía no saberlo? Es tan estúpidamente obvio ahora que quiero gritarnos, pero no puedo. Nos dijimos todas esas cosas aquel día, y aunque cada palabra fue un «Te quiero», al mismo tiempo no lo fue. Y no puedo cambiar eso. No puedo cambiarlo. No puedo, no puedo, no puedo, no puedo... Ay, madre.

—Realmente son así de pequeños —dice la tía Angelina, y regreso a la tienda. Finny está muerto. Sigue estándolo. Solo en mi mente ha vuelto a estar vivo un segundo.

Miro el bodi con lunares azules que tengo en la mano.

—Estaba pensando que un recién nacido no puede tener este tamaño.

—Crecen rápido —responde mi madre—. No necesitas muchas prendas de recién nacido. Unas semanas más tarde, es un bebé completamente diferente.

Se produce una pausa. Mi madre, Angelina y yo nos observamos. Si Finny estuviera vivo, nuestras madres comenzarían a recordar cuando éramos bebés.

«¿Es seguro?», nos preguntamos entre nosotras, a nosotras mismas. Sobre todo me lo preguntan a mí, pero mi madre y la tía Angelina también tienen sus momentos.

—Aun así, necesitarás más de lo que crees —sentencia la tía Angelina, prosiguiendo con la conversación—. Es sorprendente la cantidad de veces que hay que cambiar de ropa a los bebés.

Bebés. No Finny cuando era un bebé.

Mamá me quita el bodi de lunares y lo añade al montón que lleva en los brazos.

—Siempre se vomitan sobre los bodis más bonitos —dice.

Nuestras madres ya no están seguras de la excursión. La mía mira a la tía Angelina y la preocupación traspasa su aplomo normal. Pero yo ya no estoy prestando atención.

Cuando mi madre ha mencionado el vómito, he empezado a pensar en que hace tiempo que no vomito, lo que hace que mi cuerpo diga: «Es verdad, buena idea». Antes de que pueda preocuparme por Angelina, necesito encontrar un lugar donde devolver mis huevos con salchichas.

Ya puedo saborearlos cuando salgo de la boutique y corro hacia un cubo de basura del centro comercial.

Pensé que esto se había terminado. Llevaba dos días sin vomitar.

Doce horas sin llorar.

Apenas llego, pues los tropezones salen despedidos en arco mientras me inclino sobre el cubo de basura.

«Finny estaría orgulloso de mí por esto», pienso cuando vuelven las arcadas.

«Cada vez tienes más puntería vomitando, Autumn», me diría.

Oigo su voz, de veras que escucho cómo lo dice.

No. En realidad no creo que sea él, aunque hubo un tiempo en el que acaricié la idea. He aceptado esta nueva realidad sin Finny, pero no puedo evitar pensar en él. Y cuando lo hago, ahí esta.

Mi Finny.

«Autumn».

Jadeo entre arcadas. Me duelen los músculos abdominales de formas nuevas y misteriosas, incluso cuando no estoy vomitando.

—¿Autumn?

—¡Estoy bien!

—Tengo una botella de agua en el bolso —dice la tía Angelina.

El agua me parece fantástica y espero que mi cuerpo me deje beberla pronto. Respiro entrecortadamente, pero no me muevo del cubo de basura.

—¿Dónde está mamá?

—Comprando el bodi que llevabas en la mano. Y otro centenar de prendas carísimas. No te preocupes, hija. Te llevaré a tiendas de segunda mano y te compraré ropa de bebé de la que no tendrás que preocuparte.

Me levanto y respiro de nuevo, observando cómo responde mi cuerpo. Me siento como el capitán de un barco en medio de una tormenta, pidiéndole a la maltrecha embarcación que se mantenga firme y surque las olas.

La tía Angelina me pasa la botella y sonríe.

Menos mal que no se parece mucho a Finny. Su sonrisa es diferente, tiene el pelo más oscuro y la barbilla más afilada. Lo veo en ella, pero podría ser mucho peor.

Como su forma de comportarse, con un estoicismo constante.

—¿Mejor? —pregunta.

—¿Qué pasa si no paro de vomitar nunca? He leído que le ocurre a algunas mujeres.

Ella se encoge de hombros.

—Entonces estarás otros seis meses vomitando y será un asco.

—No creo que pueda hacerlo.

Me enjuago la boca con el agua.

—Podrás y lo harás, porque tendrás que hacerlo, pero probablemente no te pase —dice la tía Angelina—. Ser madre implica perder el control y luego sobrevivir.

Escupo en el cubo de basura y tomo un sorbo de agua, pero todavía siento la garganta en carne viva.

—Eso hace que la maternidad parezca un auténtico horror.

La tía Angelina me abraza.

—Vale la pena —responde.

Se me revuelve el estómago, pero no tiene nada que ver con el bebé. La estrecho con más fuerza.

—Perdona. No debería haber dicho eso —susurro.

—Sigue valiendo la pena, Autumn, aunque mueran.

Se me revuelve el estómago de nuevo, pero ella me suelta y me sonríe con tristeza.

Un guardia de seguridad se acerca y pregunta si necesitamos ayuda o una ambulancia. No está entusiasmado con el uso que le he dado al cubo de basura y señala un baño al otro lado del patio, como si eso hubiera ayudado. Mi madre sale con las bolsas de la tienda. El guardia me mira la cintura antes de coger su *walkie-talkie* y llamar al servicio de limpieza.

Mi madre describe cada uno de los conjuntos que ha comprado con tanto detalle que, para cuando llegamos al coche, ya casi no hace falta que revise las bolsas. Pero lo hago para poder darle las gracias por todos ellos mientras volvemos a casa. La conversación cubre el vacío en nuestra aventura, la falta de la ilusión que esperaban despertar.

Todo lo que tiene que ver con este bebé corrobora el hecho de que Finny no está aquí.

Para las tres.

Sin embargo, queremos hacer esto. Yo quiero.

Finny querría esto.

Pero eso no hace que llevarlo a cabo sin él sea más fácil.

Así que aquí es donde vivo, en un lugar donde cada tono de alegría, atenuado por el gris de una existencia voluntaria, debe cubrir la oscuridad de la muerte de Finny.

2

—**E**s fantástico —dice Angie, levantando la vista de Guinevere para sonreírme. Tiene el rostro luminoso, pero ensombrecido por el cansancio.

No tenía pensado contárselo tan inmediatamente. Apenas hemos hablado en meses, pero en cuanto le he visto esa cara redonda y su figura menuda, me ha dado un vuelco corazón y me ha invadido una sensación de seguridad.

Supongo que llevo un tiempo sin estar con un amigo.

El pequeño apartamento del sótano está repleto de la vida de tres humanos y sus zapatos. Estoy sentada en el borde del sofá a cuadros de segunda mano, que está cubierto de ropa desdoblada. Angie está en el suelo, poniéndole a Guinevere un bodi con la frase «Mi primera Navidad», a pesar de que estamos a principios de noviembre. Le abrocha el último botón y me mira.

—Es fantástico que estés embarazada, ¿verdad? —Se sienta sobre los talones.

—Está bien —respondo. Parece que esté hablando de la comida en un restaurante que no ha sido exactamente lo que esperaba—. Da miedo —añado, pero todavía sueno como si estuviera hablando de mayonesa.

—¡Es aterrador! —canturrea Angie mientras le hace cosquillas en la barbilla a Guinevere. Coloca a la bebé boca abajo en un cuadrado de luz solar que entra por la pequeña ventana—. Y no para. Lo siento.

—¿Qué no para?

—La maternidad no para de dar miedo.

Angie se ríe. Yo no.

Estira los brazos por encima de su rubia cabeza y gime. Bosteza y parpadea.

—Levántate y deja que te mire —me dice.

Yo lo hago y ella asiente con gravedad.

—Se te nota —apunta—. Lo veo totalmente.

—Qué va, apenas lo siento, Ang. —Llevo el botón de los tejanos desabrochado, pero la cremallera me cierra.

—Yo lo noto —insiste—. ¿Cuándo sales de cuentas?

—Primero de mayo —respondo.

Angie sonríe y bosteza de nuevo.

—Sí, a la tía Aut se le nota la barriguita, ¿verdad, Guinnie? —Se tumba en el suelo con un gemido—. Lo siento, Autumn. Estoy tan cansada...

—No pasa nada. Yo también estoy cansada —respondo.

Me siento en el sofá y la observo arrancarle una sonrisa a su hija. Nuestras madres estuvieron encantadas cuando les dije que había hablado con Angie y que necesitaba que me llevaran a su casa. Me alegro de verla. Es raro verla como madre.

Angie tiene una confianza que me pasma. La noté por primera vez en el hospital el verano pasado, pero ahora es más pronunciada. Cuando me ha abierto la puerta, llevaba a la pequeña en la cadera y, después de abrazarme e invitarme a entrar, me ha dicho:

—Perdona. Le he tocado la frente y tengo que ponerle algo más calentito.

Y así lo ha hecho.

—¿Eso que has dicho hace un minuto de tocarle la frente es un truco o algo así? —le pregunto.

—No, simplemente no me ha parecido que tuviera la cabeza lo bastante caliente.

—¿Cuánto es lo bastante caliente?

—Como está normalmente. —Bosteza de nuevo—. Perdona. Suele dormir casi siempre toda la noche. Pero cuando no…

Espero a que diga algo más, pero no lo hace. Echo un vistazo a la habitación, y me fijo en la cuna y la cama de matrimonio. Me pareció que había mucho más espacio cuando la visité hace un año, cuando todavía estábamos en el instituto.

—¿No es extraño —empieza a decir Angie— pensar en la última vez que estuviste aquí? —Se queda mirando el techo.

—Han cambiado muchas cosas desde entonces —decimos a la vez, y luego nos reímos.

—Sé que te envié un mensaje —añade Angie—, pero quería decirte en persona que siento lo de Finn.

—El bebé es suyo —digo.

Angie se ríe tan fuerte que se tapa la boca. Me sobresalta de tal manera que el dolor al pensar en Finny se corta.

—Claro, por supuesto que sí —responde, y suelta una risilla—. O sea, ¿de quién si no? —Se sienta y me mira.

Levanto las cejas.

—Hay quien pensaría en Jamie.

Angie niega con la cabeza.

—No ibas a hacerlo jamás con Jamie. Eso lo sabía todo el mundo.

—Lo habría hecho —digo—. Si no me hubiera engañado.

—Qué va. —La voz de Angie suena tan rotunda como segura cuando habla de su hija—. No había eso entre vosotros.

No puedo discutírselo, pero tampoco me gusta que vea algo en mí que ni yo sabía. Si para ella era obvio que nuestra relación no estaba destinada a durar, muy tonta debí de ser para pasarlo por alto.

—Pero ¿cómo has sabido que era de Finny? —pregunto—. Hace meses que no nos vemos. Podría haber conocido a alguien nuevo.

—Para nada.

—No veo qué tiene de imposible —me quejo, aunque no sé por qué.

Angie se levanta del suelo y se sienta a mi lado en el sofá.

—En el hospital, cuando nació Guinnie, era obvio que algo había pasado ya entre los dos —dice, pero niego con la cabeza.

—Entonces solo éramos amigos.

Angie pone los ojos en blanco con tanta fuerza que parece doloroso.

—Vosotros nunca fuisteis solo amigos, Autumn, y lo sabes. —Me observa y añade—: Todo el mundo lo sabía, eres consciente, ¿verdad?

—No sabía que hubiera algo que saber —digo, aturdida.

—¿No sabías que le gustabas a Finn Smith? —pregunta, como si le estuviera diciendo que no sé mi apellido.

«¿En serio no lo sabías?», me preguntó él aquella anoche.

—Pensaba que nunca hablabas de ello porque te daba vergüenza —señala Angie.

—¿Vergüenza por qué?

—Bueno, durante años pensé que te avergonzabas porque él era como un hermano para ti o algo así. Pero luego empecé a darme cuenta de que los dos hacíais esa cosa de los animales.

—¿El qué?

—¿Alguna vez has visto a un animal ver a otro animal?

—¿Que si he visto alguna vez a un…?

Angie levanta ambas manos para hacerme callar.

—¿Recuerdas al perro que tenía en casa de mis padres, Bowie? Cada vez que lo estaba paseando y veía a otro perro, se quedaba muy quieto y el otro perro también. Era como si pudieras ver los millones de pensamientos que les pasaban por la mente. Y de repente, querían pelearse o jugar. Cada vez que Finn Smith y tú os veíais, en el instituto o en el centro comercial o lo que fuera, os quedabais quietísimos una fracción de segundo. Y luego tú te movías y hablabas de nuevo, pero era como si una parte de ti todavía estuviera paralizada, esperando a que la otra persona hiciera algo.

Me avasallan los recuerdos, un montaje sin música. Finny. Mi Finny. No puedo hablar. Aunque Angie no parece esperar que lo haga.

—Al cabo de un tiempo, pensé: «Bueno, romperá con Jamie y se quedará con Finn» —dice—. Pero no fue así. Pensé que tal vez vuestras madres no querían que salierais o algo así.

—No —susurro—. Simplemente no sabía que existía la opción.

—Qué pena, la verdad —reflexiona Angie con suavidad—. Pero está claro que pasasteis algo de tiempo juntos. —Señala mi abdomen con la mirada.

—Un día. O más bien media noche y luego un día.

«Oh, Autumn». El peso, el olor de Finn…

—Mierda —dice Angie.

—No sé si puedo seguir hablando de esto —confieso.

Ella asiente, luego se acerca y me abraza. Me relajo. Al igual que al verla, no me había dado cuenta de cuánto lo necesitaba hasta que ha pasado.

Cuando Angie se aleja, mira a su bebé.

—He... he... he estado un poco sola, Autumn.

—¿Sí?

—Sí.

Guinevere se está incorporando sobre los codos. Ambas la miramos.

—¿Qué pasa con Dave? —No puedo llamarlo «Dave el Pijo» ahora que es padre. No parece correcto.

—Cuando no está en el trabajo, está en clase, y cuando está en casa, necesito que cuide a la peque para poder tener un minuto para mí, porque, no sé cómo, aunque me siento muy sola, nunca lo estoy. —Mira a su hija y luego a mí—. Mierda, te estoy asustando, ¿no?

—No es que no estuviera asustada antes —digo—, pero pensaba que tú lo habías conseguido. La situación perfecta de madre adolescente.

—No creo que exista tal cosa —contesta Angie—. La esencia misma del trabajo es… —Mira hacia el techo—. Es mucho, Autumn. Vale la pena, pero es mucho. Lo entenderás.

La gente no para de decirme eso. Nadie me da más detalles. No me molesto en preguntarle a qué se refiere. Miro a la bebé hacer flexiones en el suelo y cuento los meses. Tiene cinco meses. Dentro de un año tendré un bebé un mes más pequeño.

Pensaría que eso es imposible si no fuera por lo mucho que ha cambiado todo en un año.

—¿Te has visto con los demás? —pregunto.

Angie no responde al principio. Le echo un vistazo; tiene los ojos cerrados y, por un momento, creo que se ha quedado dormida mientras estaba sentada, pero luego habla:

—Al principio, todos me enviaban correos electrónicos o me llamaban desde la facultad una vez a la semana y yo pensaba: «Genial. Me parece lógico». Pero luego pararon. —Vuelve a hacer una pausa. Todavía con los ojos cerrados—. Y me digo a mí misma: «Yo también estoy ocupada. Todos estamos pasando por lo nuestro. Haciendo cosas nuevas». Y sé que pasaremos el rato cuando vuelvan a casa por Navidad, pero supongo que ya sé que no será lo mismo. Porque yo no soy la misma. Y ellos no serán los mismos, pero al menos serán distintos en el mismo sentido. —Respira hondo y abre los ojos.

Asiento. Todo lo que ha dicho tiene sentido, pero no sé qué decir al respecto.

—Espero que no tengas la sensación de que disfruto con tus desgracias —añade Angie—, pero me alegro de tener una amiga a punto de saber lo que es ser madre.

Ha sonado así, pero sé que, si lo digo en voz alta, Angie solo me asegurará que la maternidad vale la pena y que ya lo entenderé.

Vuelve a bostezar, se frota la cara y mira a su hija. Guinevere se ha quedado dormida sobre la alfombra de juego y Angie se alegra. Se lleva un dedo a los labios.

—¿Debería marcharme? —pregunto en un susurro.

—No, y puedes hablar con voz normal siempre que no hagas ruido. Tiene el sueño profundo. Tengo suerte.

—Vale.

—Bueno, y como con lo de Finn —empieza Angie mientras toquetea la tapicería—: sé que lo dije en mi correo electrónico de julio, pero no tenía ni idea de lo de Jamie y Sasha.

—Te creo —digo. No tengo motivos para no hacerlo y quiero que sea verdad.

—Cuando me contaron que eran pareja, me cabreé un montón. Intenté decirles que eran unos amigos de mierda, pero no paraban de repetir «¡Lo sabemos! ¡Lo sabemos!» y hablaban de lo mal que se sentían.

—Deberían sentirse fatal —sentencio.

—¡Eso es lo que dije yo! —exclama, y ambas miramos a la bebé, que ronca un poco—. Eso es lo que dije yo —repite Angie en un susurro—. Que deberían sentirse mal. Me quedaban un par de semanas para dar a luz, por lo que fue fácil evitarlos. Pero luego, en el hospital… Bueno, dijiste que no querías hablar más de esas cosas. —Me mira—. En el hospital, te vi genial, pero luego me fui a casa con la peque y, bueno… —Angie se muerde el labio.

—¿Qué?

—Me siento mal por haber dejado pasar tanto tiempo sin hablar contigo —admite—. Debería haberte llamado primero.

—No pasa nada. —No le he contado lo de mi estancia en el hospital, pero algo me dice que ya lo sabe. No estoy lista para hablar de eso todavía—. Bueno, y cuando los demás te contaban cosas, ¿qué tal? —pregunto con mi tono más informal—. ¿Cómo les iba?

Angie me cuenta que Brooke y Noah tuvieron más dificultades de lo esperado con su ruptura planeada, pero lo último que supo es que ambos se alegraban de haberlo hecho. Nos reímos de que Noah se haya unido a una fraternidad. Brooke tenía una gran cita para Halloween, pero Angie nunca supo cómo fue.

—Sasha me contó que no respondiste a sus correos electrónicos ni a los mensajes de Jamie ni nada —dice Angie—. Así que no sé si quieres saber cómo les va.

—Oh. —Me encojo de hombros—. Tengo como ganas de enterarme. No querer que me lo cuenten ellos no es lo mismo que no querer saber de ellos. Cuando digo que no los he perdonado, quiero decir que ya no los quiero en mi vida, no que les desee ningún mal.

—Lo último que supe es que estaban bien, que seguían juntos. —Y añade—: Pero eso es fácil en un lugar nuevo donde no conoces a nadie más.

Busco un rastro de dolor en lo más profundo y no lo encuentro.

Excepto por los recuerdos de la época posterior a cuando me engañaron, esa última primavera en el instituto.

Si lo hubiera sabido…

Ojalá lo hubiera sabido.

Las cosas habrían sido diferentes.

Eso todavía duele.

Esa parte no puedo perdonarla.

Durante mucho tiempo, imaginé un escenario en el que

descubría que Jamie me había engañado con Sasha, rompíamos y yo empezaba con Finny, y toda la trayectoria de nuestra vida era diferente. Ni siquiera puedo predecir dónde estaríamos ahora si la primavera pasada hubiéramos sabido que estábamos enamorados.

—¿Autumn? —pregunta Angie—. ¿Estás bien?

—Perdona —digo—. Estaba distraída.

—Parecías triste.

—Estaba pensando que ojalá me hubiese enterado de que se acostaron cuando sucedió en lugar de semanas después, porque tal vez Finn y yo… —Me encojo de hombros una vez más—. No tiene sentido pensar en ello, pero me cuesta no hacerlo.

Angela asiente.

—Sé cómo te sientes. —Mira a Guinevere, que está dormida en el suelo. El sol se ha movido y la habitación está más oscura—. Me alegro de tenerte aquí, Autumn. Por favor, no…

Y entonces sé que sabe que estuve en el hospital, porque le cuesta encontrar las palabras adecuadas.

—… nos dejes —termina.

—No lo haré —le aseguro—. Durante un tiempo pensé que quizá era mejor estar muerta, pero eso fue antes del bebé.

Angie sigue mirando a su hija.

—Necesitarás más que eso —murmura.

—¿Qué?

—Lo… lo siento. —Me mira—. Es mejor estar viva, Autumn. Por favor, no vuelvas a olvidarlo, ¿vale?

—No lo haré —respondo, y luego añado para distraerla—: Deberías contarme la historia del parto otra vez.

—No quiero asustarte —dice, pero luego se lanza a relatármela.

Cuando mi madre pasa a recogerme, cuarenta minutos después, sé mucho sobre episiotomías. Ojalá no supiera cuál le practicaron, la verdad, pero ahora que lo sé me parece importante estar bien informada. Voy a tener que hacer un viaje a la biblioteca.

—¿Cómo ha ido? —me pregunta mi madre mientras me abrocho el cinturón de seguridad.

—Bien —digo—. Ha sido agradable ver a Angie y a Guinevere.

—¿Os habéis puesto al día?

—Más o menos. Han pasado tantas cosas… Casi más de las que podíamos contarnos. —Hago una pausa—. Se la ve diferente. No en el mal sentido, pero es como… —Me cuesta encontrar las palabras y no estoy del todo satisfecha con las que me salen—: Es como si estuviera segura y resignada al mismo tiempo.

Mi madre me sorprende asintiendo.

—Parece que se está adaptando.

Cuando detiene el coche en una intersección, la pillo mirándome.

—¿Ha hecho que parezca más real? —pregunta—. ¿Ver a la bebé?

—Un poco —respondo—. De una manera abrumadora.

Ella asiente. No hay nada que decir o hacer para que esta situación sea menos abrumadora. Entonces me sorprende con lo que dice a continuación:

—¿Sabes, Autumn? Si Finny estuviera vivo, te pediría que pensaras en lo que quieres más que en lo que él quiere. Y yo debería decirte que lo hagas ahora también.

Respira profundamente y me alegro de que estemos aparcando en el camino de entrada por si se pone a llorar.

—¿No quieres que lo tenga? —pregunto.

Apaga el motor.

—Yo quiero que tengas este bebé más que nada —dice—. Pero debes quererlo tú, Autumn. Tú tienes que quererlo más que nada. En especial como madre soltera. —Se desabrocha el cinturón de seguridad y se vuelve hacia mí—. Angelina y yo os daremos todo el apoyo del mundo, y no exagero. Pero debes quererlo tú y hacerlo por ti. No por mí, ni por Angelina ni por Finny, sino por ti.

No sé qué decir. No estoy segura de cómo responder a su pregunta ni tampoco de si realmente me está haciendo una pregunta.

—Quiero tener el hijo de Finny por mí —digo al fin. Me miro las manos en el regazo y me toco la uña del pulgar—. Pero probablemente no querría si estuviera vivo —admito—. Y no sé cómo querer a esta criatura sin Finny.

Mi madre se recuesta en su asiento y mira hacia el parabrisas como yo. Suspira.

—Lo único que podemos hacer es vivir la realidad que nos ha tocado. Tal vez sí habrías tenido el bebé si Finny hubiera estado vivo, tal vez no. Pero no lo está y... —Hace una pausa—. Si crees que tener este bebé es lo correcto para ti, entonces debes saber que no me preocupa que lo quieras. Eso vendrá.

—Pero ¿qué pasa si no puedo? —Mi voz suena ronca—. ¿Qué pasa si estoy rota? —Me abrazo la cintura—. El bebé merece una madre que pueda quererlo como es debido —insisto.

Cierro los ojos y aprieto los dientes. El hijo de Finny merece algo mejor que yo.

—El primer paso para ser una buena madre es preguntarse si se es una buena madre. Y no pasa nada por que te sientas destrozada, Autumn, porque convertirte en madre te destroza de otra manera. Es lo más alegre y desgarrador que harás jamás. —Niega con la cabeza—. Perder a Finny fue una tragedia, pero eres fuerte, Autumn, aunque no puedas verlo ahora mismo, y serás una buena madre.

—Creo que sería mejor madre si Finny estuviera aquí.

—Pero nunca lo sabremos —dice ella—. En especial porque crees que no querrías serlo si él estuviera aquí.

Me encojo de hombros y aparto la mirada. Brevemente, nos veo a Finny y a mí como estudiantes universitarios tratando de decidir qué vamos a hacer con el embarazo. Mi madre tiene razón; no sé qué habríamos decidido juntos. No estoy acostumbrada a tener conversaciones profundas con ella.

—¿Te casarías otra vez con papá si tuvieras la oportunidad de hacerlo de nuevo? —pregunto. La cuestión lleva rondándome la mente desde antes de que pasara todo.

Mi madre suspira.

—Lo único que sé es que no cambiaría el hecho de tenerte. Si se tratara solo de tu padre o si tuviera que viajar en el tiempo hasta los diecinueve años, cuando me comprometí, no querría tener un hijo diferente con él ni volver a hacer las cosas con él de otra manera. No es posible viajar en el tiempo, por lo que no es un problema que haya que resolver. —Terminada su incursión en las especulaciones tangenciales, me coge de la mano—. Mírame.

Su tono es urgente, así que me giro para mirarla a los ojos.

—Cuando veas a esta criatura respirando frente a ti —dice

mi madre—, te prometo que la querrás. Y te dará igual lo que habrías hecho en otras circunstancias. Los niños te hacen vivir el presente.

Su expresión es solemne, familiar y de cansancio. Perder a Finny también le dolió, y luego casi me pierde a mí, pero nos ha ayudado a Angelina y a mí durante estas últimas semanas sin quejarse.

—Supongo que es otra cosa que no entenderé hasta que pase, ¿no?

—La maternidad tiene muchas de esas cosas —apunta.

—Quiero hacerlo —digo—. Gracias por preguntar.

—Muy bien —sentencia—. Vamos allá.

Se refiere a entrar en casa, pero parece mucho más.

3

Es sorprendente lo poco que ha cambiado la consulta del doctor Singh a lo largo de los años. Ojalá otras cosas en el mundo fueran tan estáticas como las fotografías y los diplomas en sus paredes, las pilas de historias clínicas en su escritorio.

Lo único que ha cambiado es la planta que tiene encima de la estantería, que ha seguido echando hojas nuevas, una tras otra, en una larga cadena que casi llega al suelo.

Esta vez, el doctor Singh se ha puesto muy contento cuando me ha pesado.

—Tienes muy buen aspecto —exclama—. Cuando te visité en el hospital, fue… —Levanta las manos. Al parecer no hay palabras para describirlo—. Pero ¿ahora? Tienes un poco de color. Has ganado algo de peso. ¿Cómo te sientes?

—Creo que ya he pasado las náuseas —digo—. Así que eso es bueno.

—Es bueno, es bueno —responde el doctor Singh—. Y ¿cómo va con el nuevo terapeuta? Lamento que no funcionara con el doctor Kleiger.

No puedo evitar hacer una mueca.

—Tampoco me gusta. No quiero volver a verlo. No me siento a gusto.

El doctor Singh frunce el ceño.

—Puede resultar difícil encontrar el terapeuta adecuado. Pero es de extrema necesidad que lo hagas, ¿sí? Trataste de suicidarte no hace mucho y tienes un bebé en camino. ¿Sabías que el cerebro cambia más durante los meses de embarazo que durante todos los años de la adolescencia? ¡Es increíble! Pero…

—Niega con la cabeza—. Es mucho. Bueno, yo estoy aquí para asegurarme de que la nueva medicación funciona, de que es segura para ti y para el bebé, pero necesitas alguien con quien hablar cada semana, Autumn. Te queda mucho trabajo por hacer.

—Lo sé —asiento—. Pero tengo que prepararme mucho. Justo acabamos de empezar a hablar sobre dónde y cómo dormirá el bebé, y estoy muy cansada siempre.

—Debes intentarlo de nuevo con otro profesional —insiste el doctor Singh—. Mi asistente te llamará para hacerte otra recomendación, ¿sí?

Asiento y él sonríe. No puedo evitar devolverle la sonrisa.

—Ya que estamos aquí, cuéntame, ¿cómo te sientes? Emocionalmente, no físicamente.

—No sé. Quiero tener este bebé —confieso—, pero es como si el dolor por la ausencia de Finny anulara la alegría. Me siento vacía. No sé cómo ser yo misma en esta nueva realidad.

El doctor Singh suspira y se frota la cara.

—Eso no es una mejora tan grande como había esperado, y demuestra cuánto necesitas encontrar un terapeuta habitual. Cuéntame otra vez por qué el doctor Kleiger no te gustó.

—Me sentí como un insecto al que estaba estudiando —digo—. La forma en que me miraba...

—¿Y la doctora Remus?

—Me sentí como si yo fuera un libro y ella me estuviera leyendo.

—Y ¿cómo te sientes acerca de nuestras conversaciones?

—Como si fueras un paramédico y me estuvieras curando una herida —le explico.

El doctor deja de sonreír, pero no precisamente con tristeza. Suspira de nuevo y se quita las gafas para inspeccionarlas; luego se las vuelve a poner.

—Estoy muy ocupado, Autumn —dice—. Pero también estoy cualificado como terapeuta. Podría verte cada dos semanas, ¿sí?

—¿En serio?

—El resto de las semanas, tendrías que asistir a las sesiones de terapia en grupo que organizo en el hospital.

No puedo evitarlo: hago una mueca.

—¿Qué tiene eso de malo?

Aparto la mirada de él y me contemplo las manos.

—Cuando estaba en el hospital... Doctor Singh, estoy triste. Deprimida. En el hospital, fui a sesiones de terapia en grupo. Había una mujer que aseguraba ver demonios. Dijo que los veía incluso cuando la medicación funcionaba, pero que mientras recordara que no eran reales, estaba bien. Y entonces uno de los demonios le dijo algo, y ahí supo que era hora de ajustar la medicación. O sea... —No he podido expresar lo que quería decir, porque una parte de mí sabe que no debería pensar en eso.

Cuando levanto la mirada, el doctor Singh parece absolutamente exhausto.

—Autumn, intentaste acabar con tu vida porque creías que no valía la pena vivir sin la persona de quien estabas enamorada, ¿verdad?

Asiento con la cabeza.

Él suspira de nuevo y extiende la mano izquierda.

—Bueno, esta eres tú, una joven brillante con toda una vida por delante, pero no encontraste nada por lo que valiera la pena vivir y pensaste que estarías mejor muerta. Bien, y aquí —dice, al tiempo que levanta la mano derecha y forma una balanza con ambas— tenemos a otra joven. Cuando mira el mundo, a veces ve demonios. —Mueve ambas manos hacia arriba y hacia abajo como si nos sopesara—. Para mí, eres más o menos la misma. Ambas estáis viendo algo que objetivamente no existe, pero al menos ella sabe que sus demonios no son reales. —Cruza las manos sobre el escritorio—. ¿Sí? Pero así es como lo veo yo, como médico. Ambas tenéis desequilibrios químicos en el cerebro que os hacen ver el mundo incorrectamente.

—Finny está muerto de verdad. No me lo estoy imaginando.

—No —responde el doctor Singh—. Pero ¿pensar que estás mejor muerta tú también? Sé que no puedes verlo ahora, pero, objetivamente, eres capaz de llevar una vida feliz y llena de amor, con o sin este bebé. Eres muy joven. Qué desperdicio habría sido…

No me está mirando. Está mirando por encima de mi hombro, como si su cerebro hubiera sufrido un cortocircuito, y reconozco la sensación.

—¿Doctor Singh?

Él niega con la cabeza.

—Y por último, Autumn, el grupo al que quiero que asistas

es para mis pacientes con trastorno de estrés postraumático. Tiene lugar los martes, así que te lo acabas de perder, pero te veré la semana que viene, y la semana siguiente nos veremos aquí. ¿Sí?

Acepto. No puede ser peor que una estancia en el hospital o probar con otro terapeuta que no me escucha como a una persona.

4

Este batido de kiwi es la ambrosía de los dioses. No sabía que algo pudiera estar tan bueno.

Angie me ha hecho una pregunta, pero no quiero dejar de beber todavía para responderle. Finalmente, aparto los labios de la pajita con un suspiro ahogado.

—No solo los soldados. Cualquiera puede sufrir trastorno de estrés postraumático —digo.

Estamos en una cafetería donde preparan batidos que ha abierto recientemente en el pueblo de al lado. Angie sugirió que saliéramos por ahí porque está harta de estar en casa. Ha dejado a Dave en el centro de estudios superiores esta mañana para poder recogerme y comer juntas. Guinevere está en su portabebés, en una silla junto a su madre. Está examinando el mordedor con forma de arcoíris que tiene en las manos como si fuera un cubo de Rubik. Tiene el pelo rubio muy alborotado, lo que le da el aspecto de un pequeño Einstein. Durante el viaje hasta aquí, le he confesado a Angie mi estancia en el hospital, a pesar de que ella ya se había enterado, como yo sospechaba.

—Entonces ¿estarás en un grupo con todo tipo de adultos? —me pregunta.

Coge su sándwich y le da un mordisco.

—Nosotras somos adultas —le recuerdo antes de volver a mi batido.

—Sí, pero ¿cómo te vas a relacionar con alguien de treinta y pico años en un grupo de terapia?

Mordisqueo mi pajita.

—No sé. Supongo que el doctor Singh tendrá algún motivo.

Guinevere chilla y sacude su mordedor con un pequeño repiqueteo. Por la satisfacción que percibo en su gritito, entiendo que ha resuelto el acertijo, y me alegro por ella. Angie le sonríe y le toca un piececito.

—Ay, madre, Autumn —exclama—. ¡Esta mañana pensaba que Guinevere estaba muerta!

—¿Qué?

—Sí, se ha quedado dormida, así que cuando ha llegado la hora de llevar a Dave a clase, he ido a la cuna y estaba tan quieta que he pensado que no respiraba, te lo juro. Cuando la he levantado, no se ha movido lo más mínimo, así que por un horrible instante he pensado que la había perdido realmente. —Se ríe—. Pero ¡luego se ha despertado y estaba de muy mal humor conmigo! Debía de estar teniendo un buen sueño.

—Pero ¿por qué iba a estar muerta? —Estoy confundida por su historia.

—A veces los bebés mueren sin más —dice Angie—. Va en serio. Por lo general, pasa durante los primeros meses, pero a veces —se encoge de hombros al mismo tiempo que hace una mueca— dejan de respirar y nadie sabe por qué.

—¿Nadie sabe por qué? —repito, mientras mi cerebro intenta procesarlo. Pensaba que los médicos sabían todo lo que había que saber sobre bebés—. ¿Cómo es posible que no se sepa?

—Hay teorías —me explica Angie— y cosas que se pueden hacer para reducir el riesgo. No es habitual. Es poco probable que le pase a Guinnie o a tu bebé. Tan solo me he asustado esta mañana porque estaba profundamente dormida.

Vuelvo a beber del batido. También tengo un sándwich, pero no me importa el sándwich, al menos no ahora. Angie arrulla a su hija, a quien creía muerta. Me pregunto si siempre carga con ese miedo. Probablemente no ocupe un lugar principal en su mente. Probablemente siempre espera que su hija esté viva, pero saber que podrías ser una de las madres cuyo bebé no vuelve a despertar… No creo que ese conocimiento te abandone nunca. No creo que yo lo olvide ahora que lo sé.

Angie le hace cosquillas en los pies a su hija a través de los calcetines.

—¿Con qué soñabas que era tan agradable? —Le suena el móvil y sonríe antes de contestar—. Hola, cariño. —Se le derrite la sonrisa y se muerde el labio—. Bueno, tengo que llevar a Autumn a casa después de comer y luego será la hora de la siesta de Guinevere. Eh… Tal vez… —Me mira y se pone el teléfono en el hombro—. Autumn, cuando terminemos de comer, ¿te importa si recogemos a Dave? Sus dos clases de la tarde las daba el mismo tipo y está enfermo.

—Claro. No me importa en absoluto. —Este batido es lo único que tengo en la agenda hoy.

—Vale, pero después tendré que acostar a Guinnie para que duerma la siesta antes de poder llevarte a casa. No puedo desbaratarle el horario. Dime, Dave. —Vuelve a colocarse el teléfono en la oreja—. Vaya. También puede llevarte Dave a casa.

—Todo me parece bien.

Casi me he terminado el batido, pero voy a pedir una caja para mi sándwich y otro batido antes de irnos. Guinevere balbucea pensativa y vuelve a girar el mordedor en las manos.

—Vale —dice Angie por teléfono—. Sí, estaremos allí dentro de una hora. ¡Porque tenemos que terminar de comer y luego conducir hasta allí! Webster Groves. ¿Qué más da? ¡Porque pensaba que llevaría a Autumn e iría a casa a acostar a Guinnie y luego tendría dos horas antes de recogerte! Uf, nos vemos en una hora. —Angie pone los ojos en blanco—. Le ha molestado tener que esperar.

—Tampoco sabías que esto pasaría —apunto.

—Ya, pero está de mal humor la mayor parte del tiempo.

—¿Por qué? —Sorbo lo que queda del batido.

Ella se encoge de hombros y mira a la bebé.

—Es que estamos los dos cansados. Incluso cuando la peque duerme toda la noche, estamos cansados. Dave va a clase y trabaja dieciséis horas en la hamburguesería los fines de semana. No sé. Siento que tengo más de qué quejarme que él, porque nadie le vomita en clase ni en el trabajo, pero veo lo difícil que es todo para Dave también.

—A veces le vomitan en casa —señalo—. Me estabas contando esa historia sobre su camiseta favorita.

—Sí, es verdad —dice Angie.

—¿Estáis bien? —pregunto—. En la relación y eso.

—Sí. Creo que sí. No lo sé. Siempre hay tantas otras cosas de que hablar. E incluso cuando se curó la episiotomía, yo no quería tener sexo para nada. Creo que nos hemos acostado dos veces desde que nació Guinevere. —Ella se encoge de hombros.

—¿Cómo se siente Dave al respecto?

—No lo sé. Probablemente debería preguntárselo, pero me siento un poco culpable —admite Angie.

—¿Por qué te sientes culpable? ¿No sabe todo el mundo que eso pasa después de tener hijos?

—Sí —dice Angie—, pero estuvimos todo el embarazo bromeando acerca de que eso no nos pasaría a nosotros de ninguna manera porque éramos como, bueno, como conejos. Míranos ahora. Sinceramente, es probable que le moleste, pero no menciona el tema para tratar de ser amable, mientras que yo no lo menciono porque estoy demasiado cansada.

No puedo dejar que se lo guarde. ¿Qué pasa si algo le sucediera a Dave?

—Deberías decirle que te importa —le digo—. Que te has dado cuenta de que no se queja y que eso significa mucho para ti. Porque sería mucho peor si se quejara.

—Ya, supongo —responde Angie.

—De verdad, díselo —insisto—. Lo digo en serio.

Angie ladea la cabeza y empieza a decir algo, pero luego se pone pálida. Se ha quedado boquiabierta.

—¿Qué? —Miro por encima del hombro y veo a Sylvie Whitehouse haciendo cola frente al mostrador. Está examinando la carta—. ¿Me ha visto? —pregunto.

—Ya lo creo —dice Angie—. ¿Quieres que nos vayamos?

—Quería otro batido.

Me siento tan triste por esto que quiero llorar, y tengo auténticas ganas de hacerlo. Este batido ha sido lo mejor que me ha pasado en mucho tiempo. Yo quería comprar otro y ahora no puedo, porque obviamente no puedo hacer cola detrás de la chica con cuyo novio me acosté justo antes de que muriera.

Angie endurece la expresión. Mira a su bebé y luego a mí.

—Espera aquí con Guinnie —me suelta.

Se levanta de la mesa en la que estamos, camina hacia el mostrador y se pone en la cola detrás de Sylvie. Ambas miran al frente, pero, por la posición de los hombros de Sylvie, sabe que tiene a Angie detrás.

—¿Meh? —pregunta Guinevere, y es una pregunta de veras. Lo noto—. ¿Meh? ¿Meh?

—No pasa nada.

Había estado paseando la mirada por el local, pero ahora la clava en mí.

—Meh —sentencia.

—Volverá enseguida —le aseguro, y la pequeña se echa a llorar. Me levanto de mi asiento y rodeo la mesa—. Chisss —la calmo, aunque me sale demasiado agudo—. Ya está. —Me peleo con las correas, tratando de desatarla de los rigurosos elementos de seguridad del portabebés—. Estoy aquí —digo, como si eso fuera reconfortante.

Una vez libre, Guinevere deja de llorar, pero al parecer solo por la confusión.

—¿Beba? —Espera que haga algo, pero no sé qué hacer, así que sigo sosteniéndola frente a mí por las axilas—. ¿Meh? —lo intenta de nuevo y lloriquea.

Empiezo a balancearla hacia delante y hacia atrás con un movimiento regular. Una serie de emociones pasan por su rostro:

sorpresa, placer y luego enfado. Creo que le gusta lo que estoy haciendo, pero le molesta que la distraiga de su misión.

—El columpio, qué divertido es —le canto por alguna razón, y eso la hace reír.

Con el rabillo del ojo, veo a Sylvie esperando su bebida. Sinceramente, he tratado de no pensar en cuánto daño le hicimos Finny y yo. Nunca fuimos amigas, pero lo que pasó es demasiado similar a lo que Jamie y Sasha me hicieron a mí como para sentirme cómoda pensando en ello.

Guinevere me mira con desconfianza, como si supiera que la gente me acusaría de robarle el novio a otra chica.

—La vida es muy complicada, Guinnie —le digo, todavía balanceándola hacia delante y hacia atrás. No pesa demasiado, pero se me están cansando los brazos. Aun así, sigo meciéndola por miedo a que vuelva a llorar—. Qué divertido es —canto de nuevo, pero esta vez se la ve menos impresionada.

—Parece que se te da bien.

Angie ha reaparecido con mi batido en un vaso para llevar y una caja para mi sándwich.

—Gracias, Angie.

Tengo ganas de llorar de nuevo y me doy cuenta, por primera vez, de que podría ser cosa del embarazo.

—He visto tu expresión y he recordado ese sentimiento —dice Angie—. No iba a dejar que te fueras sin tu batido.

Me levanto, cambio a la niña por el vaso para llevar y bebo un largo trago.

—Gracias —repito.

—No es nada —responde Angie. Vuelve a colocar a la pequeña en su portabebés—. Me ha dicho una cosa.

—¿Sylvie?

—Sí. —Angie me mira—. Me ha pedido que te dijera que se alegra de que te sientas mejor y que te felicite.

Abro la boca, pero no me salen las palabras.

Angie termina de atar a su hija y me mira.

—¿Cómo lo sabe? —me pregunta.

—Probablemente se lo contó Jack —digo—. ¿Recuerdas a Jack Murphy, el amigo de Finny? Vino a verme al hospital.

No he visto a Jack desde aquella visita, pero me envía mensajes de texto aproximadamente cada tres días. Quiere saber cómo estoy, lo cual en otras circunstancias me molestaría, pero sé que lo hace por Finny. Por lo general, me pregunta cómo lo llevo y, a veces, me envía un chiste tipo «toc, toc». Mi respuesta a cómo me va, al igual que la calidad de sus chistes, varía mucho.

—Sí, recuerdo a Jack —asiente Angie—. ¿Estás lista, por cierto? No sabía que estabais unidos.

—No lo estamos —respondo, levantándome para marcharnos—. Supongo que vino a verme por Finny.

—Ah —dice Angie—. Y ¿se lo contó a Sylvie, y Sylvie no te odia?

—No lo sé. ¿Parecía que me odiara? ¿Estaba siendo sarcástica?

Angie hace una pausa.

—No lo creo. Me ha parecido seria. No creo que esté entusiasmada, pero parecía alegrarse sinceramente de que estés mejor. —Se echa la bolsa de pañales al hombro y nos dirigimos al aparcamiento.

—Supongo que lo mejor para ambas es que no me odie —señalo, y Angie se limita a asentir, porque, como tantas cosas en mi vida en este momento, no hay nada que decir.

Al menos tengo este batido.

5

Encontré un artículo en internet titulado «Lo que realmente necesitas con bebé», y se ganaron mi confianza al omitir «el» o «un».

Decía que se necesita:

1. Un lugar seguro para que bebé duerma
2. Un sitio donde cambiar pañales y los útiles para hacerlo
3. Una forma de llevar a bebé
4. Ropa
5. Un columpio
6. Juguetes y libros

Y aunque sabía que cada artículo estaba lleno de sus propias subcategorías, decidí confiar en su engañosa sencillez y le enseñé la lista a mi madre. Esto le dio poder a ella para enseñarme su lista, que era muchísimo más larga.

Al final, llegamos a un acuerdo aceptando que la tía Angelina eligiera la tienda a la que iríamos hoy. Por eso estamos aquí, delante de un establecimiento de segunda mano.

Mi madre se siente traicionada por su amiga del alma.

—Pensé que al menos elegirías una hortera de los grandes almacenes —le dice a Angelina, que está escandalizada.

—¿Por qué íbamos a llenar más los bolsillos de esos peleles de las grandes corporaciones?

—El sitio parece bonito, mamá. Entremos —digo.

Ella suspira y se coloca el bolso hacia el otro hombro, así que me giro y me dirijo hacia la puerta.

En el interior, la mujer con el pelo azul que está detrás de un mostrador de vidrio grita demasiado fuerte:

—¡Si necesitáis algo, avisadme!

Está tejiendo, no sé si ganchillo o punto, pero está demasiado encorvada para que alcance a verla. La forma en que se inclina sobre su labor, como si fuera un caldero, le da un aire de bruja.

Hay una fila de mesas para cambiar pañales a la izquierda y me dirijo a mi segundo objetivo. Una vez allí, no sé muy bien qué quiero en un cambiador. Obviamente, no me hace falta nada sofisticado, pero ¿qué es sofisticado? Necesitaré más que el de madera de pino con dos estantes, pero ¿qué hay del que es a la vez parque y moisés? ¿Debería un bebé jugar y dormir donde se le limpia la caca?

Mi madre y la tía Angelina siguen hablando cerca de la entrada. Esta señala un perchero con ropa y mi madre permanece impasible mientras se acerca para ponerse a inspeccionar la mercancía.

—Esto es de Ralph Lauren —exclama, lo suficientemente alto como para que la señora que está detrás del mostrador la mire con aire interrogante.

Mi madre se coloca lo que sea sobre un brazo y comienza a examinar las perchas felizmente. Me alegro de que la tienda cumpla con sus estándares. Vuelvo al enigma del cambiador.

—Esos son realmente útiles —dice la tía Angelina.

—¿Cuál?

Para mi sorpresa, señala el que tiene el moisés al lado del cambiador.

—Los primeros dos meses pasan mucho tiempo durmiendo y haciendo caca, y tú te pasas el día echando cabezadas en el sofá o viendo la tele junto a uno de estos. —Lo rodea y lo mira como si estuviera comprobando los neumáticos en un concesionario de coches—. Tiene una bolsa para toallitas ahí —señala.

—Tú y mamá siempre... —empiezo, pero luego me doy cuenta de que no debería decirlo.

Angelina tensa los hombros.

—¿Tu madre y yo qué? —pregunta suavemente.

—Siempre habéis hecho que parezca tan idílico: Finny y yo juntos en el parque mientras vosotras charlabais.

—Eso fue más tarde. Yo no tuve la casa hasta que tú tenías casi cinco meses, y los primeros tres meses tu madre y yo apenas nos vimos.

—¿De verdad? Pero, aun así, vivíais muy cerca. Y no trabajabais.

—¡Ni vosotros dormíais! —se ríe—. Aunque no hubiera sido madre soltera, tampoco habría tenido la energía para coger a Finny junto con la bolsa de pañales y conducir hasta allí. Hablábamos por teléfono, pero ambas intentábamos sobrevivir. Las primeras etapas de la maternidad pueden ser muy solitarias.

—Así es como lo pintó Angie. —Le doy la vuelta a la etiqueta del parque para dormir con caca. El precio no parece de segunda mano.

Angelina silba.

—Sea como sea, tener un bebé no es barato.

Aparece mi madre con los brazos cargados de ropa.

—Oh, esto es perfecto para abajo, Autumn —dice. Le da la vuelta a la etiqueta con el precio y asiente—. Y necesitaremos otro cambiador en tu habitación, una cuna, una cómoda... —Comienza a deambular entre los muebles, hablando sola.

La miro y se me encoge el estómago.

—¿Tienes náuseas, nena? —me pregunta la tía Angelina.

—No —respondo—. Es que... no voy a ir a la facultad, así que mamá ya no recibirá la manutención por parte de papá y...

Angelina parece sorprendida.

—Sabes que ella no va a pagar nada de esto, ¿no?

—¿Qué? —pregunto.

—Tu madre me dijo que te lo contaría —contesta Angelina, con el rostro serio—. Me aseguró que tenía pensado todo un discurso sobre el hecho de que hay personas que no están destinadas a ser padres, pero que luego se arrepienten de...

—Ah, sí —digo, aunque no me soltó ese discurso—. Aun así, os debo mucho a ambas, por todo el apoyo emocional y los consejos. Esto me sobrepasa de veras...

He hablado con mi padre por teléfono dos veces desde que salí del hospital. En la última llamada me dijo que le habían asignado un viaje de negocios a Japón que duraría seis meses o tal vez más, dependiendo de los mercados.

—Probablemente esté en casa justo antes o después de que

337

me conviertas en abuelo, si es que sigues decidida a hacerlo —me dijo, con un deje de esperanza de que abortara o al menos entregara al bebé en adopción.

—Voy a hacerlo, estés aquí o en Japón —respondí.

—Bueno, he hablado con tu madre y ya está todo arreglado económicamente, así que no hay mucho más que decir.

Pensé que esa era su manera de decirme que, si estaba tan decidida, él podía correr con los gastos.

Supongo que su apoyo monetario, si bien simbólico, debería significar más, pero es el apoyo de nuestras madres lo que me está dando el coraje para hacer esto, para descubrir a qué se refiere la gente cuando dice que vale la pena.

Estoy a punto de llorar y Angelina me abraza.

—Ah, sí —me dice en el pelo—. El dinero se puede devolver, pero ¿toda esta sabiduría y amor con que te estamos colmando? Estarás en deuda con nosotras eternamente. Vas a tener que dejarnos cuidar a nuestro nieto tres o cuatro noches a la semana para compensarnos.

Me río y ella me suelta. Mi madre ha regresado seguida de la vendedora.

—¿Va todo bien? —pregunta.

—Las hormonas y la gratitud filial le han hecho efecto a Autumn —dice la tía Angelina.

—Oooh. —Mi madre me pone una mano en la espalda—. Bueno, tengo buenas noticias. ¡Esta tienda hace envíos! —exclama, como si fuera una especie de milagro.

Por suerte, la vendedora no percibe la sorpresa de mi madre o no le importa.

—De lunes a jueves, entre las ocho de la mañana y las dos de la tarde —recita, y añade—: Tendréis que esperar que pase el fin de semana.

—¿Qué día es hoy? —pregunto.

La vendedora se ríe de mí con benevolencia.

—El cerebro se cansa con el embarazo, querida —dice.

—Sábado —responde mi madre.

Ella sabe que mi descuido tiene más que ver con la monotonía de mi día a día que con el embarazo, pero es bonito fingir lo contrario por un momento.

Así, con el dinero de mi padre y la sabiduría y el amor de nuestras madres, empiezo a construir el nido.

6

Esto parece una reunión de Alcohólicos Anónimos.
No es que haya asistido jamás a ninguna, pero esta
escena encaja con las descripciones en libros y películas.
Estamos en una sala en el sótano del hospital, lo que hace que
sea gélida y demasiado húmeda, y cojo un frío que me hace abrazarme por los codos. Estamos sentados en un círculo de sillas
plegables. Con «estamos» me refiero a mí y a otras doce personas,
todas mayores que yo, excepto una chica que tiene aproximadamente mi edad. Ha llegado tarde, en pantalones de pijama y
apestando a tabaco. Mientras coge una silla plegable, grita una
disculpa que me suena superficial y poco sincera.

Estoy tratando de concentrarme en la mujer que habla; está
contando cuánto echa de menos trabajar como abogada de
oficio en el sistema judicial de menores, aunque el puesto le
provocara síndrome de estrés postraumático. Pensaba que iba a
describir que la habían atacado o algo así, pero parece que fue
cosa del sistema: pasaban por su despacho constantes oleadas
de niños sin la menor oportunidad, para acabar cayendo en
saco roto.

Estoy tratando de escucharla cuando relata las ocasiones en las que el trabajo le había dado alegrías, por ejemplo cuando había ganado mociones para borrar los antecedentes de alguien o evitar que otro entrara en la cárcel de adultos. La chica de mi edad se ha sentado justo delante de mí y se revuelve inquieta en su asiento, jugueteando con su pelo rubio oscuro mientras masca chicle. Observo su rostro mientras ella contempla el círculo con cara de aburrimiento. Aparto la mirada antes de que llegue a mí.

—Y me preocupo por los niños —dice la abogada—. Por los que defendí entonces y por aquellos que ya no defiendo ahora que me dedico al derecho contractual. —Se le rompe la voz—. ¿Alguien les hace caso? ¿Le importan a alguien sus historias?

Vuelvo a fijarme en la chica nueva para ver si está escuchando, pero me está mirando fijamente y no aparta la mirada. Inclina la cabeza en lo que parece un saludo, pero me giro y me vuelvo a centrar en la abogada, que ha empezado a llorar en silencio.

—Pero no puedo volver atrás. No puedo soportarlo. Lo intenté durante diez años y me destrozó, pero a veces me gustaría poder volver atrás.

Desde el otro lado del círculo, el doctor Singh dice:

—Es duro que la fuente de nuestro trauma sea también un lugar en el que a veces también encontrábamos alegría o cierto sentido de identidad. ¿Alguien tiene alguna idea sobre lo que Marcia o cualquiera como ella debería hacer con esos sentimientos?

—Deberías centrarte en los chavales a los que ayudaste —dice la chica rubia en voz alta—. O sea, cuando estuve en el reformatorio, me habría gustado tener un abogado al que yo no le importara una mierda. Igual ahora estaría en un sitio mejor si hubieras sido mi abogada.

—Recuerda, Brittaney, esa boca —la riñe el doctor Singh, y su acento hace que el nombre tenga tres sílabas.

—Tú lo has dicho —responde Marcia—, tal vez estarías en un lugar mejor si yo hubiera sido tu abogada. Pero ya no voy a ayudar a ningún niño más.

Brittaney se encoge de hombros y masca el chicle.

—Hiciste lo que pudiste durante el tiempo que pudiste, pero ahora ya no puedes, así que ¿qué le vas a hacer? —Vuelve a encogerse de hombros, como si el asunto estuviera resuelto.

—¿Qué pasa con la pérdida de identidad de la que ha hablado Marcia? ¿Alguien está de acuerdo? —pregunta el doctor Singh.

Un antiguo soldado llamado Carlos comienza a hablar y la siguiente media hora es más productiva. Nos quedan otros cuarenta y cinco minutos cuando el doctor Singh nos dice que nos tomemos un descanso para ir al baño y estirar las piernas.

En cuanto lo menciona, necesito ir con urgencia y salgo corriendo hacia el pasillo, donde, afortunadamente, encuentro el baño enseguida.

Cuando salgo del cubículo, ella me está esperando.

—Estás embarazada, ¿verdad? —me pregunta Brittaney antes de que llegue a los lavabos.

—Sí —respondo, y luego abro el grifo.

—¡Lo sabía! —se jacta Brittaney—. Siempre lo adivino. A veces lo sé yo y la chavala ni siquiera lo sabe. Soy así. ¿De cuánto estás, cuatro meses? —Escupe el chicle en el cubo de la basura.

—Tres.

Estoy de algo más de tres meses, pero no tengo por qué relatarle mi historia médica. Empiezo a enjuagarme el jabón de las manos.

—¡Tía! Entonces ¿vas a tener gemelos? ¡Estoy de coña! No estás tan gorda. Eres tan pequeñaja que se te nota enseguida. La mayoría de la gente tampoco se daría cuenta, pero da igual. Cuando me quedo embarazada, a mí no se me nota hasta que estoy casi de siete meses.

—¿Cuántas veces has estado embarazada? —no puedo evitar preguntar. Nos miramos a través del espejo.

—Tres. Pero una vez aborté y ahora solo tengo al niño de tres años conmigo.

Aparta la mirada de la mía y se encoge de hombros, igual que cuando ha hablado sobre el trastorno de estrés postraumático de la abogada.

—Lo siento —digo.

Estoy tan sorprendida por su declaración como por la forma en que me la ha transmitido, como si fuera de poca importancia.

—Oh, era muy joven, y el padre del crío era un gilipollas, así que... —Se encoge de hombros de nuevo.

Me estoy secando las manos mientras rezo para que no me pregunte por el padre del mío, cuando pregunta:

—Y ¿cuántos años tienes, dieciocho?

—Diecinueve.

Tiro el papel marrón a la basura y me vuelvo hacia ella.

—Yo acabo de cumplir veintiuno —dice con orgullo—. Mola que haya más gente aquí aparte de estos carcas.

—Sí —respondo mientras me dirijo a la puerta. No necesito amigos aquí, y dudo que tengamos nada en común.

Durante el camino de regreso a la sala con las sillas plegables, Brittaney parlotea sobre todos los embarazos que predijo
con éxito en el pasado. Antes de sentarse me asegura que podrá
decirme el sexo del bebé si le doy unas semanas más.

—Guay —digo y me siento aliviada cuando el doctor Singh
pide silencio al grupo.

Me las arreglo para no mirarla a los ojos durante el resto de
la sesión y luego salgo rápidamente. Encuentro a mi madre en la
sala de espera, lista para acompañarme hasta el coche. El mismo
frío que he sentido en el sótano me recibe fuera. La chaqueta me
queda demasiado ajustada en la cintura. Voy a tener que dejar
que mi madre me compre un abrigo de premamá antes de que
pase demasiado tiempo.

—¿Cómo ha ido? —me pregunta—. ¿Crees que te será de
ayuda?

—No lo sé —digo.

7

—Oh, me habría gustado tener esto. —Angie mira el parque para dormir con caca, que está junto al sofá en el impecablemente decorado salón de mi madre. Se sienta a su lado y asiente—. Apenas tendrás que moverte. Cámbiale el pañal, vuelve a acostar al bebé...

—También le leeré —digo—. ¿Y jugar? Se supone que debes hacerlo incluso durante las primeras semanas, ¿verdad?

He estado investigando. Vencí mi miedo a las miradas críticas del personal de la biblioteca, que me había visto crecer llevándome montones de libros en cada visita, y me dirigí hacia allí. Además de un libro sobre crianza francesa y otro sobre el desarrollo del bebé, mi valentía se vio recompensada por el entusiasmo de los bibliotecarios y por folletos sobre cuentacuentos y clubes de lectura para bebés.

—Sí, lo harás —dice Angie—. Sobre todo... descansarás. —Pronuncia «descansar» como un fino eufemismo para algo más sombrío—. Aunque está empezando a ser muy divertido jugar con Guinnie —apunta, y se ríe de una manera extraña—. Se me hace tan raro no tenerla conmigo...

—Qué majo Dave por ofrecerse a quedarse esta tarde con ella para que pudiéramos pasar el rato juntas.

Me siento a su lado en el sofá y me lamento un poco. Para ser tan pequeña, la barriga ya me impide abrocharme los tejanos, y me estoy quedando sin vestidos y camisetas holgadas. Mi madre quiere que vaya a comprar ropa de premamá con ella. No ha mencionado que nos acompañe la tía Angelina.

—Dave me lo debía —dice Angie, y levanto las cejas—. Tuvimos una fuerte discusión porque tuvo los cojones de decirme que solo hablo de la cría.

—Uuuh —respondo, porque sé cuánto me habría dolido ese comentario a mí. Ya he empezado a darme cuenta de lo difícil que será ser madre y escritora. Algunos días, solo una de las dos cosas parece imposible.

—Autumn, la forma en que rompí a llorar... —Hace una mueca—. Ahora estamos mejor. Entendemos más por lo que está pasando el otro, ¿sabes? Pero me lo debía igualmente.

Me quedo callada porque no lo sé. Cuando Jamie y yo discutíamos, aunque nos disculpáramos por las cosas que habíamos dicho, nunca se resolvía nada y, desde luego, nunca terminábamos entendiéndonos mejor por eso.

De estar vivo, no habría sido así con Finny cuando hubiésemos acabado discutiendo por algo. Sé que habríamos aprendido la lección y nos habríamos contado cómo nos sentíamos.

—Oye, te prometo que nuestras quedadas no estarán relacionadas con bebés, pero ¿puedo enseñarte el piso de arriba?

—Sí —dice Angie mientras se pone de pie—. ¿Tienes cuna?

Me dirijo hacia las escaleras.

—No he decidido en qué tipo de…, eh, método para dormir creo.

—¿Qué quieres decir? Los pones boca arriba para dormir. Y ya está. La gente tiene muchas opiniones sobre todo lo relacionado con la crianza.

Llegamos a lo alto de las escaleras y abro la puerta de mi habitación.

—Sí, me estoy dando cuenta.

No se trata de tener un bebé moderno o un bebé hippy; tengo que elegir si soy una madre Montessori, una con apego o alguna de las muchas otras teorías de crianza y sus combinaciones a las que podría adherirme en mi búsqueda del hijo perfecto. Es como si de repente me pidieran que eligiera una religión cuando nunca se me había ocurrido que pudiera existir un dios.

—A mí me dijeron que teníamos que dejarla llorar. Vivimos en una única habitación con la bebé, así que eso no sucedió. No importa lo que elijas o hagas, alguien te va a decir que estás equivocada, como si fuera asunto suyo.

—Ya, está claro. Ya soy incapaz de ser madre por quedarme embarazada siendo adolescente, ¿verdad? —resoplo—. Mira, esto es lo que quería enseñarte.

En la tienda de segunda mano, mi madre encontró una cómoda que también funciona como cambiador y que combina con los tonos madera en mi habitación. Estaba tan contenta que acepté comprarla, aunque en ese momento sentí que todo estaba yendo demasiado rápido.

Pero ahora, tenerla me parece una prueba, una prueba de que el hijo de Finny es real.

—Tengo todos los cajones ordenados. —Abro el segundo desde arriba—. Mira este —digo, y lo revisamos juntas, desdoblando cada bodi para exclamar al verlo y, por lo tanto, deshaciendo todo el trabajo meticuloso que había hecho.

El sentimiento permanece. Me he demostrado algo a mí misma o a Angie.

Esto es real.

Realmente real.

A veces cuesta creerlo.

Por lo general, me cuesta creerlo, la verdad, y las raras veces en que me parece real, es lo más aterrador que he experimentado. Y luego deseo que Finny esté conmigo para que me tranquilice, y el dolor se apodera de mí.

Sin que yo se lo pida, Angie me ayuda a doblarlo todo nuevamente. Con todo el sentido, sugiere un cajón diferente para pijamas. Intento ignorar la parte de que no querré tener que hurgar en un cajón inferior «mientras esté cubierta con esto o lo otro».

—Te prometo que esto ha sido lo último sobre maternidad de lo que hablaremos hoy —le digo mientras cierro el cajón del final—. Deberíamos ver una película.

—No quiero que sientas que no puedes hablar conmigo sobre la maternidad —suspira Angie—. Es un equilibrio imposible. Por un lado, Guinevere lo es todo para mí y, por el otro, sigo siendo yo.

—Ya —respondo—. Creo que lo entiendo. —Con la esperanza de que comprenda lo que pensaba, añado—: Terminé mi novela durante el verano.

—Autumn, eso es increíble —exclama Angie mientras bajamos las escaleras.

—Esa no es la palabra para describirlo —comento. Nos detenemos juntas al pie de las escaleras—. O sea, todo el mundo conoce a alguien que ha escrito una novela.

—¡Yo no! —responde Angie.

Intento reprimir la sonrisa, sin éxito.

—O sea, ¡no hasta ahora!

—Es genial haberla terminado —digo—. Ojalá algún día sea increíble. —Intenté ponerme a corregirla la semana pasada, pero tuve que parar para llorar y no he podido volver a leerla.

Al principio, cuando la escribí, mi novela parecía un lugar donde expresar todo lo que sentía en secreto por Finny. Pero ahora que sé que podría habérselo dicho, que no tenía que esconderme en mis escritos, el manuscrito se me hace imposible de leer.

—¿Puedo leerla? —me pregunta Angie de camino al sofá del salón.

—Eh… —Intento pensar mientras nos sentamos.

—¿La ha leído alguien?

»Pensé que habías representado mi devoción con perfecto detalle y luego la habías plantado en el regazo sin tener en cuenta mis sentimientos».

Me quedo helada, pero estaba a punto de sentarme, así que me dejo caer en el sofá. Cierro los ojos.

«Y, aun así, me encantó la historia».

—¿Autumn?

Abro los ojos. Angie se inclina hacia mí, con el ceño fruncido con esa preocupación a la que me tienen acostumbrada nuestras madres.

Respiro hondo.

—Finny la leyó. Fue parte de nuestro último día juntos.

—Apuesto a que le pareció increíble.

«Eres una buena escritora, Autumn. Siempre lo has sido».

Ojalá pudiera decirme que seré una buena madre.

Sé que soy una buena escritora. Ahora quiero ser una buena escritora y una buena madre.

—¿Autumn? ¿Estás bien?

—Lo siento, estaba pensando… —Me detengo.

—No pasa nada, Autumn. Somos amigas desde hace tiempo suficiente para saber que a veces te pones rara.

—Eso me ofende, Angie. Siempre soy rara y lo sabes —bromeo, tratando de relajar el ambiente—. Bueno, y ¿cómo va en lo demás con Dave?

Angie suspira.

—Seguí tu consejo. Le dije que le agradecía que no le diera tanta importancia al tema del sexo. Significó mucho para él y tuvimos una gran conversación en la que le conté que quiero que volvamos a acostarnos con regularidad, lo que en realidad nos llevó a tontear un poco.

—Eso suena bien…

—Durante un par de días, las cosas fueron mucho mejor. Pero ayer me soltó el comentario de «solo hablas de la niña»…

—Pero has dicho que también os llevó a tener una buena conversación.

—¡Así es! —Angie se recuesta en el sofá—. Pero no puedo olvidarlo. Me revienta que lo pensara siquiera.

—Estoy segura de que no quiso herir tus sentimientos —digo.

—Sé que no —responde Angie, que arruga la cara—. Es solo

que… Me alegro de que escribas, Autumn. Es bueno tener una vida y un propósito más allá de ser madre. —Suspira y apoya la cabeza en el respaldo del sofá.

—¿Qué quieres decir? ¿Tú no lo tienes?

No se me había ocurrido que ser escritora y dedicarme tiempo a mí misma podría ayudarme como madre. Pongo los pies debajo de mí, ajustándome al nuevo y extraño dolor que he estado sintiendo en las caderas.

—Supongo que creía que Dave o nuestro amor y la vida que estábamos construyendo juntos serían suficientes. Sabía que sería difícil, pero pensé que mientras trabajáramos y ahorráramos de cara al futuro, estaríamos más ¿unidos? ¿Quizá mejor que ahora?

—¿Te refieres a lo económico o a la relación? No parece que os vaya tan mal.

—Económicamente, siempre intentamos ahorrar, pero cada vez que avanzamos un poco, ocurre algo. El mes pasado, fue el coche, y hace dos meses, recibimos la factura por llevar a Guinnie de urgencias cuando tuvo una infección de oído. Siempre hay algo.

—Pero vais ahorrando y resolviendo los contratiempos a medida que surgen —le recuerdo. Qué raro se me hace hablar con ella de problemas tan adultos.

—Sí —asiente Angie—. Sí que lo hacemos. Aun así, siempre hay algo.

Se produce un momento de silencio y me descubro preguntando:

—¿Te arrepientes de algo?

—No. Estoy exactamente donde quiero estar. Pero es mucho más difícil de lo que pensaba, al menos por ahora.

—Con el tiempo podréis mudaros del sótano de los padres de Dave —digo.

—Y, con el tiempo, Guinevere aprenderá a usar el orinal o irá a la guardería. Pero no parece real. No es que no crea que Dave y yo seamos incapaces de superar las adversidades —apunta Angie, mirándome a los ojos nuevamente—. Pero algunos días es mucho más una elección consciente que una creencia.

—Creo que esa es la diferencia entre las personas que salen del sótano y las que no —le aseguro—. Esa fe.

Angie se encoge de hombros, pero me está escuchando, así que tal vez la ayuden mis palabras.

—Quizá tengas razón. Espero que sí —se ríe—. Escúchame. Quejarse por haber elegido el camino difícil ha resultado ser difícil.

Estoy en la misma posición en la que tanto ella como nuestras madres se encuentran cuando me hablan. No hay nada que decir para que se sienta mejor, porque es duro y lo será durante un tiempo.

—Solo porque algo parezca imposible no significa que no valga la pena intentarlo —digo, porque es algo que me he dicho a mí misma en el pasado.

—Necesito encontrar algo que me haga sentir que sigo siendo yo misma aparte de ser madre —concluye Angie—. No es que pueda ver películas de terror con Guinevere durmiendo en la misma habitación.

—Bueno, podemos ver alguna juntas —sugiero—. Y después podemos ir a la biblioteca y te ayudaré a encontrar algunas novelas de terror para que leas cuando estés sola en casa con ella.

—Vale.

Esta vez sé sin duda que he ayudado, y me alegro. Porque ella me ha liberado de una preocupación que no había expresado del todo: que era egoísta por mi parte mantener el sueño de publicar cuando estoy a punto de ser madre.

Angie me guiña un ojo.

—Ay, que tú solo quieres que te lleven a la biblioteca.

—En realidad no he leído mucho últimamente —confieso—. Solo unos pocos libros sobre crianza.

Angie hace como si estuviera físicamente aturdida por mis palabras.

—¿Quién eres y qué has hecho con Autumn Rose Davis? —Salta del sofá y me coge de la mano—. Se acabó, nos vamos a la biblioteca ahora mismo. La película para más tarde. Necesitas esto más que yo.

—No te voy a decir que no.

Dejo que me ayude a levantarme del sofá. Todo el mundo sabe que leer como una descosida es la mejor manera, excepto escribir, de mejorar la escritura. Así que, hasta que consiga controlarme lo suficiente como para corregir la novela inspirada en Finny, debo seguir leyendo.

—Estaremos bien —me asegura Angie.

Hoy, elijo creer que sí.

8

Ir a la biblioteca con Angie a buscar libros me hizo sentir yo misma otra vez y, unos días después, pude corregir todo el primer capítulo de mi novela. Envalentonada, me acerqué a mi madre con cautela para pedirle ropa de premamá. Estaba tan entusiasmada que no pudo ocultárselo a la tía Angelina. Así que ahora es una salida que hacemos las tres. O cuatro, supongo.

—No puedo dejarte comprar la mitad de la tienda —sentencia desde el asiento del copiloto.

—¿Y qué si lo hiciera? —replica mi madre—. Queremos que Autumn se sienta cómoda y segura de sí misma durante esta etapa de su vida. Hay que estar preparada para vestirse para cualquier situación que pueda surgir.

La mayoría de las veces, cuando la gente discute, en realidad no discuten sobre el motivo de la discusión. El verdadero desacuerdo revolotea entre sus palabras como una libélula insistente. No sé muy bien sobre qué están realmente discutiendo nuestras madres; siempre han tenido una opinión diferente sobre el consumismo. Eso no es nada nuevo. Pero hay un trasfondo en esta discusión que se me escapa.

—Sobre todo necesito tejanos —digo desde el asiento trasero—. Creo que la mayoría de mis camisetas y suéteres me valdrán. —Vuelvo a ser consciente de la pesadez en el abdomen, de la sensación de que hay algo ahí que no estaba antes.

—Un vestido, un pijama y algo de ropa de estar por casa también. ¿Quizá un traje de baño? —sugiere mi madre.

—Sale de cuentas el primero de mayo —dice la tía Angelina—. No necesitará un bañador de premamá. Por ahí sí que no paso.

Tal vez estén discutiendo porque mi madre pagará con la pequeña tarjeta de crédito dorada que la he visto usar para todas las demás compras relacionadas con el bebé, la tarjeta que mi padre debió de darle en lugar de ser él mismo un verdadero apoyo para mí. Angelina probablemente piense que dejar que mi padre lo pague todo es como permitirle comprar su negligencia.

—Quizá vaya a la piscina cubierta del polideportivo este invierno —digo, porque no sé de qué lado estoy.

No importa lo que compremos o dejemos de comprar con el dinero de mi padre; él siempre ha visto su participación en mi vida como una especie de regalo que me hace. Se regodeará en su generosidad sin importar lo que hagamos con la tarjetita dorada.

—¿Por qué no un traje de esquí? —pregunta Angelina, levantando las manos—. ¡Al menos sería apropiado para la temporada!

—No creo que confeccionen trajes de esquí para embarazadas, pero podemos mirar —reflexiona mi madre—. Aunque puede que no sea el mejor momento para que Autumn practique un deporte de invierno.

Esta vez es obvio cuál de nosotras está embarazada y la dependienta se dirige a mí directamente.

—¿Buscas algo en particular?

—Tejanos —respondo.

Aquí toda la ropa parece ser para…, bueno, madres. En plan madres de verdad, que se quedaron embarazadas a propósito. Me siento como una impostora, toda despeinada y con una camiseta holgada de los Pixies cubriéndome los tejanos desabrochados.

—Sígueme —me indica.

No sé si me estoy imaginando la tensión en su sonrisa. Me he estado preparando para la desaprobación que recibiré por este embarazo, por ser tan joven, por no tener anillo de compromiso. Hasta ahora no ha sido para tanto, pero tal vez eso cambie cuando esté lo bastante gorda como para que los desconocidos quieran tocarme la barriga y darme consejos no solicitados, como Angie dice que harán.

La dependienta nos lleva hasta un estante con pantalones y nos señala los probadores, pero mi atención se centra en la pesadez de mi barriga, que ahora se agita.

No sé si es el bebé moviéndose (podría serlo), pero no me parece tan diferente de cualquier otra cosa que haya sentido en el cuerpo antes. Es decepcionante no poder distinguir entre el hijo de Finny y los gases.

Mi madre ya ha reunido un montón de pantalones para que me los pruebe, no solo vaqueros, sino pantalones de vestir y palazzo de lino. Quizá debería haberme puesto más del lado de la tía Angelina.

Pero la sigo hasta el probador porque necesito ropa.

Me siento de espaldas al espejo para quitarme los pantalones. Ahora mismo, mi reflejo es desconcertante.

Los últimos meses, mientras dormía, lloraba y me arrastraba, mi cuerpo continuó con su nueva labor como si todo fuera según lo previsto. Sin pedirme opinión, los pezones se me han vuelto grandes y oscuros y los pechos, densos y pesados.

Y luego está la redondez, que comienza en el hueso pélvico y asciende suavemente hacia el ombligo.

Debería sentir cariño por ello, ¿no?

Me subo los tejanos y examino el elástico de la cintura, lo estiro para ver qué tamaño de barriga le cabría y lo suelto.

Este no parece mi cuerpo. No parece un bebé moviéndose. Me cuesta imaginar que este peso, esta agitación, vaya a convertirse en un niño. Tengo la sensación de que me inflaré como un globo, luego me deshincharé y alguien me dará un bebé. Aunque entiendo la biología y he visto las fotos en internet, por algún motivo sigo sin poder creer que así es como se hacen, y se han hecho siempre, los humanos. Siempre imaginé que sería más mágico. Si esta experiencia fuera una novela que yo estuviera escribiendo, sería más ciencia ficción que fantasía o romance.

Siempre imaginé que cuando tuviera un hijo estaría totalmente preparada.

Siempre imaginé que tendría un marido, un plan.

«Estamos juntos ahora, ¿verdad?».

Me muerdo la mejilla para detener su voz.

Mi madre llama suavemente a la puerta.

—Autumn, ¿cómo vas?

—Estos tejanos son raros —respondo.

—¡Tu cuerpo te parecerá raro durante un tiempo, hija! —interviene Angelina.

—¿Te van bien? —pregunta mi madre.

—Supongo.

Cuando salgo, me tira de la cintura como hacía cuando yo era niña y asiente. Me pruebo algunos pares de pantalones más y los acepto o los rechazo. Hay un par de blusas que están bien. Finalmente, mi madre quiere que me pruebe un vestido de cóctel.

—Toda mujer necesita un vestidito negro —me insiste.

Miro a Angelina en busca de apoyo, pero ella hace una mueca.

—Nunca se sabe lo que podría pasar, hija. No es mala idea tener un vestido por si acaso.

Estoy a punto de preguntar: «¿Por si hay otro funeral?», cuando siento a Finny en mí.

«Venga ya, Autumn», me regaña, y me lo merezco. Como castigo, me obligo a coger la percha y regresar al probador.

Mientras me quito la camiseta, hago una pausa y me miro en el espejo.

El montículo entre mis caderas es más grande que ayer. Me observo para estar segura, porque no puede ser que las cosas cambien tan rápido.

Pero, no sé cómo, así es.

Más ciencia ficción que fantasía.

Me coloco las manos sobre la barriga y me pregunto cómo no me he dado cuenta al ponerme los tejanos. ¿Debería haberme dado cuenta? ¿Es que ya no presto suficiente atención? Aparto la mirada del extraño cuerpo en el espejo y me paso el vestido negro por la cabeza. Es un tejido elástico que abraza todas mis curvas, las nuevas también.

Cuando me vuelvo a mirar en el espejo, me sorprende lo bien que me queda. Me siento como una mujer con este vestido, no como una niña. Parezco alguien capaz de hacer frente a lo que viene. El bulto parece más pequeño bajo el manto negro, más razonable.

Y me siento guapa por primera vez en mucho tiempo.

Ojalá Finny pudiera verme.

«Eres tan preciosa».

—¿Autumn?

—Es bonito —le digo a mi madre—. Deberíamos comprarlo.

De camino a casa, la tensión entre nuestras madres ha desaparecido. Hemos comprado una cantidad de ropa que todas consideramos razonable.

Tengo tejanos para combinar con mis camisetas viejas, un par de blusas y unos pantalones de vestir por si quisiera ir un poco más arreglada, y luego el vestido. El vestido parece algo que ponerse para una reunión importante, tal vez con la editora de mi libro o, igualmente probable, un encuentro con alguien de la CIA.

Tengo el vestido como talismán más que nada, prueba de que soy una mujer adulta, más o menos.

No tengo a Finny para que me diga lo guapa que estoy, pero puedo decírmelo yo por él.

9

Es habitual que las mujeres se sientan desvinculadas de su cuerpo durante el embarazo, así como también que a una madre primeriza le cueste creer que tendrá un bebé. Esto no es indicativo de que vayas a ser una mala madre —dice el doctor Singh.

—¿No debería quererlo más o algo así? —pregunto.

Levanta la mano en un gesto ambivalente.

—¿Eh? —responde—. ¿Te estás tomando las vitaminas prenatales?

—Sí.

—Has acudido a todas tus citas con el obstetra, ¿verdad? Haces ejercicio suave, ¿sí?

—Salgo a caminar un par de veces a la semana.

No entiendo por qué esta sesión de terapia de repente va sobre mi salud física.

—Pues a mí me parece que quieres a este feto tanto como puedes —opina el doctor Singh—. El amor es una acción, y todas las acciones que estás realizando hablan de amor.

Me encojo de hombros.

—Quería hablar contigo sobre tus planes fuera de la maternidad —dice—. Seguirás siendo una persona con sueños. Dijiste que querías escribir una novela, ¿sí?

—Escribí una.

—¿Estás escribiendo una novela?

—No. —Me río por primera vez en días—. Escribí una. La terminé. Bueno, todavía la estoy corrigiendo.

Aún lloro mientras lo hago, por eso voy más lenta, pero ya no tengo que parar por el llanto, así que es un buen paso. Y, cuando no estoy corrigiendo, leo libros que no tratan sobre bebés. Puede que no vaya a ir a la universidad este año ni el próximo, pero esa no es razón para que no pueda proporcionarme mi propio curso de literatura.

—Pero ¿la historia está completa? —El doctor Singh levanta sus pobladas cejas de una manera que no le había visto nunca.

—Sí.

—Eso está muy bien. Muy bien —sentencia, y se ajusta las gafas—. ¿Sabes cuántas personas empiezan novelas que nunca terminan?

—Supongo que muchas. También hay muchas que sí las acaban.

—Mi hijo tiene treinta y dos años y lleva trabajando en esto desde la universidad —me cuenta el doctor Singh—. Creo que deberías estar orgullosa de ti misma.

—Finny estaba orgulloso de mí —digo.

«Me muero de ganas de leerla».

El doctor Singh se remueve en su asiento.

—Espero que en la sesión de terapia en grupo de la próxima semana compartas con los demás por qué estás allí. Entiendo que no participaras la semana pasada, pero me gustaría que sea un espacio en el que puedas sentirte cómoda.

—Sí, tal vez —digo—. Esa chica, Brittaney, era un poco molesta.

El doctor Singh me sorprende riéndose.

—¡Oh, ja! Brittaney es lo que mi generación llama una todoterreno. Es alguien que conozco desde hace mucho tiempo, o mejor dicho, conocí a sus padres de manera profesional... Bueno, yo no soy nadie para contar su historia, pero es alguien de quien puedes aprender, Autumn.

No puedo evitar la reacción de mi cara ante esa idea.

El doctor Singh de repente parece mayor. Aprieta los labios antes de hablar:

—Autumn, Brittaney es una superviviente. —Su voz suena pesada en la última palabra.

—¿De qué? —pregunto.

—De todo —responde el doctor Singh.

10

—Todo se ve bien —observa la doctora mientras examina mi historia—. Si pudieras volver a intentar orinar antes de irte...

—Lo siento —me disculpo—. Parece que no hago más que hacer pis y luego no puedo cuando se supone que debo hacerlo.

—Siempre pasa —dice—. Inténtalo de nuevo, porque es la mejor manera de predecir la preeclampsia. ¿Tienes alguna pregunta antes de la ecografía morfológica?

—¿La qué?

—La ecografía de las veinte semanas.

—Eh, no. —Hace frío en la sala y estoy deseando volver a ponerme mis nuevos tejanos de premamá.

—La tienes programada para la semana que viene, ¿verdad? No, la semana siguiente. —Hace una pausa, toma nota, me mira y sonríe—. Veamos otra vez si puedes orinar, ¿vale?

En el baño, agachada sobre el inodoro con un vasito entre las piernas, pienso en lo que dijo el doctor Singh acerca de que el amor es una acción y que mis acciones dicen que estoy haciendo todo lo que puedo para quererme a mí misma y a un bebé que no acabo de creerme del todo. Me pregunto si intentar hacer pis para la prueba de preeclampsia cuenta como un acto de amor, lo que me provoca una risilla y finalmente hago pis.

Cuando la enfermera me coge el vaso, le pregunto:

—Entonces ¿dentro de dos semanas se asegurarán de que el bebé tenga todos sus órganos y demás?

—Eso es. Estoy segura de que todo estará bien.

—No estoy preocupada —apunto—. Me ha sorprendido que la doctora lo llamara «ecografía morfológica». O sea, tiene sentido, pero nunca lo había visto de esa manera —balbuceo, sin tener nada claro de lo que estoy hablando.

La pobre enfermera fuerza una sonrisa y dice algo sobre que debe guardar esto (con un gesto hacia la orina) atrás.

Pregunto en recepción si necesitan algo más de mí, pero mi madre ya ha programado mi próxima cita y ha pagado con la tarjetita dorada, así que estamos de camino a casa.

—¿Todo bien? —me pregunta—. Te has estado un rato.

—No podía hacer pis.

—Pero si no haces más que pis, Autumn.

—¡Eso he dicho yo! —Apoyo la cabeza contra la ventana. Siento un aleteo en la cintura que podría ser el hijo de Finny o el almuerzo de ayer. Todavía no sabría decirlo.

«Ecografía morfológica».

Examinarán los órganos y se asegurarán de que estén todos allí, en los lugares correctos, del tamaño y forma correctos, porque a veces no es así.

A veces no hay riñones, o el cerebro no tiene un tamaño normal, o el corazón no tiene la forma que debería.

En ocasiones los bebés mueren mientras duermen sin ningún motivo y, con un suspiro, me doy cuenta de que algún día este bebé morirá.

Con suerte, vivirá cien años, pero algún día morirá, igual que Finny. Igual que yo.

Lo mejor que puedo hacer es esperar morir antes que el bebé.

Qué absurdo es todo esto.

—¿Estás bien? —pregunta mi madre.

—Estaba pensando en la ecografía —respondo—. Espero que todo esté bien.

—Seguro que sí —dice, pero nada más, porque sabe que durante dieciocho años Angelina creyó que Finny viviría más que ella. Sabe que a veces los bebés mueren mientras duermen.

Y ninguna de las dos es tan tonta como para creer que un rayo no cae dos veces en el mismo sitio.

11

—Tal vez debería empezar a llevarte a todas mis tiendas de segunda mano —le dice la tía Angelina a mi madre.

Estamos volviendo a Vintage Mother Goose para comprar una cuna.

—Angelina, te juro por Dios que voy a dar la vuelta con el coche y nos vamos a ir directamente a Pottery Barn —responde mi madre.

—No, no, me portaré bien.

He decidido cómo dormirá el bebé: en una minicuna en mi habitación durante al menos un año. No dejaré que llore, pero intentaré esperar a que se tranquilice solo, como sugiere el libro sobre crianza francesa que estoy leyendo.

Ya solo tengo que tomar un millón de decisiones más sobre este bebé en los próximos meses.

Pero es un comienzo.

Nuestras madres han intentado dejarme resolver estas cosas por mi cuenta, dejándome decidir qué tipo de madre quiero ser, sin decirme cómo debo hacerlo, como ha hecho la familia de Angie. Finny durmió en la cama de la tía Angelina hasta que cumplió dos años, mientras que mi madre me tenía en el salón con el vigilabebés en la configuración de sensibilidad más baja, de modo que tenía que gritar de veras para despertarla. Ninguno de los métodos se recomienda hoy en día y ninguna de las dos ha intentado convencerme de lo contrario.

Así que cuando dije que había decidido comprar una cuna pequeña para tenerla en mi habitación durante el primer año, nadie cuestionó mi decisión. Angelina llamó para confirmar que la minicuna que habíamos considerado la última vez que estuvimos en Vintage Mother Goose todavía estaba disponible, pero mi madre ha insistido en que le echemos un último vistazo antes de comprarla.

Cuando llegamos, encontramos a la misma anciana sentada detrás del mostrador.

—¿Otra vez aquí, queridas? —dice sin dejar de tejer, confirmando mis sospechas de que es bruja.

Mi madre, la compradora experta en cualquier situación, abre el camino hacia el rincón de los muebles donde se encuentra la pequeña cuna.

—No combina del todo con la madera de tu habitación —reflexiona—. Casi sería mejor que fuera totalmente diferente. Parecerá que intentamos conjuntarla sin éxito. Estoy segura de que podría encontrar alguna en internet de un color mejor.

—Esta es perfecta —digo—. Hasta donde sé, ninguna revista de diseño de interiores está pensando en hacer un reportaje sobre casas de madres adolescentes, así que no creo que vaya a pasar nada. —Apoyo las manos posesivamente en la barra ajustable.

—Bien, entonces, cariño. Para mí, que combinara me tranquilizaría cuando estuviera en las trincheras.

—¿En las trincheras? ¿Por qué la gente siempre habla de la maternidad como si fuera a ir a la guerra?

Mi madre y la tía Angelina se miran y se encogen de hombros.

—Bueno, ¿cómo lo veis? —pregunta la vendedora, acercándose a nosotras.

Mi madre comienza a organizar el pago y el envío. Miro la cuna y trato de convencerme de que algún día habrá no solo un colchón dentro, sino también una criatura.

—¿Estás pensando lo mismo que yo? —me pregunta la tía Angelina.

—¿Que deberíamos dejar que mamá encargue un colchón de cuna hecho a medida con pelo orgánico de llama?

—Exacto. Ha respetado tus deseos de no convertir el despacho de tu padre en una habitación de estilo victoriano para el bebé, con tapizado de flores y eso, y debería ser recompensada.

Me alejo de la cuna para mirarla.

—Es el dinero de papá, así que en algún momento tendré que dejarla hacer algo en su despacho.

Angelina se pone rígida.

—¿Cómo dices?

—Que es el dinero de papá…

—No es el dinero de tu padre, Autumn. ¿Es eso lo que te dijo tu madre?

—No, simplemente lo supuse —digo.

Angelina parece afligida. Esto debe de tener algo que ver con Finny que no entiendo. Ella mira más allá de mí y oigo a la vendedora y a mi madre hablando por detrás. La tía Angelina tensa los labios.

—¿Tu madre no te ha hablado del acuerdo con el padre de Finny?

La mente me va a toda máquina.

—¿El qué? ¿¡Con él!? —pregunto.

—Autumn —susurra—, lo siento, pero voy a matar a tu madre.

—¡¿Mamá?! —grito mientras me giro. Ella y la dependienta se vuelven simultáneamente hacia mí—. ¿Qué es ese acuerdo del que habla la tía Angelina? Con el pa... con el...

No me atrevo a llamar a ese hombre «padre de Finny».

—Deja que termine de organizar el envío y hablaremos de ello más tarde —canturrea mi madre, usando una voz de atención al cliente.

No me lo trago.

—¿De qué va este acuerdo? —le pregunto a Angelina. Ha intentado con todas sus fuerzas apoyarme y respetarme dándome espacio. Me he pasado todos estos meses asombrada por su compostura, pero parece que está a punto de perderla.

Confió en su mejor amiga para que le contara a la madre de su nieto esta delicada información, que el hombre que abandonó a su hijo está involucrado.

—No conozco los detalles, pero parece ser que, a cambio de cualquier información que estés dispuesta a darle, poniéndolo al día o con fotografías, el padre de Finn le dio acceso a tu madre al fondo fideicomiso de Finny. —Ha comenzado a levantar la voz, pero se contiene, traga saliva y luego respira.

Todavía estoy tratando de entender por qué ha pronunciado

las palabras «fondo fideicomiso» y «Finny» tan juntas, por lo que está claro que ambas necesitamos un momento.

—¡Hala, ya está hecho! —exclama mi madre detrás de mí.

No me vuelvo hacia ella. No puedo dejar de mirar el dolor en el rostro de la tía Angelina.

—¿Lo está, mamá? —pregunto.

Acordamos esperar hasta estar en casa para hablar.

—Sí, quiero poder mirarte a la cara cuando hablemos de esto —le he dicho a mi madre cuando ha sugerido aguardar hasta después del trayecto a casa, que transcurre con tranquilidad y tanta frialdad como el ambiente de finales de otoño en el exterior.

En casa, sentada a la mesa de la cocina y finalmente mirándola a la cara, le digo:

—Ya sabemos que pensabas que lo que estabas haciendo era lo mejor para todos.

—Y no es una excusa —asiente mi madre—. Debería habértelo contado.

—Entonces ¿por qué no lo hiciste? —la presiona Angelina—. Estuvimos de acuerdo en que esto era decisión de Autumn.

—¿Cómo sabe siquiera que estoy embarazada?

—Esa parte es culpa mía, hija —admite la tía Angelina—. Me llamó justo después de que te ingresaran. Tiene un fondo para Finny con el que quería ayudar, y todo había sido un torbellino de emociones: desde perder a mi hijo hasta pensar que podríamos perderte también a ti y luego descubrir que estabas embarazada, y no sé. Se lo conté.

—Y ¿le hizo a mamá una oferta demasiado buena para rechazarla? —les pregunto a ambas. Siento que han vendido una parte de mí.

—Quería contártelo —dice mi madre—. Pero no lo hice, y me pareció más fácil esperar hasta…

—¿Qué? ¿Hasta que ese hombre exigiera un acceso a mi hijo por el que ya hubiese pagado?

—Hasta que pudieras pensar en ello de manera más racional y menos emocional —se explica mi madre, pero sé que se da cuenta de lo patético que suena.

—Mira, te lo dije, Claire —interviene Angelina—. Si Autumn quisiera usar ese dinero, tendría un buen caso con validez legal y podríamos haber demandado a John en lugar de dejar que manejara los hilos.

—Sí, lo recuerdo, Angelina —responde mi madre—. Pero…

—Vale, ¿qué dinero es ese? —pregunto—. ¡Empecemos por ahí!

—Cada vez que John se sentía culpable por abandonar a su hijo, ponía algo de dinero en una cuenta que había abierto en secreto a nombre de Phineas o, a veces, le remordía tanto la conciencia que compraba otro bono de ahorro del Estado. Cuando Finny murió, John se dio cuenta de a cuánto ascendía su culpa.

—¿A cuánto ascendía?

—Lo suficiente como para que si lo demandaras en nombre del heredero de Finny, después de haber llegado a un acuerdo extrajudicial y pagado a los abogados, todavía quedaría bastante como para criar a este niño hasta los dieciocho años y enviaros a los dos a la universidad. —La tía Angelina continúa—: Es un caso cerrado, Autumn. Él tiene acceso a la cuenta, pero el nombre que figura en ella es Phineas Smith, el padre de tu hijo.

—Y ¿si no lo demandamos y le pedimos que no se ponga en contacto conmigo jamás?

—Se queda con el dinero —dice mi madre—. Y tendríamos que usar tus ahorros para la universidad para criar a este bebé.

—Yo vendería la casa —añade Angelina—. Estaba pensando en hacerlo de todos modos, porque duermo aquí la mayoría de las noches. —Mira enfadada a mi madre y supongo que esta no será una de esas noches—. Encontraríamos una manera de hacer que funcionara.

—Pero sería mucho más difícil para todos, Autumn, incluido tu hijo —apunta mi madre—. No hace falta que te diga que ser madre adolescente pone muchos obstáculos en tu camino. Este dinero podría aligerar, o incluso eliminar, esos obstáculos.

—Pero prometiste que la dejaríamos decidir —le recuerda Angelina, sacudiendo la cabeza.

Esta es una traición entre las dos que va más allá de mi papel en ella. Nuestras madres siempre han sido un equipo y esta desconexión no tiene precedentes. Si Finny estuviera aquí, estaríamos lanzándonos miradas significativas de un lado al otro de la mesa ante tal conflicto histórico.

—Lo siento —repite mi madre—. Sé que decirlo no cambia nada. Pero lo seguiré diciendo.

—¿Y si no demandamos y seguimos usando esa pequeña tarjeta dorada?

—Le dije que no estabas lista para discutir los detalles. —Mi madre comienza a sonrojarse cuando la profundidad de sus mentiras comienza a calar—. Pero quiere formar parte de la vida del bebé en el papel que tú le des, Autumn. —Nos lanza a la tía Angelina y a mí una mirada de súplica más intensa que cuando se estaba defendiendo a sí misma—. Se arrepiente mucho.

—Debería —sentencio—. Y tú también deberías.

Mi madre asiente. Pide perdón con los labios o en un susurro, pero su voz es demasiado baja para escucharla.

12

Marcia, la exabogada de menores, ha traído hoy cafés para compartir con todos en la sesión de terapia grupal. Huele increíble. Aunque nunca me ha gustado el café, también quiero tomar un poco, pero ahora se me nota que estoy embarazada. No sé si me juzgarán.

No es que las embarazadas no puedan consumir cafeína; es que no debes ingerir más de cierta cantidad. El médico me dijo que puedo tomarme una taza grande de café al día sin que pase nada. Hasta ahora, no me había importado realmente no beberme ninguna.

Todo el mundo actúa como si estuviera prohibido consumir cafeína cuando estás embarazada, y ya me siento bastante cohibida estando en una sala llena de gente, en su mayoría de treinta y tantos años.

Pero el café huele muy bien.

—¿Estamos listos para comenzar? —nos pregunta el doctor Singh. Todos murmuran a modo de asentimiento, cuando me levanto de un salto.

—Solo voy a… —murmuro por encima del hombro mientras

corro hacia la mesa. De hecho, se me hace la boca agua cuando me sirvo la taza y agrego un poco de leche. Me apresuro a regresar al círculo, con cuidado de no derramar ni una preciosa gota.

Una de las mujeres mayores se inclina hacia mí cuando me siento.

—¿Crees que deb…?

—¡Ay, por favor, Wanda! Métete en tus asuntos, joder —gime Brittaney. Me mira poniendo los ojos en blanco y yo esbozo una débil sonrisa de agradecimiento.

El doctor Singh no riñe a Brittaney por su lenguaje, lo que interpreto como que está de acuerdo en que Wanda debería meterse en sus asuntos. Comienza la sesión hablando de que el trauma provoca cambios físicos en el cerebro. No puedo evitar pensar en lo interesante que le parecería a Finny toda esta charla sobre vías neurales inflexibles.

«Tu novela surgió de tu cerebro, Autumn, palabra por palabra; ojalá pudiera entender cómo es capaz tu cerebro de hacer algo así». Tiene las manos en el volante y la cara iluminada por la luz del salpicadero. El solo hecho de estar junto a él me hacía sentir más viva.

—A veces siento como si escuchara la voz de mi exnovio diciéndome: «Mataste a mi bebé. Mataste a nuestra hija, joder», repitiendo una y otra vez las mismas palabras que me soltó —interviene Brittaney—. Y siento que, físicamente, no puedo parar de pensar en ese momento. Se me queda el cerebro en bucle.

Una parte de mí piensa que debo de haberla entendido mal. Me he tapado la boca con una mano y, mientras la bajo, echo un vistazo a mi alrededor, pero nadie parece pensar que Brittaney haya dicho nada particularmente impactante. Algunas personas asienten con la cabeza. Alguien habla de que no puede parar de analizar el momento previo a su agresión.

Me tomo mi café y escucho mientras me pregunto qué hago aquí.

Pero luego lo recuerdo: yo también oigo la voz de mi novio en la cabeza.

Esta vez, no me sorprende que Brittaney me esté esperando cuando salgo del baño.

—Vas a tener una niña —anuncia sin preámbulos—. He pensado que deberías saberlo.

Está apoyada contra el lavabo, prácticamente sentada sobre él, porque apenas roza el suelo con los dedos de los pies.

—Genial —respondo mientras me dirijo al lavabo.

—Sé que no me crees —dice—, pero nunca me equivoco. ¿Cuándo tienes la ecografía donde te enteras?

—La próxima semana. —Empiezo a lavarme las manos. Esta parece ser nuestra rutina.

—¿Estás emocionada?

Levanto la vista. Nuestras miradas se encuentran en el espejo.

—No —admito.

—¿Por qué no? ¿Tienes con quién ir? ¿Dónde está el padre?

—Está muerto —digo, porque supongo que, si vamos a hablar, pues mejor le sigo el ritmo. Me aparto del espejo y cojo un poco de papel para secarme las manos—. Mi madre me acompañará. Pero tengo miedo de que le pase algo al bebé.

—¡Ay, tía, estará bien! —Se encoge de hombros—. Y si no, tampoco es que puedas hacer nada. A veces es una mierda —suspira.

Dudo antes de preguntar:

—¿Se te murió un bebé?

—Cáncer cerebral —dice Brittaney—. Fue rápido. Se lo encontraron en la revisión del primer año y antes de cumplir los dos años ya había muerto.

—Lo siento mucho.

—Es lo que hay —responde, y por primera vez me doy cuenta de que su indiferencia es su armadura. Me siento culpable por no haberlo visto antes.

—Si fue cáncer —empiezo—, ¿por qué te echó tu exnovio la culpa de que muriera?

Por primera vez, Brittaney parece incómoda con nuestra conversación.

—Como te dije, no se me empieza a notar hasta el tercer trimestre, y solo me había bajado la regla un par de veces antes de quedarme embarazada, así que no me costó mucho negar la realidad durante un tiempo. Cuando lo supe seguro, ya estaba de seis meses, y tenía trece años. Fumaba desde los once, así que me costó dejarlo. —Me mira a la cara—. Lo intenté. En serio. Pero al final mi médico me dijo que, hasta cierto punto, estar tan ansiosa era más perjudicial para el bebé que un cigarro. También estaba muy estresada, ¿sabes? La madre adoptiva que tuve ese año era una perra. Su sobrino era el padre de mi bebé y, como tenía diecinueve años, le preocupaba tener problemas con mi asistente social. Un lío.

—¿Tenía diecinueve años? ¿Y tú solo trece?

—¡Y él era el que compraba el tabaco! —Brittaney levanta las manos con exasperación—. Le pregunté al oncólogo y me dijo que eso solo habría aumentado las posibilidades en un uno por ciento, que fue principalmente la genética lo que le provocó a mi hija ese tipo de cáncer, no que yo me fumara un cigarro al día —añade, y se encoge de hombros con su característico gesto—. Conseguí dejar de fumar la última vez que estuve embarazada. Tenía tu edad y las cosas me iban un poco mejor. Acababa de comprarme una casa y eso.

—¿Tienes una casa propia? —Probablemente debería sentirse insultada por mi sorpresa, pero no parece darse cuenta.

—Vale, no te lo vas a creer, pero antes de que a mis padres se les fuera la pinza con las drogas, eran médicos. —Suelta una risilla y se inclina hacia delante para susurrar, como si me estuviera contando un chiste verde—: ¿Te imaginas ir a la facultad de Medicina, casarte, tener una hija en preescolar y luego engancharte a la puta droga? Menudo par de perdedores. —Se ríe y pone los ojos en blanco con tanta fuerza esta vez que parece que le duele—. Pero lo único que no pudieron vender a cambio de droga, y te aseguro que lo vendieron todo, incluso a mí, fueron las pólizas del seguro de vida. Pude cobrarlas cuando cumplí los dieciocho años y me compré una casa, del tirón. El barrio es un poco peligroso, pero la escuela está bien y me ahorro la gasolina la mayoría de los días porque voy andando al trabajo.

—¿Chicas? —Wanda asoma la cabeza por la puerta del baño—. Os estamos esperando. ¿Todo bien?

—Sí, sí, dile a Singh que ya vamos —dice Brittaney—. Es una lameculos total —me susurra.

Asiento con la cabeza.

«Brittaney es una superviviente», me dijo el doctor Singh.

No comparto nada durante la terapia en grupo, a pesar de que el doctor Singh me lanza varias miradas cargadas de intención. No sé qué espera de mí. Los demás hablan de no poder salvar a críos, de que les dispararon o las violaron.

Quizá cuando el doctor Singh sugirió que podía aprender algo de Brittaney, se refería a que en realidad no tengo motivos para estar traumatizada.

Pero aunque nuestras circunstancias sean muy diferentes, lo que cuentan los demás sobre sus traumas suena a lo que yo siento por la muerte de Finny, como si lleváramos una marca imborrable.

No hablo, pero escucho.

Cuando termina la sesión, veo que tengo un mensaje de mi madre. Tiene una rueda del coche pinchada y Angelina va a cambiársela, pero llegarán tarde a recogerme. Me detengo de golpe en el vestíbulo. Debería haberme traído el libro sobre crianza francesa para leerlo en un caso como este.

—¿Estás bien? —pregunta Brittaney.

Ya tiene el tabaco y el mechero en una mano y ni siquiera hemos salido.

—Sí, llegan tarde a recogerme —digo.

—Oh, mierda, ¿dónde vives?

—Ferguson.

—¡Mi madre adoptiva favorita vivía en Ferguson! Yo también vivo en el norte del condado. Puedo llevarte.

—No, no…

—Tía, la gente trae siempre por aquí a sus críos llenos de mocos y sin vacunar. Pillarás algún tipo nuevo de sarampión que le dará a tu bebé superpoderes o algo así. No te preocupes. No fumo en el coche. Este me lo habré fundido para cuando llegue al aparcamiento. Espera justo aquí.

Antes de que pueda protestar de nuevo, sale y se enciende un cigarrillo mientras camina, ignorando los senderos ajardinados y cruzando los parterres, pasando por encima de los arbustos que rodean el edificio mientras se dirige al aparcamiento.

Unos minutos más tarde, se detiene frente a mí un coche con un silenciador que traquetea y sé que es el suyo. Brittaney me hace señas para que entre, abro la puerta y me siento a su lado.

—Dejaré la ventana abierta un minuto hasta que el olor a tabaco se me vaya de la ropa.

—No, no es necesario —digo, mientras se me ocurre que tal vez Brittaney necesite proteger a mi bebé por todo lo que ella ha pasado—. Pero gracias.

Da una vuelta amplia en la rotonda para salir de las instalaciones del hospital.

—Pues he llamado a mi antigua madre adoptiva en Ferguson y ¡voy a ir a verla después de dejarte!

—Oh, qué bien —respondo—. ¿Cuándo viviste con ella?

—Mientras Dione estuvo enferma.

Me duele la forma en que pronuncia el nombre.

—Ella me cuidó después. Y fue quien me hizo rellenar todo el papeleo para conseguir el dinero del seguro de mis padres, porque al principio pensé: «Paso de todo lo que tenga su nombre», ¿sabes?

—Sí, más o menos —asiento.

—¿Y eso? —Me mira mientras sube la ventanilla manualmente.

—Hace poco me enteré de que el padre del padre de mi hijo puso un montón de dinero a su nombre antes de morir, así que, legalmente, el dinero debería ser del bebé. Para conseguirlo, tendría que estar en contacto con él o demandarlo, pero una parte de mí no quiere hacer nada al respecto.

—Pero no es para ti —dice Brittaney, que todavía masca chicle—. Es un dinero para tu hija, ¿no? Así que tienes que pensar en eso.

—Lo sé —respondo.

—Hay que pensar en el futuro, incluso cuando parezca que no habrá futuro. Eso es lo que me dijo Sherry, mi madre adoptiva. ¿Tienes sueños y mierdas así, Autumn?

No puedo evitar sonreír.

—Sí, tengo sueños y mierdas así. Quiero ser escritora —digo—. O sea, soy escritora. Escribí una novela, que he empezado a corregir y, cuando termine, buscaré un agente y luego una editorial.

—¡No jodas! Mírate, tía. Estoy orgullosa de ti, coño. Pero escribir no da de comer, ¿verdad?

—No, probablemente no.

—Tía, yo me alegré tanto de tener ese dinero cuando me enteré de que estaba embarazada de CiCi... El nombre de mi hija es Cierra, pero nadie la llama así excepto yo cuando estoy enfadada. Pero los bebés son caros. ¿Has leído *La guía de supervivencia para las madres modernas*?

—Eh... no.

—Pues es una lectura obligatoria, ¿vale? ¿Cómo coño se llamaba... la política sirena? ¡Ariel Gore, eso es! Léelo. Lo necesitas.

—Vale —respondo—. Gracias.

No esperaba que Brittaney me recomendara un libro, pero es una agradable sorpresa.

—Pronto llegaremos al desvío. ¿En qué calle vives?

Le doy indicaciones para llegar a mi casa («¡No jodas! ¡Me emborrachaba en el arroyo que está junto a tu casa!») y se hace un silencio sorprendentemente cómodo.

Miro por la ventana el esplendor de la temporada que me dio nombre.

—Deberías intentar no agobiarte por la ecografía —comenta Brittaney.

—La mayoría de las veces, este bebé ni siquiera parece real —le confieso a los colores otoñales que veo por la ventana—. Pero cuando lo asimilo, duele, porque no puedo pensar en esta criatura sin pensar en Finny y en cómo murió y en que, algún día, como sea, este bebé mor…

Me doy cuenta de lo que estoy diciendo y empiezo a disculparme, pero Brittaney asiente.

—Tener miedo por el niño es una gran parte del trabajo.

—¿Cómo vives con ello? —Le estoy preguntando por muchas otras cosas.

—No lo sé —responde Brittaney—. Supongo que la razón por la que no me derrumbo por miedo a que le pase algo a CiCi es porque, si lo hiciera, ¿quién cuidaría de ella? Tal vez merezca algo mejor que yo, pero soy la única madre que tiene. Supongo que si mi novia y yo nos casamos algún día, tendría dos mamás, pero ya sabes a qué me refiero. En este momento, CiCi me necesita para estar limpia y alimentada, y sentirse querida, así que no se me puede ir la pinza.

—Limpia, alimentada, querida —repito. Siento que encaja una pieza del rompecabezas.

—Sí, esas tres cosas son como el noventa por ciento del trabajo. También es lo único que podrás controlar. El mundo va a putear a tu hija sí o sí. Lo único que puedes hacer es enseñarle a cepillarse los dientes y quererse a sí misma.

—Eso es lo primero que alguien ha dicho sobre maternidad que realmente me ha hecho sentir que puedo con esto —digo.

Mi casa queda a la vista y, cuando Brittaney entra con el coche, me recito a mí misma: «Limpia, alimentada, querida». Esta es la lista que necesitaba, el baremo con el que medir los requisitos mínimos. Mientras el hijo de Finny esté limpio, alimentado y querido, estaré haciendo un buen trabajo.

Está claro, a medida que los críos crecen, se limpian y se alimentan solos, y la parte de quererlos se complica conforme van distanciándose, pero para entonces nuestra relación tendrá unos cimientos, y saber quién es como persona me servirá como guía.

Por ahora, cuando pienso en esta criatura, lo único que tengo que decirme es que me dedicaré a mantenerla limpia, alimentada y querida.

—Una última cosa —dice Brittaney mientras detiene el coche—. Sobre la ecografía.

—¿Sí?

—Si a tu bebé le pasa algo, entonces tendrá suerte de tenerte como madre, porque la querrás de todos modos y harás todo lo que puedas por ella. Tu peque tiene suerte de tener una madre que se preocupa por ella, así que, pase lo que pase, ya juega con ventaja.

—Gracias —digo—. Lo tendré en cuenta. Y gracias por traerme y hablar conmigo. Te lo agradezco.

—Qué va, no es nada —responde ella.

Salgo del coche y voy a cerrar la puerta, pero me doy la vuelta cuando ella grita por la ventanilla:

—¡Y, oye, Autumn!

—¿Qué?

—Tengo razón en que es una niña. Ya verás.

13

El hombre que debería haber sido el padre de Finny ha respondido a mi mensaje. Ha aceptado mis términos.

Después de todo, tengo la ocasión de usar el vestido negro, sobre todo porque el restaurante al que sugiere ir suena como un sitio que le gustaría a mi padre, el tipo de establecimiento donde es fácil sentir que los camareros van mejor vestidos que tú.

Pienso en hacerme un recogido en el pelo, pero decido que es demasiado formal y me hago una coleta. Me maquillo con naturalidad.

Quiero parecer una adulta.

No quiero que parezca que intento parecer una adulta.

Quizá por primera vez en mi vida, quisiera poder conducir yo misma. Mi madre me lleva, tal vez como penitencia.

Ella y Angelina parecen Angie y Dave; están teniendo conversaciones que son necesarias y buenas, pero la relación requiere esfuerzo en este momento.

De hecho, me ha resultado un poco más fácil perdonar a mi madre. Tal vez estén pasando demasiadas cosas en mi cerebro como para poder soportar la rabia, pero, no sé cómo, he logrado hacer caso omiso de su argucia diciéndome a mí misma que estamos tratando de hacer lo mejor para nuestros hijos mientras salimos de una situación complicada.

—Voy al jardín botánico —me dice mi madre mientras reduce la velocidad para dejarme frente al restaurante. No aparca en paralelo en la ciudad—. Pero no voy a entrar en el Climatrón, así que puedo venir a recogerte en un periquete si me necesitas. Cariño, ¿estás segura…?

—Voy a hacerlo sola —digo—. Porque esta es mi decisión.

—Cierto.

Entreabro la puerta del coche.

—Gracias —me despido antes de salir. Sin abrir la puerta, cuadro los hombros y levanto la barbilla para parecer más segura de mí misma de lo que en realidad me siento.

Está oscuro al otro lado de la puerta del restaurante, como si los clientes quisieran comer de noche. Las lámparas están colocadas ingeniosamente para crear una penumbra que evoca la luz de las velas, pero sin el riesgo de incendio. Sostengo con confianza el pequeño bolso de mano que le he cogido prestado a mi madre frente a la barriga mientras me acerco a la recepcionista.

La miro directamente a los ojos, que lleva maquillados con pericia, y digo:

—Hay una reserva para dos, ¿a nombre de Smith?

—Sí —asiente sin mirar su lista—. Su acompañante ya está aquí.

Es obvio que le han pedido que se fijara en una muchacha embarazada que se hacía pasar por una persona adulta, pero yo sonrío y le doy las gracias antes de seguirla para adentrarnos más profundamente en la postiza noche de este lugar.

En el último momento he tenido una emergencia con los zapatos, que por suerte es el tipo de cosas para las que vive mi madre. Al parecer, junto con todo lo que puede desencadenar el embarazo, como cambiarte el color o la textura del pelo, provocarte alergias que no habías tenido jamás o incluso hacerte perder los dientes, también puede alterarte la talla de zapatos.

Así que estoy siguiendo a esta mujer con los zapatos de mi madre para conocer al examante de la tía Angelina, lo cual es una manera más fácil de pensar en él que como el padre de Finny.

El pensamiento se marchita dentro de mí cuando me acerco a la mesa, porque allí está sentado el padre de Finny.

Es a Finny a quien veo, Finny con unos cincuenta años, con mechones canos en el pelo rubio, con profundas líneas de expresión tras décadas de esbozar su sonrisa torcida. Y entonces ahí está, esa sonrisa familiar que conozco mejor que la mía, saludándome.

Se pone de pie y sé cuánto mide antes de que lo haga. Conozco la longitud de sus piernas. Reconozco la inclinación de cabeza cuando dice:

—Autumn, hola.

—Hola.

Intento no mirar al fantasma que tengo delante, pero la recepcionista ha retirado la silla y los dos esperan a que me siente. Para compensar el tiempo que tardo, me siento demasiado rápido justo cuando ella empuja mi silla para que no lo haga yo, y termino a diez centímetros de la mesa. Me acomodo mientras la recepcionista le asegura a John que enseguida vendrá una camarera.

—Me alegro de verte de nuevo —dice cuando estamos solos.

—¿De nuevo?

—Sí —responde, y sigo fascinada con sus extraños rasgos—. Cuando tú y Phineas teníais siete años o, no, ¿nueve? Fue después de la muerte de mi padre. Tuve una breve visita con Phineas y, cuando Angelina vino a recogerlo, tú estabas con ella.

—No lo recuerdo —digo. Me obligo a apartar la mirada.

Con el tiempo, tendré que decidir qué hacer con este conocimiento: saber el aspecto que habría tenido Finny a medida que envejeciera, que el encanto juvenil de su rostro se habría mantenido incluso cuando aparecieran indicios de madurez. Me permito sentir el dolor suficiente para mantener una actitud mordaz.

—Es raro que no lo recuerde —apunto, levantando la barbilla—, teniendo en cuenta lo poco que te veía Finny.

John Smith asiente con la cabeza y respira. Se reacomoda mientras encaja mi golpe verbal y yo trato de no dejarme atormentar por la amplitud de su espalda mientras se encoge de hombros.

—Y por eso estamos aquí. Así que gracias por venir.

Instintivamente, estoy a punto de devolverle las gracias, cuando me contengo y me limito a responder:

—De nada.

—Sí, bueno —dice, y casi me desmorono al ver la mirada de perplejidad y ansia por complacer en su rostro, que es prácticamente el rostro de Finny—. Soy incapaz de expresar cuánto lamento no haber conocido y apreciado a Phineas cuando tuve la oportunidad.

La camarera aparece de repente y acepto que le ponga limón a mi agua y que me entregue una carta que parece una invitación de boda. John ya tiene lo que parece un dirty martini, pero se ve intacto. Se está empezando a formar condensación bajo el frío de lo que sin duda es un vodka increíblemente caro.

—Cuéntame, John —digo, después de pedir como aperitivo ensaladas con nombres extraños y de que la camarera haya desaparecido en las sombras—. ¿Por qué te mantuviste alejado la mayor parte de su vida?

—Estaba tratando de no ser un padre horrible —responde, y se ríe con amargura—: Entiendo que fracasé, estrepitosamente, pero en ese momento pensé que si no estaba con él, entonces no podría corromperlo. —John se lleva el martini a los labios y toma un sorbo, luego se queda mirando el líquido—. Las pocas veces que tuve el coraje de pedir verlo, Phineas siempre parecía muy feliz. No feliz de verme, solo feliz, prosperando. Me hablaba de ti, de que jugaba a fútbol, de todas las cosas emocionantes que aprendía en la escuela, y yo me decía a mí mismo: «¿Ves?, no te necesita».

—Tenías que saberlo, de algún modo...

—Sí, por supuesto —asiente. Deja la copa de martini y me mira a los ojos, instándome a creer en su sinceridad—. Fui un cobarde. Ser un verdadero padre para Phineas habría significado mirar atrás y enfrentarme a todo aquello en lo que mi propio padre me había fallado a mí. ¿Alguna vez ha habido algo así en tu pasado, algo con lo que, cuando echas la vista atrás, tienes muy claro lo que sientes y sabes con certeza que tus propios pensamientos eran mentiras que te contabas ti mismo?

—Sí —respondo, porque le debo sinceridad, aunque aún no se haya ganado mi confianza.

John asiente, agradecido.

—Todo se vino abajo cuando nació mi hija —explica—. No sé cómo, mi exesposa me convenció para que tuviéramos un hijo juntos, y en cuanto vi a Stella en la incubadora, deseé poder retroceder en el tiempo y ver a Phineas cuando vino al mundo.

—¿Por qué lo llamas Phineas en lugar de Finn o Finny? —pregunto.

Su historia me ha inspirado muchas otras preguntas, pero esta me sigue molestando.

John se sonroja.

Se sonroja como lo hacía su hijo: no poniéndose rojo, sino que las mejillas se le sonrosan de una manera que resalta los delicados huesos del rostro y realza el tono dorado de su pelo.

—Al hablar con la gente, me di cuenta de que nadie lo llamaba así —admite—. Pero Phineas era el nombre de mi abuelo.

—¿Angelina le puso el nombre de tu abuelo? —La idea es lo bastante impactante como para recelar.

—No exactamente —dice John—. Nunca conocí a mi abuelo y mi padre era un alcohólico. Pero el holgazán de mi padre se pasó toda mi infancia contándome historias de lo increíble que era su padre, de las salidas para pescar y de los conmovedores consejos de vida que le había dado. Le conté a Angelina que había crecido solo con la mitología de un padre y que todo lo bueno que había en mí probablemente provenía de ese hombre al que nunca había conocido.

—Así que le puso a su hijo el nombre de lo bueno que había en ti —termino por él.

Él asiente.

—Quizá pensó que su hijo era lo único bueno que iba a salir

de mí. Cuando vi el nombre en los documentos judiciales, supe que Angelina estaba siendo poética, no maliciosa.

—Y cuando nació tu hija, ¿ya no pudiste seguir mintiéndote a ti mismo? —No quiero que desviemos la atención de sus errores.

—No, no pude. —Juguetea con la copa de martini sobre la mesa, aunque no bebe otro trago—. Pero Phineas tenía casi catorce años, y pensé que probablemente ya era demasiado tarde. Caí en una depresión. Le compré el coche al año siguiente…

Nos callamos entonces, pensando en el pequeño coche rojo, el coche que adoraba y que estuvo en el lugar de su muerte. Ese pequeño coche donde observé su perfil a la luz del salpicadero y tuve tantas ganas de susurrar esas dos palabras que nos habrían cambiado la vida.

«Como desees».

—¿Estás bien? —me pregunta John.

Veo borroso por las lágrimas no derramadas. Cojo aire para tranquilizarme y suena más como si fuera a sollozar que a calmarme.

—Para que conste —susurro—, le encantaba ese estúpido coche de los cojones.

—Al menos hice algo bien —dice.

Mi risa hace que se me derramen las lágrimas, pero también evita que se formen más. Me paso las yemas de los dedos por los ojos, por el rímel, y miro a John. La suave preocupación en su rostro casi derrite mi determinación de seguir poniéndolo contra las cuerdas.

—Sé que todavía hay mucho de que hablar, pero ¿puedo preguntarte cómo te sientes? ¿Todo va bien con el…?

—Mañana tengo la gran ecografía —digo—. Esa en la que se aseguran de que el bebé tiene todo lo que necesita para ser viable.

—¿Quieres saber el sexo?

—No lo sé. No lo he decidido aún. —Recuerdo que se supone que información como esta es parte de un acuerdo financiero entre nosotros y trato de volver a encaminar la conversación—. Entonces, además del coche, ¿cada vez que te sentías culpable, guardabas dinero a nombre de Finny?

—Sí. He traído los documentos por si quieres revisar…

—El pasado Día de Acción de Gracias invitaste a Finny a conocer a tu esposa y a tu hija, pero luego volviste a desaparecer. ¿Qué pasó?

—¿No te contó nada? —pregunta.

—No. En cierto modo, sabía que le dolía demasiado para tocar el tema, y por eso nunca se lo pregunté.

Esta vez, John bebe un largo trago de su bebida antes de responderme.

—Mi exesposa siempre estuvo enterada de la existencia de Phineas. Creo que lo consideraba una anécdota divertida de mis días de ligoteo. Pero cuando nos vio juntos, todo se volvió real para ella.

Solo puedo imaginar el impacto que debió de ser ver a Finny y John juntos, una versión joven de su marido sentado a su mesa, al lado de su hija, a quien consideraba hija única.

—¿Qué pasó?

—Supongo —dice, al tiempo que bebe otro pequeño sorbo de su vaso y lo deja nuevamente sobre el mantel— decir que fue fría con él es una manera de describirlo. Hizo todo lo posible para dar a entender que ella, Stella y yo éramos la verdadera familia. Y yo no hice nada, Autumn. —Su mirada es firme mientras lo admite—. Debería haber hecho o dicho algo, al menos solo a él. Pero el matrimonio ya estaba medio muerto y yo ya me imaginaba perdiendo a mi hija al intentar retomar el contacto con mi primer hijo, y...

Aparece la camarera con nuestras ensaladas. La mía son algas con virutas de pepino que parecen un montón de espaguetis verdes. La ensalada de John es, por alguna razón, roja. Me descubro pidiendo bistec y langosta, y me pregunto si la camarera se desmayará si pido un recipiente para llevar al final de la comida. Antes de irse, le pregunta a John si quiere otro martini. Él duda y dice que no, pero que vuelva a preguntar cuando lleguen los platos principales.

Cuando se va, John y yo nos miramos. Nuestra conversación se ha visto interrumpida en un punto en el que no es necesario continuarla. Ambos sabemos cómo volvió a abandonar a Finny. Ambos sabemos que no asistió a la graduación ni lo llamó en todo el verano. Ambos sabemos cómo termina la historia.

—No quiero sentir que te estoy vendiendo a mi hijo —digo finalmente.

Cierra esos ojos azules y asiente.

—Cuanto más lo pienso, más veo que fue un movimiento desesperado y manipulador, Autumn. Ofrecerte un dinero que, por derecho, debería pertenecer a tu hijo de todos modos. Por eso he traído los papeles hoy. El dinero es tuyo y del bebé, incluso si decides no volver a verme después de esto.

Coge un maletín de debajo de la mesa, saca un sobre de papel y lo coloca en una esquina.

—Gracias —digo.

Todavía no sé si puedo confiar en él. Quizá esto siga siendo una manipulación.

—Me valdrá todo lo que puedas darme —empieza—. Y si no quieres que conozca jamás a la criatura, lo aceptaré. Lo único que te pido es que te quedes a comer y me hables de mi hijo.

—¿Que te hable de Finny?

John traga saliva y se le empiezan a humedecer los ojos.

—Me he estado reuniendo con diferentes personas que lo conocían. He estado tomando notas e incluso grabando algunas de las conversaciones. Hace un par de semanas comí con su entrenador de fútbol y un par de sus compañeros de equipo —me cuenta. Vuelve a buscar en el maletín y saca un archivo mucho más grande, que abre y hojea—. Me he reunido con profesores, algunos de la escuela primaria, que me han dado una idea de su carácter. Incluso hubo compañeros de clase y padres que comenzaron a contarme historias, y luego con Sylvie Whitehouse… —Me mira.

—¿Cómo está? —pregunto.

—Recuperándose —responde—. Espero que sepas que ella te desea lo mismo a ti.

—La verdad es que me sorprende que no me odie —digo—. Siento que debería.

—Es increíblemente madura para su edad —observa John—. Me aseguró que entendía a lo que me refería con lo de mirar hacia atrás y saber que me estaba mintiendo sobre Phineas, porque, echando la vista atrás, Sylvie siempre supo que se estaba interponiendo entre vosotros dos.

—Si la vuelves a ver, dile que nos interpusimos entre nosotros mismos. Y me alegra saber que se está recuperando.

Él asiente y me doy cuenta de que se pregunta si volverá a verme alguna vez.

—Voy a necesitar esas historias que estás recopilando —le digo—. Jack también ha estado pidiendo a la gente todo tipo de fotografías de Finny. Tal vez podríamos juntarlo todo a modo de libro para el bebé.

—Phineas siempre decía que eres una escritora increíble.

—Bueno, por autenticidad, deberíamos intentar mantener las voces originales tanto como sea posible, pero puedo editar las historias para que haya una mayor claridad, tal vez ayudar con las líneas temporales —digo—. Creo que tu idea sobre cómo la mitología de un buen padre puede ayudar a moldear a un niño será de gran ayuda para este proyecto.

Cuando la camarera viene con nuestros platos principales, John no pide otro martini. De todos modos, tampoco hay espacio en la mesa con todos los documentos esparcidos. Juntos construimos otra herencia para el hijo de Phineas.

14

—Autumn, tienes los labios azules —me dice mi madre—. Vas a asustar a la técnica cuando llegue.

Estamos esperando a que comience la ecografía. Mi madre ya ha cogido una toalla blanca y le está echando agua.

—Claire, eso es para limpiarle el gel después —la riñe la tía Angelina.

—Deja que me termine esto primero —le pido, con la preciosa bolsita de chucherías que Finny me compró hace tantos meses.

Al principio, pensé en atesorarlas para siempre, para acariciarlas como un avaro haría con sus monedas de oro. Pero un día, me entró el antojo. El cuerpo me pedía el azúcar en polvo de colores. Mi cuerpo lo necesitaba para el bebé; eso es lo que me decía. Quizá fue el bebé quien me decía que lo necesitaba. Y aunque sabía lo que Finny, casi estudiante de Medicina, habría dicho («El fallo de esa teoría es la falta de valor nutricional, Autumn»), también sabía que si estuviera vivo, habría estado leyendo sobre el tema y habría averiguado que lo que come la madre puede influir en el sabor del líquido amniótico. Tendría que admitir que, tal vez, en cierto modo, el cuerpo me estaba pidiendo que le diera un caprichito al bebé.

Imaginar esa conversación me hizo llorar, y mientras sollozaba y me comía el caramelo en polvo, revisé y conté el resto de las bolsitas. Para alterar el líquido amniótico, probablemente tendría que comerme una tira entera de una sentada, y tenía suficiente con hacerlo una vez a la semana.

Por eso es importante que me termine esta última bolsita azul antes de que venga la técnica; es mi manera de compartir el regalo de Finny con nuestro hijo.

Mi madre avanza con la toalla mojada y yo me alejo de ella.

—Mamá…

—¡Hola! ¡Hola! —Una mujer vestida con bata médica entra apresuradamente en la sala.

—No tiene insuficiencia cardiaca. Estaba comiendo chucherías —le dice mi madre.

Angelina suspira y se frota la frente.

—¡Ya he acabado! —exclamo, porque así es y porque me doy cuenta de lo infantil que parezco en esta situación.

Le quito a mi madre la toalla de la mano y me limpio la boca.

—Tendremos que traerte otra toalla luego —apunta la técnica mientras se sienta con un gruñido.

—Lo siento —me disculpo—. Tengo antojos.

—No pasa nada. Hay más toallas en el armario. Mi nombre es Jackie y soy la técnica que realizará la exploración principal. Luego vendrá tu médico y se reunirá contigo para revisar las imágenes si es necesario. ¿Esta es tu primera vez?

—Ah, eh, claro —digo, sonrojándome.

—Uy, cariño. He visto a algunas chicas de tu edad con el tercero en camino. ¿Por qué no te recuestas? Eso es. Y súbete la camiseta. Perfecto. —Se gira para mirar la pantalla frente a ella y presiona algunas teclas en la máquina—. En mi opinión, no importa la edad a la que tengas hijos ni cuántos tengas, siempre y cuando puedas cuidarlos. Bien, para confirmar algunas cosas, eres Davis, Autumn R., nacida el nueve, dos, ocho…

Después de algunas preguntas más y del frío chorro de gel transparente y azulado en mi vientre, que es cada vez más grande, Jackie me mira y esboza una sonrisa que me dice que está sinceramente emocionada por mí.

—¿Estás lista para ver a tu bebé? —pregunta.

Mi madre y la tía Angelina chillan armoniosamente en un rincón mientras yo susurro:

—Estoy lista.

Presiona la sonda con firmeza sobre mi barriga. Se ve un remolino blanco y negro en la pantalla, y luego…

—Ahí está —anuncia Jackie—. Ya posando para la cámara. Debería hacer la foto antes de que se mueva. Ahí mismo tenemos el recuerdo. —Murmura para sí misma y oigo el sonido del teclado. Incluso oigo a nuestras madres llorar por encima de mi hombro, pero, por otro lado, todo es muy lejano.

«Finny», le digo. «Es nuestro bebé». Me trago el nudo en la garganta como si le estuviera hablando de verdad. «Hemos hecho un bebé en serio».

El bebé da una patada (con su pierna, la pierna de nuestro bebé) y siento el aleteo, del que tanto he dudado todas estas semanas.

«He estado sintiendo a nuestro bebé moverse, Finny».

—La he guardado para imprimirla. Es hora de que empiece a hacer mi trabajo. Voy a pasar aquí y empezaré a tomar algunas medidas de la cabeza y el cerebro…

Jackie va alternando entre ignorarme mientras trabaja y explicarme lo que está haciendo. Unas cuantas veces, me señala las imágenes más claras para que las vea, como la suave curva de la columna y los pies, que tiene juntitos y con los diez dedos.

Nuestras madres todavía están llorando un poco, pero ahora son más que nada susurros de felicidad. Les dije que quería que me acompañaran y, al mismo tiempo, no quería, porque siempre es un momento que crees que vas a compartir con el padre de tu bebé, pero tampoco quería afrontarlo sola.

Aun así, está yendo bien. Están aquí y me siento apoyada, pero soy libre de permitirme sentir cuánto desearía que Finny fuera quien me apoyara hoy.

—Bueno, ¿me has dicho si querías saber el sexo y se me ha olvidado? —pregunta Jackie—. ¿O me he olvidado de preguntártelo?

—No lo has preguntado —respondo—. Pero todavía no he decidido si quiero saberlo.

No ha habido más que controversia al respecto. Angelina cree en el vínculo con la criatura sin considerar su probable identidad de género; mi madre cree en la planificación de futuras sesiones de fotos.

No sé qué querría Finny.

Él me diría que cualquier cosa que me hiciera sentir más segura como madre sería lo correcto para nosotros, pero cuando lo dijese, yo sabría que esperaría que eligiera una u otra opción.

No sé cuál.

No es que vaya a decidirme según lo que creo que él querría, pero saber lo que preferiría habría sido algo que tener en cuenta, y odio no saberlo.

—Probablemente deberías mirar hacia otro lado ahora si no quieres saberlo —me indica Jackie, y en realidad no tengo que apartar la mirada al principio, porque las lágrimas me nublan la visión.

Cierro los ojos para evitar que se derramen y pregunto:

—¿Puedes escribírmelo? Lo decidiré más tarde.

—Claro que puedo —asiente Jackie—. ¿Quieres que te entregue el sobre a ti o a una de tus familiares?

—Yo lo llevaré… —comienza a ofrecerse mi madre.

—Puedo esconderlo… —dice Angelina a la vez.

—Dámelo a mí —le pido a Jackie—. Tía Angelina, ocultar cosas no se te da tan bien como crees y, mamá, las tres sabemos que lo abrirías. Me sorprende que hayas apartado la mirada cuando lo ha dicho Jackie.

—Angelina me ha obligado a taparme los ojos —se queja mi madre.

—Querrás decir que te he tapado los ojos, Claire —apunta la aludida, pero son sus bromas normales. La diferencia de temperamento siempre ha sido el eje de su amistad.

—Hasta ahora todo parece estar bien. El bebé tiene genitales que seguirán en secreto por el momento. Pero no te sorprendas si tu médico ajusta la fecha del parto después de observar mis mediciones —añade Jackie—. Probablemente la ponga unos días más tarde que la estimación anterior.

El pánico comienza a apoderarse de mí.

—Pero sé, eh, muy específicamente la fecha exacta del momento de la concepción. Así que si el bebé parece demasiado pequeño…

Jackie se vuelve hacia mí.

—El bebé no es demasiado pequeño. Tiene un buen tamaño. Pero la concepción real puede tener lugar unos minutos o varios días después del momento, como tú lo has llamado. Según el tamaño del bebé, diría que esto ocurrió más de dos días después del momento.

—Ah —digo.

Se hace el silencio en la sala mientras escucho a nuestras madres asimilar esta información al tiempo que lo hago yo.

—Los próximos diez minutos pueden ser bastante aburridos —nos informa Jackie—. Voy a revisar el abdomen del bebé para asegurarme de que tiene todos los órganos en su sitio y crecen bien. No se verá gran cosa en la pantalla.

—Vale. —Ya he apartado la mirada y he desconectado, pensando que el momento de la concepción es muy diferente de lo que pensaba.

Creía que este bebé era lo que quedaba de nuestra historia de amor, pero no es así en absoluto. Todavía había un poco de Finny en mí cuando murió, y no fue hasta después de que él se marchara, en algún momento mientras yo gritaba y lloraba, en algún momento en que mi alma clamaba por la suya, cuando el hijo de Finny comenzó a formarse dentro de mí.

Este bebé no es lo que quedó de nuestra historia de amor, sino la continuación de la misma.

Siento ese aleteo dentro de mí y vuelvo a mirar la pantalla para ver si observo algún movimiento, pero lo que veo es un corazón.

Me sorprende identificarlo, y tal vez me equivoque, pero parece tener la forma de un corazón humano, en el sentido de que no se parece mucho al de San Valentín. Giro la cabeza hacia Jackie para decirle que lo he identificado, cuando veo que tiene el ceño levemente fruncido.

No es muy profundo. No está preocupadísima, pero tiene una expresión de concentración, como la que pone un mecánico cuando alguien describe el sonido que hace un motor.

Detrás de mí, escucho a nuestras madres discutir si no saber el sexo implica que mi madre podrá comprar en las tiendas más caras.

—Tienen mejores opciones en neutral —dice.

—¿Va todo bien? —le pregunto a Jackie, lo suficientemente alto como para asegurarme de que nuestras madres me escuchan.

Se quedan en silencio.

—Sí —responde Jackie, todavía con el ceño fruncido—. Pero tengo que tomarle algunas imágenes adicionales del corazón, y no para quieta. Creo que esas chucherías que te estabas comiendo le están haciendo efecto ahora…

—¿Por qué es necesario tomar imágenes adicionales del corazón? —pregunto.

Jackie mira fijamente la máquina antes de echarme un vistazo. Abre la boca.

—¿Has dicho «quieta»? —pregunta mi madre.

Jackie pone los ojos como platos mientras nos mira a mi madre y a mí.

—No pasa nada —la tranquilizo—. Puedes responder ambas preguntas. Pero la mía primero.

—Tiene que ser tu médico quien te lo explique —dice Jackie—. No estoy cualificada para entrar en detalles contigo, pero sí puedo decirte que probablemente estará bien. Y sí, es una niña. Y no podría ser más perfecta, excepto por una cosilla que probablemente no será nada. ¿Vale, Autumn?

—Vale —respondo y asiento con la cabeza para demostrar que estoy bien, que puede volver a tomar las imágenes que necesita.

—Mamá, tía An… —empiezo a decir, pero ya están a mi lado.

Mi madre me coge de la mano y Angelina me pone otra en el hombro, y lloramos un poco y sonreímos juntas, porque Finny y yo vamos a tener una hija y probablemente estará bien.

Probablemente.

15

A Finny le habría encantado este paisaje. Puede que llamarlo «paisaje» sea demasiado. No es más que la calle en la que crecimos, pero la luz del sol le confiere una intensidad que no se garantiza todos los años, y este año, Finny no está aquí para verla.

Respiro para alejar el dolor.

Tengo que acostumbrarme a ver las cosas que Finny desearía poder ver, porque espero ver a nuestra hija el resto de, probablemente, mi vida.

Tiene un pequeño agujero en el corazón.

A veces, estos agujeros se cierran por sí solos antes de que nazca el bebé. A veces, el agujero mengua sin llegar a cerrarse por completo hasta el primer cumpleaños del bebé, pero está lo suficientemente cerrado como para que no sea un problema.

Y a veces da problemas.

A veces los bebés se duermen y no despiertan.

A veces, los niños muy pequeños necesitan una operación para que les salven el corazoncito.

Es demasiado pronto para saber qué camino seguirá esto en cuanto a Finny y mi bebé. La doctora me dijo que ha tratado a mujeres cuyos fetos tenían agujeros más grandes en el corazón que el de mi hija, mujeres cuyos bebés ahora están en el instituto o la universidad.

Por el momento, me harán más ecografías para monitorear el tamaño del agujero a medida que se desarrolle la niña, para que podamos planificar lo que sea que necesite. Angie vendrá conmigo a la próxima cita. Estoy pensando en preguntarle a Brittaney si quiere acompañarme a la siguiente.

No podré dar estos paseos por mucho más tiempo, no porque me esté creciendo demasiado la barriga ni nada por el estilo, aunque me siento enorme, sino porque el aire es gélido.

Es Acción de Gracias y no siempre hace tanto frío en Saint Louis. A menudo, las rosas siguen floreciendo cuando las hojas han cambiado, pero no este año. Este año, las rosas han completado su ciclo vital: florecieron cuando les tocaba y han aceptado su destino.

Arranqué algunas flores muertas de los arbustos de mi madre, las desbricé y las esparcí, hablando en voz baja con la bebé mientras caminaba.

Me estoy tomando un descanso en la edición de mi novela, no para llorar, sino porque tengo que pensar. Siento que Izzy y Aden podrían necesitar tener más riñas para que el lector considere que su amor es real. He empezado a discutir puntos de la trama con mi hija, quien, en este momento, sabe escuchar como nadie.

—O sea, introduzco la pelea por lo del baile —le explico—, solo que no queda natural, pequeñina. —Se me ocurrió llamarla así cariñosamente una mañana cuando me desperté después de un sueño agradable que no pude recordar.

En cuanto al nombre real, estoy atascada. Dudo que me llegue en sueños. Mi madre rechina los dientes con impaciencia. Hay muchísimos artículos grabados, bordados, personalizados y estampados que está desesperada por comprar. Menos mal que ahora estoy yo a cargo de la tarjeta dorada.

La tía Angelina es aún menos útil cuando se trata de nombres y me asegura que le gustan todos los que le digo, incluso los ridículos. Le gusta contarme la historia de cómo se le ocurrió una larga lista de nombres que le sonaban bien y que, cuando nació el bebé, se la leyó. Le parecía que respondía más cuando lo llamaban Phineas, Finny para la familia. Dice que unas veces se contoneaba, que otras arrullaba y otras hacía las dos cosas, pero insiste en que él eligió su nombre.

No le he contado que sé de dónde sacó ese nombre para la lista, pero en algún momento lo hablaré con ella. Ahora mismo, me siento aliviada de que le parezca bien el acuerdo al que he llegado con John, las puestas al día y las visitas ocasionales en que he pensado. Y ambas hemos acordado que estaremos ahí en caso de que también le rompa el corazón a mi hija.

Por el momento, llamé a John para informarle de que el bebé es una niña y le conté lo del corazón. Balbuceó algo acerca de que podía permitirse contratar a los mejores médicos, y me sorprendió la confianza con que le dije que probablemente todo iba a salir bien.

—Ya tiene a mucha gente cuidándola —le aseguré—. Si padece una anomalía cardiaca congénita, entonces tiene suerte de contar con buenos médicos y personas que la quieren.

Al final de la manzana, veo el coche de Jack entrando en el camino de mi casa. Últimamente ha sido más fácil para las tres hablar entre nosotras sobre lo que necesitamos cuando echamos de menos a Finny, y coincidimos en que la idea de tener un asiento vacío en la mesa nos impedía hablar del Día de Acción de Gracias. Cuando Jack apareció para rastrillarnos el jardín, le preguntamos si le gustaría cenar dos veces por Acción de Gracias, pero nos dijo que su casa estaría abarrotada entre sus hermanos y las esposas e hijos de estos, y que le encantaría pasar la mayor parte del día con nuestra familia como quisiéramos. Parecía entusiasmado por tener una excusa para escapar de lo que parecía un manicomio.

Es difícil explicar por qué ver la cara de Jack ayudará, pero lo hará, y estoy deseando decirle que el bebé es una niña. Tendré que explicarle lo del agujero en el corazón y decirle que probablemente todo irá bien, pero creo que cada vez se me da mejor.

Hablé con Jack por teléfono ayer, pero quiero contárselo todo en persona. Además, el contexto de la llamada no era el adecuado.

—Bueno…, eh —dijo—. Espero que esto no sea muy raro, pero creo que deberías saberlo antes de que vaya a tu casa mañana por Acción de Gracias, por si tienes algún problema con ello. Está pasando algo entre Sylvie y yo.

—¿Está pasando algo?

—Bueno, tenía su paraguas y cuando fui a devolvérselo, pasó algo —me contó Jack—. Creo que va a seguir pasando. Sé que es una situación superextraña, pero quería que lo supieras… por si tienes algún problema con ello.

—En verdad no —respondí—. Fue una borde como una o

407

dos veces en el instituto. ¿Y qué? Fue culpa mía que Finny y yo no estuviéramos juntos, no de Sylvie. Me alegro por ti, Jack, y creo que Finny también se alegraría.

—¿En serio? —dijo—. Porque también me he preguntado si no estaba mal de alguna manera.

Yo no le vi nada malo. Pensé que tenía cierto sentido. Le confesé que mi única preocupación era si, de acabar yendo en serio, le resultaría incómodo continuar en la vida de la bebé. Dijo que hablaría de ello con Sylvie antes de ir en serio, que la niña también es importante para él. Me sentí sonreír. Estaba considerando en serio la posibilidad de ir…, bueno, en serio.

Me impresionó un poco la madurez de Sylvie y Jack. Así que respondí a Jamie y Sasha. Les dije que podían dejar de escribirme y enviarme mensajes de texto para pedirme perdón. Ya lo tienen. He aprendido que la vida y los corazones son complicados. Aunque tienen mi perdón, les expliqué que necesito que dejen de escribirme. Es hora de que me concentre en el futuro y, por lo que pasó entre nosotros, entre ellos, necesito que nuestras relaciones sean cosa del pasado, parte de nuestra infancia, donde cometimos errores y sobrevivimos.

Por ahora, al comienzo de mi vida adulta, me rodearé de las personas que llevan consigo piezas de Finny, como yo. Como Jack, mi madre, Angelina e incluso John. Y de personas que me dan buenos consejos y se preocupan por mí, como Angie y Brittaney.

Jack me ha visto acercarme y está esperando en la cima de la colina. Levanta la mano a modo de saludo y yo también.

Sé que habrá días en los que parezca que no habrá futuro.

Pero hoy puedo sentir que Finny sigue conmigo.

Descubre el inicio y cómo cambió todo.

Número 1 del *New York Times*
Bestseller List